方古代文学故事

雄传说——理想国史诗

范中华◎编著

湖南人民出版社

图书在版编目（CIP）数据

英雄传说：理想国史诗：西方古代文学故事 / 范中华编著 . —长沙：湖南人民
出版社，2013.1（2024.09 重印）

（快乐读中外文学故事）

ISBN 978-7-5438-8648-3

I . ①英… Ⅱ . ①范… Ⅲ . ①故事—作品集—中国—当代 Ⅳ . ① I247.8

中国版本图书馆 CIP 数据核字（2012）第 186796 号

快乐读中外文学故事：英雄传说——理想国史诗（西方古代文学故事）

编 著 者	范中华	
责任编辑	骆荣顺	
装帧设计	君和设计	

出版发行	湖南人民出版社［http://www.hnppp.com］	
地　　址	长沙市营盘东路3号	
邮　　编	410005	
经　　销	湖南省新华书店	

印　　刷	永清县晔盛亚胶印有限公司	
版　　次	2013 年 1 月第 1 版 2024 年 9 月第 4 次印刷	
开　　本	710×1000　1/16	
印　　张	15	
字　　数	250千字	
书　　号	ISBN 978-7-5438-8648-3	
定　　价	25.00元	

营销电话：0731-82683348　　（如发现印装质量问题请与出版社调换）

目 录

古希腊文学：最早的西方文学
gǔ xī là wén xué：zuì zǎo de xī fāng wén xué

　　古希腊文学是西方发生最早、影响最大、典范性最强的民族文学传统，它发端于古希腊原始文学，而古希腊原始文学，特别是它的神话传说，之所以得到了高度发展，究其原因，无非是欧洲其他地区在自然或人文条件方面远不如南欧的希腊那样得天独厚。南欧地区，特别是古代希腊、罗马，由于处在伸入地中海的半岛上而独占海陆交往的优势，加之夏长冬短，气候宜人，且临近西亚、北非等文化先进地区，因而随着西亚和北非发达的经济和文化向地中海区域由东而西地渐漫，希腊、意大利地区便首先接受到了这种影响。

雅典卫城全景

早在原始时代末期，希腊和意大利两半岛的文化发展就显示出了民族迁徙带来的层叠性和优越性。首先是希腊半岛，自公元前三千年以后希腊移民浪潮此起彼伏，希腊人同佩拉司吉人等原住民族不断融合同化，逐渐形成了创造迈锡尼文明的阿卡亚人、创造斯巴达文明的多利安人和创造雅典文明及爱琴文明的伊奥尼亚人等民族群落。公元前一千年的前后，是古希腊文学发源的时期，从那时起，希腊民族的文学发展就从未间断过，而且，古代希腊的作家并不仅仅限于生活在希腊大陆上的人，也包括小亚细亚的希腊人、爱琴海诸岛屿上的希腊人、南意大利和西西里的希腊人的创作。

在克里特文明影响下创立起来的迈锡尼文明存在于希腊社会的英雄时代，即原始社会向奴隶制等级社会过渡的时代，这是一个各原始民族交往频繁、角逐激烈的时代，在这一时代末期发生的希腊与小亚细亚间的战争——"特洛亚战争"（约公元前 1250 年前后）造成了广泛流传的民间英雄传说，到了公元前 8 世纪至公元前 7 世纪时，小亚细亚的盲诗人荷马在这些传说的基础上创作出了完整连贯的史诗作品，即《伊利亚特》和《奥德赛》。

雅典娜神庙

　　第一位留下真实姓名的希腊诗人是生活于公元前 7 世纪的彼奥提亚人赫希俄德，他创作的《工作与日子》、《神谱》开了西方文学中教谕诗和宗教诗的先河。

　　古希腊文学家们开创的文学样式包括史诗、抒情诗、悲剧、喜剧、对话、文学批评、传记、文学书简以及哲学历史散文等。

　　史诗是古希腊文学中最早的重要体裁样式。作为长篇叙事诗歌，史诗主要讲述的是英雄或神灵的历险事迹，公元前 8 世纪中荷马在悠久的民间口头传说基础上创作的两部史诗——《伊利亚特》和《奥德赛》是希腊史诗的典范，它们所歌颂的荣誉、勇敢和智慧的英雄理想对希腊社会的发展产生了巨大影响。

　　赫希俄德的《神谱》是古希腊第一部试图将希腊众神的由来和面貌作一综合的描写的著作。他的《工作与日子》则从一位农夫的观点出发，以赞美的口吻肯定了农民的辛勤、节俭和理智，提出了与荷马的贵族式战争英雄的理想相颉颃的普通劳动者的劳动生活的理想。这种理想是建立在最基本的生活方式的基础上的，它的产生不仅因赞美希腊农作生活而具有文化的价值，而且标志了一个新的、务实的和更加清醒的时代的到来。

　　公元前 7 世纪还是希腊抒情诗的兴盛时代，这种短诗和着琴声而歌，抒发个人的观念情感，取代了描绘英雄壮举的史诗。激昂热烈的战歌、彪炳光荣的胜利颂歌、沉郁感慨的挽歌，一时蔚为壮观，而最为典型的抒情诗是公元前 600 年前后女诗人萨福等创作的琴歌，不同于挽歌、战歌的是，它们发自个人心声，专为知己而歌，显露着更赤裸的自我。

　　进入公元前 6 世纪后，雅典开始了持续二百年独领风骚的文化繁荣时期，特别是在希波战争之后的公元前 461 年至公元前 431 年间，文学艺术更是登峰造极，号称三十年的黄金时代。此时戏剧，尤其是悲剧成了文学的主要成就所在。埃斯库罗斯、索福克勒斯、欧里庇得斯，各放异彩，竞相争辉，他们以崇高、坚毅、深邃、讽喻的不同美学风格全面地展示了希腊人的精神世界和成长过程，创造出了形式最为综合、内涵最为丰富的戏剧形式。

在公元前 5 世纪的雅典舞台上，阿里斯托芬的泼辣讽刺的旧喜剧也取得了卓越成就，雅典人的自由爽朗、活泼乐观和自我批判精神都得到了充分的表现。

从公元前 4 世纪后期至公元前 1 世纪后期的希腊化时代，希腊文化由于马其顿亚历山大大帝的远征而传播到亚非欧三洲，雅典的文化中心地位虽然被北非的亚历山大里亚所取代，但是人们所宗师的还是当年会聚在雅典的文学艺术大师，只不过那些站在文学最高峰上的人们已经被更多的民族和民众所仰慕所学习罢了。

由于罗马对希腊的征服，希腊—罗马时代继希腊化时代之后来到了，希腊由马其顿统治转为罗马统治，在这个时期里，散文创作重新焕发了生机。伦理学家兼传记作家普鲁塔克代表了这一时期的最高文学成就，他的《希腊罗马名人传》不仅为后世留下了生动逼真的当代风云人物的身影，而且在文学史上影响了自文艺复兴以后历代的作家艺术家的创作。

随着社会生活方式的多元化和民族交往的扩大化，很多新的文学和创作样式应运而生。旅行家鲍萨尼阿斯的著作广泛记录了古代希腊的历史宗教史实；医生加伦写作的医学著作论述了解剖学、生理学和心理学；阿萨那乌斯的《辩者之宴》以虚拟的二十九位智者的席间之论谈开去，旁征博引，收录了大量古代先贤的言论语录；兼天文学、数学和地理学诸家于一身的托勒密写下了影响深远的科学著作；隆古斯在公元 2 世纪或 3 世纪时创作的田园爱情小说《达芙尼和克莱》以优美的景物描写抒发了对自然的热爱，同时，还细腻地描写了青年男女的恋爱心理，在艺术上达到了古代小说的高峰。

除了这些基本的文学样式外，古希腊人在历史和哲学散文、对话体论文、文学批评和演说辞等方面也有突出的贡献，显示出了古希腊人理论思维的深刻自觉和清新颖悟的创造力。在这方面尤其值得称颂的是被誉为"西方史学之父"的希罗多德、被誉为"最聪明的希腊人"的苏格拉底、被誉为"最著名的哲学家"的柏拉图和被誉为"百科全书式学者"的亚里士多德，由他们所代表的各学科丰硕成果已经成了全人类受益无穷的精神财富。

在上述重要的文学领域里，古希腊人取得的成就不仅在西方独步一时，而且在世界范围内来说，这些成就也是最有理性或者说最有现代性的，正因如此，这些成就的生命力才会深厚绵长，在一个又一个的"现代"焕发出无限的生机。

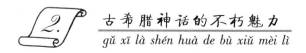

2. 古希腊神话的不朽魅力
gǔ xī là shén huà de bù xiǔ mèi lì

古希腊神话遗产主要是由古希腊文学作品流传下来的。最早记录希腊神话的文学作品是开俄斯岛的荷马创作的史诗《伊利亚特》和《奥德赛》。这两部史诗叙述的事件都是围绕着发生于公元前 1250 年前后的特洛亚战争，同时也着重描写了希腊奥林帕斯山上希腊众神的生活情景，但是荷马既没有说明希腊诸神的来由，也没有将本来的、保持着严肃面目的诸神生活展现给听众，而是对奥林帕斯山的众神显示出的极其人格化和世俗化的性情面貌作了生动的描绘。这样的神灵固然和人的距离十分接近，以略带怀疑论的眼光看待众神也确实突出了英雄的地位，但是按照意大利学者维柯的意见，荷马笔下的诸神形象已经有着久远的历史，已经和更古老的神话相隔了几代。

在史诗《伊利亚特》中，希腊众神明显分为两个阵营。赫拉、雅典娜、波赛冬等在希腊人一边；阿波罗、阿瑞斯、阿芙洛蒂忒在特洛亚人一边；主神宙斯虽心向特洛亚人，却受制于赫拉，爱莫能助。当然，每个神的立场都是由以往同双方的恩怨、同人的亲缘关系所决定的，对交战双方的态度不仅表现着私心，也隐含着当时世人对众神内部关系及希腊与特洛亚交恶原委的理解。

史诗中的众神虽然出自年代更早的荷马之手，但是在逻辑意义上却比较晚的《神谱》中的众神更为富于人性，更加关注人类的休戚，也发生着更直接的干预作用，这无疑体现了更加世俗化的神灵观念。值得注意的是，史诗中的神话还增添了浓重的世俗生活色彩和哲理性的内涵。其中描写了神的夫妻内讧、撒娇使性、喜怒哀乐、刻毒嗜杀、护亲私友、恃强凌弱等狭隘之处，也有对"金苹果"、"阿喀琉斯之踵"、"特洛亚木马"等哲理典故的描写，还有对英雄身上的非凡神性的渲染，表明神话本身正在向世俗化演进。

奥林帕斯山

相比之下，彼奥提亚的赫希俄德在他的《神谱》和《工作与日子》里则对希腊众神保持着严肃和虔敬的态度。他所叙述的希腊神话主要包括前奥林帕斯神系和奥林帕斯神系的故事。前奥林帕斯神系属典型的创世神话，其大意为，天地开辟之初，唯有混沌神卡俄斯，这存在于万物之先的混沌神卡俄斯既是原始的虚空，又是其大无边的深渊，如塔尔塔洛斯一般，构成了

地下的世界。混沌的这一特征在赫希俄德的《神谱》中得到了很好的表达。在赫希俄德的众神世界里，混沌是自有的，然后出现的是大地该亚和欲望埃柔斯，他们并不是卡俄斯所生的，卡俄斯的后代是埃雷布斯（黑暗）和努克斯（黑夜），努克斯生了以特（大气）和白昼。然后努克斯又生了黑暗的宇宙的各个儿女（梦幻、死亡、战争、饥馑）。这些后代都是

古希腊人从卡俄斯的黑暗世界中领会到的。卡俄斯从自身生出了地神该亚、深渊神塔尔塔洛斯、黑暗神埃雷布斯、黑夜神诺克斯，接着是该亚从自身生出了天神乌拉诺斯、大海蓬托斯、山神等，然后她才和乌拉诺斯结合，生出了著名的十二提坦神和独眼巨神、百手巨神等。

地神该亚与天神乌拉诺斯所生的十二提坦巨神是：克洛诺斯（天神）、瑞亚（地神）、许佩里翁（日神）、忒娅（月神）、科俄斯（光明神）、福柏（星宿神）、俄刻阿诺斯（大洋河神）、忒提斯（海神）、克利俄斯、伊阿佩托斯、忒弥斯（法令神）和莫涅摩绪涅（记忆神）。

神话叙述天神乌拉诺斯恐其后代推翻自己的统治，于是将众神囚禁于地母体内，地母该亚愤而助子克洛诺斯阉割了乌拉诺斯，提坦众神遂拥立克洛诺斯为众神之主。与此同时，黑暗和黑夜生出了光明、白昼、命运、死亡、睡眠等神，还有数以千计的山林河海等神降生。

由宙斯领导的神族称奥林帕斯神系。原来克洛诺斯深恐遭到父亲的命运，便将瑞亚所生诸神吞入腹中，最后瑞亚用襁褓中的石头骗过天神，才使幼子宙斯得以在克里特出生长大。在老辈神的帮助下，宙斯设计使克洛诺斯喝下一种液体，使他呕吐出了被自己吞入的儿女，继而宙斯又联合众神向提坦神攻击，终于赢得了胜利，并在奥林帕斯山上建立起了新的神国，奥林帕斯神系以如下十二神灵为最重要：

天神宙斯（罗马称朱庇特）、天后赫拉（罗马称朱诺）、太阳神阿波罗（罗马也称阿波罗）、战神阿瑞斯（罗马称玛尔斯）、匠神赫淮斯托斯（罗马称武尔坎）、信使神赫尔墨斯（罗马称默丘利）、海神波赛冬（罗马称尼普顿）、智慧女神雅典娜（罗马称弥诺娃）、爱神阿芙洛蒂忒（罗马称维纳斯）、猎神阿尔忒弥斯（罗马称狄安娜）、冥神哈得斯（罗马称普路同）和灶神赫斯提亚（罗马称维斯塔）。

除以上诸神外，希腊神话还有大量关于次要神灵的神话，他们是众多的林仙海妖、巨人缪斯之属，其中虽有举足轻重的得墨忒尔和狄奥尼索斯等神，但他们并非神权凛严、在奥林帕斯山上占有一席之地的神灵，而是生活在民间也享祀于民间的神灵。

《神谱》所记的神话重心是在前奥林帕斯神系，且属于创世神话中较晚近的形态。然而，这并不能掩盖从自然神话和图腾神话演变而来的痕迹，相反，众神的传奇不仅透露着些许古老的传统，而且暗示着极其古老的自然和社会过程的内容。

这种原始迹象及其内涵主要有如下几点。

首先，统一于神话之中的自然过程和社会过程。在这个意义上说，原始宗教意识作为人与自然相互作用的精神产物，作为原始时代人类社会意识的主导内容，生动地记录了人的历史发展。在人对世界的掌握中，神的表象在早期往往就是自然力本身的化身，后来才逐渐融入了社会生活的内容，成为多重的隐喻系统。希腊创世神话所显示的，首先是对自然进程的深切关注——世界从何而来？——从无到有；世界如何构造？——虚空、大地、深渊；光明与意识从何而生？——从黑暗和昏昧；最初的世界与人类有怎样的关联？——先有神后有人，人自神始；神的世代怎样衍生？——庞大的物质形态的自然之神、巨人神和各种神秘的力量神、最后才是人格化的神。

神的生活如何，行为怎样？——神有原始的祖先，他们面目模糊，自生自化，配偶关系并不明确。继而大地女神该亚自行生出了高山大海天空，又和天空结合而生众提坦神，在这里女神显然居于主导地位，婚姻形式也是族内杂婚。从主神与其他神的斗争可见，在自然界、人类社会和人与自然的关系三个领域，都存在着主导力量对从属力量的压制与反抗，体现着新生力量战胜腐朽力量的规律，特别是氏族部落内部争夺族长酋长地位的情形在此有着贴切的表现。

其次，图腾神话乃至自然神话的遗迹仍依稀可见。宙斯作为天神，以神鹰作为表征，赫拉生有牛眼，雅典娜闪着明眸（雨后初霁），赫柏戴着金冠（青春），还有众多的蛇妖狮怪，都拖着进化未毕的尾巴。

男性神与女性神间的冲突也是显而易见的，女神往往联合子女、特别是最小的儿子推翻家长式主神的统治，显示出两性冲突的古老渊源及其与社会权利密切相关的性质。

此外这里还包含着古老的吃人习俗、杀替酋长习俗、氏族贵族的产生以及对天象物候的认知等颇具认识价值的神话内涵。

总观上述神话可以见出，希腊神话虽兼收并蓄，来源广杂，且形成较晚，但却自成体系，丰富成熟，具有鲜明的典型特征。

所谓鲜明的特征包括：

首先是众所周知的神人同形同性特征，即神与凡人形貌相似，性情无殊，不同的只是，神是不老不死的、独有异能的，这一形式特征具有重大的意义。它表明神与人之间的关系是相对自由的，并无悬殊而不可逾越的鸿沟。如果说神话文化反映着人的一般的社会关系的话，那么希腊社会的结构关系似应从中得到暗示了。除此之外，这一特征也显示着希腊人较为鲜活健康的原始宗教意识，显示着对后来出现的人的主体意识、人本文化、艺术精神乃至民政制度的积极影响。

其次，由于神人的性情的相似，神灵自身在灵与肉、理智与欲求之间表现出自然的协调性和社会的逻辑性。神既是庄严神圣的，又是多情善感的；既有公正圣明的尊严，又有偏执乖谬的个性，神圣和凡俗兼备，以性格上的自足性显示出高度的人格化。这就为人的个性发展留下了广阔的空间。

最后，神的生活，特别是奥林帕斯神系的生活，被赋予了理想化的色彩，这种基于众神现实性的个性和动机的理想化不是极端空幻和脱离开现实的合理性的，而是充满人的现实欲望和生活的未来可能性的。荷马史诗对阿喀琉斯之盾一节的描写就是很好的例证。正是由于这一特性的存在，众神的生活才显示出丰富的内涵、巨大的热情和自由自在的精神。

从希腊神话的核心性意象来看，正如哲学家尼采所说，庄严肃穆典雅的阿波罗意象和粗犷迷狂任情的狄奥尼索斯意象在神话精神中占据着重要的地位。前者对希腊和欧洲的贵族主义文化、后者对其民主主义文化和人文主义文化都产生过深远的影响。

希腊神话的群众崇拜基础是广泛而比较自由的，这就使它具备了吸纳审美的艺术精神和人本的哲学精神提供了有利条件，故此它对后世希腊文化的繁荣功不可没，也正由于这个缘故，在基督教统治严酷的时代，古希腊的多神教信仰和神话传说都被指斥为异端。

回顾希腊神话传说发展的历程，令人不免为之庆幸，由于这些神话传说大多从域外引进，在希腊重新发育，便丢掉了原有的沉重积淀，依靠这块新鲜的土壤，形成了富于世俗化、人格化和自由化的特征，从而避免了发展到一神教和服务于专制王权的可能，于是对欧洲乃至世界的未来文明进步产生了重大的积极影响。

在这些传说的基础上创造出完整连贯的史诗作品《伊利亚特》和《奥德赛》。此外，迈锡尼神话是希腊半岛最早见诸文字的希腊神话，据泥版所载，迈锡尼人奉波赛冬为主神，后来成为希腊主神的宙斯此时只是一位小神。

荷马其人存否的争论形成了文学史上的"荷马问题"，与此相关的是史诗的史实性问题与史诗的形成过程问题。关于荷马，存在着实有其人与人非实有之争，但英雄时代乃至其后很久始终存在荷马式的游唱诗人则是众所公认的，希腊早期史家和哲学家的记载也可证明小亚细亚或开俄斯岛确曾养育过这位诗人；史诗的史实性在英雄时代及至古典时代（公元前6世纪—公元前4世纪）一直都为普通人深信不疑，当做史实看待，中世纪后疑风渐盛，至19世纪后期德国施里曼发掘之后人们始相信荷马所述多有可信之处：对于史诗出自多人多作抑或一人之手，迄今仍无定论，但荷马时代书写技术传入希腊，荷马集成并口授之说也颇可信。

英雄时代后期的大规模部落战争导致了希腊迈锡尼文明的衰落。多利安人在公元前1100年消灭迈锡尼后，希腊半岛经历了数百年的文化间歇期，在继之而起的科林斯、底比斯、雅典、斯巴达等城邦国家中，尤以号称"希腊的学校"的雅典所取得的文化成就最高。

《神谱》的重要性，也是它的成就，首先体现在对诸神的起源、谱系和事迹的叙述："最先产生的确实是卡俄斯（混沌），其次便产生该亚——宽脚的大地，所有一切以冰雪覆盖的奥林帕斯山峰为家的神灵的永远牢靠

的根基，以及在道路宽阔的大地深处的幽暗的塔尔塔罗斯、爱神厄罗斯
……大地该亚首先生了乌兰诺斯——繁星似锦的皇天，他与她大小一样；
覆盖着她，周边衔接。"

这是最先出现的神们，接着地神该亚又和天神乌拉诺斯相结合，所生
的十二提坦巨神等与长辈神一道，构成了最古老的神族——前奥林帕斯
神系。

在叙述众神的缘起和事迹时，有两段晚辈神推翻长辈神统治的内容格
外引人注目：

"该亚和乌兰诺斯还生有另外三个魁伟、强劲得无法形容的儿子，他
们是科托斯、布里阿瑞俄斯和古埃斯——三个目空一切的孩子。他们肩膀
上长出一百只无法战胜的臂膀，每人的肩上和强壮的肢体上都还长有五十
个脑袋。他们身材魁伟、力大无穷、不可征服。在天神和地神生的所有子
女中，这些人最可怕，他们一开始就受到父亲的憎恨，刚一落地就被其父
藏到大地的一个隐秘处，不能见到阳光。天神十分欣赏自己的这种罪恶行
为。但是，广阔的大地因受挤变窄而内心悲痛，于是想出一个巧妙但罪恶
的计划。她即刻创造了一种灰色燧石，用它做成一把巨大的镰刀；并把自
己的计谋告诉给了亲爱的儿子们。"

经过该亚的鼓动和部署，自告奋勇协助母亲的克洛诺斯行动起来：

"广大的天神乌兰诺斯来了，带来夜幕，他渴求爱情，拥抱大地该亚，
展开肢体整个地覆盖了大地。此时，克洛诺斯从埋伏处伸出左手，右手握
着那把有锯齿的大镰刀，飞快地割下了父亲的生殖器，把它往身后一丢，
让它掉在他的后面。"

另一段同类内容的叙述是："瑞亚被迫嫁给克洛诺斯后，为他生下了
一代新神，但克洛诺斯从父母处得知他注定要像父亲那样被自己的一个儿
子所推翻，便盯住瑞亚，把她生的每个孩子都吞下肚里去。瑞亚为此悲痛
不已，欲行报复，只得求告父母，并依从他们父母的主意用一块褓褓包着
的石头骗过克洛诺斯，而自己去到克里特岛上生下了最小的儿子宙斯。宙
斯长大后果然不负母亲的期望，他在老辈神的帮助下，用计使克洛诺斯喝

下一种液体，使他呕吐出了自己业已长成的兄姊，继而宙斯又联合众神向提坦神发动进攻。"

即使不是第一位，也是比较早地记叙希腊诸神世系的希腊诗人是生活于公元前7世纪的彼奥提亚人赫希俄德，他创作的《神谱》一诗叙述了希腊众神的血缘关系和行迹，与荷马史诗同为记录希腊原始文学——神话传说的最重要作品。

除了荷马和赫希俄德，后来的文学家、历史学家、哲学家的著作中也保留有大量的希腊神话传说内容。

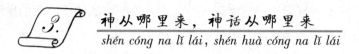

早在我们今日所知的古希腊人和所谓野蛮人或外邦人毫无区别的时候，爱琴海上就已经存在着一种地中海文明了，它的中心在克里特岛，这种爱琴文明在公元前三千年时就已有了初步的发展，在公元前16世纪时达到了高潮，并传播到希腊大陆。

当爱琴文明登陆希腊大陆时，爱琴神话中的诸神就随之换上了希腊面孔，他们身后的原始影像随之逐渐消失，以至后人很少能够看出当年的本相了。

在克里特人的神话中，有两位女神的名字曾出现在希腊神话传说中，但是希腊人却把这两个名字派到了一个女神的头上。这两个名字一个叫狄克提娜，另一个叫布里托玛提斯。狄克提娜大约当初是克里特岛上狄克提山的女神，宙斯就是出生在这座山上，因此她很可能是当地的母亲女神。

布里托玛提斯的意思是"美妙的处女"，在希腊传说中，布里托玛提斯是位年轻的女猎手，在克里特的密林中追逐野兽，传说她是宙斯的女儿。克里特岛国王米诺斯见到了她的美貌，便向她表白自己的爱情，可是他遭到了拒绝。米诺斯转而想用武力强迫布里托玛提斯顺从自己，便对布里托玛提斯穷追不舍。布里托玛提斯一直奔逃了几个月，最后，她为了永

3. 神从哪里来，神话从哪里来

shén cóng na lǐ lái, shén huà cóng na lǐ lái

12

远摆脱米诺斯的追逐，纵身跳进了大海。不料她落入了一位渔夫的渔网，从此得名为"渔网之神"。希腊神话中的女猎神阿尔忒弥斯以其贞洁著称，这一特点和布里托玛提斯十分相似，所以希腊人径直就把狄克提娜—布里托玛提斯称为"克里特的阿尔忒弥斯"。

不知何时开始，爱琴神话中的宇宙母亲随着人间的婚姻形式的变化，也有了自己的配偶，可是这位男神作为她的从属者，其名字却一直不为人知，只知道这位男神有一个称谓，是"布满星斗的"，后来他的名字就变成了奥斯忒里昂，就是克里特的一位国王，他还和曾经被宙斯诱拐过的欧罗巴结了婚，于是竟和宙斯也混为一体了。

除了爱琴文明的前身之外，希腊神话传说还受到埃及、西亚，特别是小亚细亚原始宗教观念的影响。

 4. 浸透着民间智慧的神谕文学

jìn tòu zhuó mín jiān zhì huì de shén yù wén xué

"神谕"一词本意指"祈求"或"讲话"，西方古代传统上指为满足祈求者的恳请所进行的与神交接信息的活动。它与占卜活动有某种相似之处，但又区别于偶然的、以征兆占卜神意的活动。古代世界的神托所有很多，求取神谕的方法各色各样，有的抽签，有的听树叶的声响，有的直接向通灵的人提出问题，然后由这位神的代言人作出答复。例如，埃及人高举着神灵的偶像游行于街市，从中得到神灵的感召；希伯来人从祭祀和梦兆中得到神的指点；巴比伦的神庙女祭司为人们解说梦兆；意大利人，即便是皇帝，也常向女祭司请教神谕。

在古代希腊的众多神托所中，若论历史最悠久的，当推多多那的宙斯神托所，但要说到最受推重的，就非特尔斐神托所莫属了。这一方面是由于阿波罗在奥林帕斯山众神中的地位和权威令人不敢小觑，另一方面也是由于特尔斐的独特地理性质所致。按照希腊传说，宙斯想要弄清楚究竟哪里是他所君临的世界的正中心，于是他从大地的两端放飞两只鹰，使它们相向而飞。结果它们恰好在特尔斐会合，由此确定了世界的中心。

最常见的一种方法是宿庙求梦法，即求神谕的人住在寺庙中的通灵之处，从梦中得到神谕。而最常见的人神交流方式，即神谕问答方式，则有两种，其一是这样发问："采取这样的做法是不是比较好或者更好？"于是佩提亚便在迷狂的精神状态下，从三足鼎上回答以赞同或反对的神谕说法，而神谕中对于将要发生的事件的预言总是模糊不清且耐人寻味的。另一种求问方式则是求问者已经确定了自己要做的事和要达到的目标，求问的目的在于得到阿波罗的指点，应当采取什么样的方法和做法来达到自己的目标。

特尔斐遗址

特尔斐神托所当年的建筑包括一座阿波罗神庙、一座露天运动场和一座露天剧场。此外还有许多小型建筑和纪念性建筑。古希腊人在相当一个时期里，每四年就在这里举行一次皮托运动会，时间是和奥林匹克运动会交错开的，在重要性上也仅次于后者，由此可以见出这个神托所在希腊社会生活中占据的重要地位。皮托运动会的规模虽不及奥林匹克运动会，但这里在平时却不像奥林匹亚村那样寂寞，它总是把各地的希腊人吸引到自己的怀抱。在一千年的漫长历史进程中，特尔斐一直作为个人或集体求取神谕的中心，陪伴着希腊人前进的步伐。特尔斐神托所还保留有极为重要的一些灵物，备受希腊人崇拜的神石就是其中一类。在古代希腊世界众多的神石中，最著名的就是特尔斐神托所的一块圆锥形神石，古希腊人将其视为世界的中心，因而也称为"脐石"。特尔斐的另一块著名神石，据说是一块被天神克洛诺斯吞吃后又吐出来过的石头。神话中说，克洛诺斯唯恐自己的后代长大后推翻自己的统治，将妻子瑞亚所生的子女全都吞下肚去，后来还是靠众神的帮助，瑞亚用这块包在襁褓中的石头瞒过了丈夫，保住了宙斯，使他躲过了兄姊的命运，最终成长为强大的神灵，终于夺得了神国的统治权力。从那以后，克洛诺斯战败后被迫吐出来的这块石头便成了宙斯的替身，成了神石。在历史上，这类神石后来往往演变成神的祭坛或偶像。在特尔斐宣告神谕的人总是一位年过五十岁的老妇人，称为佩提亚，她不与丈夫一道生活，却穿着年轻姑娘的服装住在神托所里。特尔斐神托所旧名皮托神托所，荷马曾经提到过它，那里最早是迈锡尼时代的定居点，公元前 7 至 6 世纪时已经变得闻名遐迩，当时，各城邦的立法者、准备殖民他乡的游子以及寻找建立祭坛以便安身的人们，都要前来寻求阿波罗神谕，在战争与媾和的重大事务上，特尔斐的女祭司便是最有力的参谋者。

特尔斐月的第七天是阿波罗的生日，在这一天通常是宣布神谕的。起初的时候，冬天里的三个月是禁止宣布阿波罗神谕的，因为这是阿波罗在北方人那里做客的时期。后来这三个月的间歇期就由狄奥尼索斯来代替阿波罗宣布神谕。按照惯例，求取神谕的人要向神托所交付费用，以购买举行仪式用的供奉糕饼和牺牲，这些举措都是不可违拗的。在宣布神谕之前，女祭司佩提亚要和求问者一道在卡斯他里泉水中沐浴，然后佩提亚要喝一些卡索提斯泉水，这才可以进入神庙。她下到神庙的地下室中，登上一座三角鼎，口里要咀嚼一些月桂树的叶子，因为月桂树是阿波罗的神树。当进入一种迷狂状态后，佩提亚就开始宣布神谕了，神谕的话语时而清晰易懂，时而模棱两可。她的话语并不是由求问者直接记录下来，而是要由祭司来记录和解释的，然而，作为记录和解释的诗篇往往还是相当费解的。

在古代希腊，无论是城邦，还是个人，都长期地和特尔斐保持过密切的联系，将其作为求取神谕的途径。这种情形造成了一种现实，即特尔斐的神谕，作为最重要的神秘指示，对古希腊的宗教、政治以及经济生活均发生了重大的影响，这种影响直到希腊化和罗马势力兴起后才逐渐消歇，而最后关闭则是由罗马皇帝狄奥多西大帝在公元390年实行的。在漫长的一千多年时间里，除了上述它在希腊社会生活中发生的重要影响之外，从这一神托所发出的大量神谕，无论是散文体的还是诗歌体的，已经构成了希腊式的谶语文学；无论在内容还是形式上，它已经有别于希腊原始时代个人化或地方性的巫术预言等文化，以其显著的现实色彩和文学样式构成了古代希腊特有的神巫文化体系。

特尔斐神谕在古代希腊社会生活中发生的作用和影响都是十分广泛的。例如，在古希腊神话传说中便记录了很多著名的特尔斐神谕。我们看索福克勒斯的悲剧和其他诗人的作品，就会发现，彼奥提亚城邦底比斯的历史中分布着许多这类神谕。起初，腓尼基王子卡德茂斯为了找回被宙斯诱拐的妹妹欧罗巴，辗转来到希腊，他听从特尔斐的阿波罗神谕，放弃了原有的打算，按照神谕的指示，随着一头身上长着一轮满月般的白花的小母牛走去，来到了底比斯，在小母牛第一次躺倒的地方，建立了底比斯城。这种跟随着动物并在其歇息之处建立殖民点的传说在民间屡见不鲜。只是阿波罗神却只有这次动用了牛这种动物，通常他总是用鹰作为向导的。

值得注意的是，卡德茂斯在底比斯杀死了看守泉水的蟒蛇，其经过与阿波罗征服特尔斐的情形颇有接近之处。

在这之后的底比斯传说系统中，后来的神谕或其他预言又接踵而至：

底比斯国王拉伊俄斯为求继嗣，向特尔斐的阿波罗发出请求，于是神谕说，他的求子请愿会得到满足，但是他将死在自己的儿子的手里；

俄狄浦斯出生后被拉伊俄斯抛弃，但他在异乡长大后，神谕对他说，他将注定成为一个杀父娶母的人，于是俄狄浦斯为了避祸远走他乡；

当他在路上与人械斗，无意间杀死了自己的生身父亲时，底比斯正面临着被魔兽斯芬克斯吞噬的威胁，神谕说，除非有个人前来解开斯芬克斯之谜，否则这座城邦便无法摆脱这头猛兽的蹂躏；

后来，果然来了机智的俄狄浦斯，他除掉了斯芬克斯，为此受到民众的拥戴，被立为底比斯国王，不幸的是，不知就里的他又由此娶了前国王的王后，也就是自己的母亲，就像习俗所规定的那样。

他和自己的母亲生养了两男两女，可是灾难还是降临到了他的头上。城邦发生了大瘟疫，为了消除城邦的灾难，俄狄浦斯向特尔斐的阿波罗寻求解救，于是神谕说，除非放逐了杀害前国王拉伊俄斯的凶手，否则城邦将永无宁日；

当事实证明自己就是杀父娶母的真凶时，俄狄浦斯自行刺瞎了双眼，遵照自己订立的约法放逐了自己。后来，神谕又对俄狄浦斯说，他的两个儿子将相互争斗，只有兄弟俩都站到了他的坟前，他们才会和解；而他的墓地，不论是在阿提卡的科洛诺斯，还是在彼奥提亚的伊泰努斯，也都和神谕有关。

总观一系列情节连贯的悲剧，神谕的影子伴着厄运，一直笼罩着底比斯王室，构成了推动戏剧冲突的基本力量，也显现着命运对人的打击的主题，正像戏剧的尾声中合唱的那样：

> 在一个人死去之前，不要说他是幸运的，
>
> 死去的人才不会遭受任何痛楚。

不过，索福克勒斯在浓郁地抒发了命运无情、不可逾越的主题的同时，还略显神秘地表现了人的伟大非凡之处，表现了人的尊严和责任，这就给戏剧的主题添上了积极而深刻的一笔。除了神话传说和戏剧作品，在真实的历史生活中，特尔斐神谕也留下了它的神奇足迹。希腊历史学之父希罗多德在他的著名史籍中曾经记录了希波战争前夕雅典人从特尔斐求取来的两则神谕。

不幸的人啊，为何还坐着不肯离去？逃吧，逃到地角天边，

抛开你们的家室，还有那头戴王冠般卫城的峭壁。

不论是头还是身躯，都不再坚定可靠，

手和脚，还有肚腹也不再安然无虞。

全体的全体，都要被摧毁殆尽，火焰和凶猛的阿瑞斯

正驾着叙利亚战车挺进，要将这城池荡涤。

遭殃的不只是你们，数不清的壁垒将被夷为平地，

多少神灵的庙堂也将被他投入战火，

眼下它们呆立着，流出惊惧的汗滴，

它们战栗着，畏惧已极，从屋顶向下淌着

黑色的血滴，露出了大祸临头的征兆。

从这里出去吧，去应付逼近你们的杀机！

就是这一神谕，委实把希腊人推到了绝望的境地。他们面对的是拥有千艘战舰的五十万敌军，力量对比十分悬殊。在走投无路的情势下，希腊人再次前往特尔斐寻问神谕，他们的祈求得到了似乎有望的第二个神谕：

雅典娜已多次恳请奥林帕斯的主宰，

也曾向他进谏忠言，却无法使他回心转意，

但我告诉你们的，却比金刚石还要坚固。

当敌人来夺走凯克洛普斯城墙里的一切，

洗劫神圣的基泰隆山拱卫着的一切，

远见的宙斯自会允诺雅典娜的求祈，

让木墙筑起屏障，保全你们和你们的子孙，

切不要静待那骑兵的铁蹄，也不要等那步兵

席卷过大地，而要背对着敌人撤退而去。

终有一天，你们将和侵入者交兵对敌。

神圣的萨拉米啊，当人们播种或收割的时节，

你将要女人生出的孩儿们荼毒毁弃。

正是这一神谕，使希腊人猜到了其中的"木墙"一语指的是战船，特别是雅典人地米斯托克利，遵循这一神谕的旨意，英明地将战事引导到了萨拉米海战，使希腊人以长克短，以少胜多，重创波斯海军，一举扭转了希波战争的大局，也创下了世界战争史上的一桩奇迹。

特尔斐在古代希腊人的生活中占有重要地位，如果说在政治上各城邦随着兴衰强弱，曾经轮番称霸希腊，在艺术和哲学上雅典曾经是希腊世界的中心的话，那么特尔斐则称得上是全希腊人从事与神灵交往活动的中心。有的学者曾经意味深长地比喻说，特尔斐的地位犹如全希腊的公共火塘。

5. 古希腊万神殿：万王之王宙斯
gǔ xī là wàn shén diàn：wàn wáng zhī wáng zhòu sī

古希腊北部，在西萨里和马其顿的交界处，一片绵亘的山脉沿着爱琴海耸立云天，那就是奥林帕斯山。山的北坡是一群逐渐低下去的山峦，向远处的平原延伸过去；山的南坡，就是面向希腊半岛的一面，则是陡立地下降的山势，裸露出一片片悬崖峭壁。在一片急剧低落下去的山顶盆地之中，奥林帕斯主峰陡然拔起，直达海拔九千英尺的高度。它的陡崖之下，覆盖着墨绿的树林，许多林间的溪水在低谷中冲开一道道河床，像是给高山的裙裾折起一层层褶皱，而那奥林帕斯山巅的轮廓则犹如一座环形剧场，耸起的峰顶很像一些云朵缭绕的座位，供天上的神灵歇息。

如果有船只驶进奥林帕斯山附近的萨罗尼卡海湾，船上的人们就会被那天幕一般的奥林帕斯山的身影所掩盖，所震慑，把奥林帕斯山看做天下最高的山岳，同时心中涌起一种敬畏虔诚的情感，觉得神灵们是那样威严不可侵犯。

在希腊神话中，当克洛诺斯的几个儿子在抓阄分配掌管的领域时，宙斯得到的是笼盖大地的天空，波赛冬得到的是汹涌激荡的大海，而哈得斯得到的则是阴森的冥界。而且众神还一致决定，奥林帕斯山将作为众神的会聚之地，为众神所拥有。

在奥林帕斯山上，众神组成了一个秩序井然的王国。首先是那著名的十二位主神：宙斯、波赛冬、赫淮斯托斯、赫尔墨斯、阿瑞斯、阿波罗（以上为男性神）、赫拉、雅典娜、阿尔忒弥斯、赫斯提亚、阿芙洛蒂忒和得墨忒尔（以上为女性神）。当然，宙斯是他们中的首脑。

除了这些神灵，还有一些地位几乎同样重要的神灵，他们是赫利俄斯、塞勒涅、勒托、狄厄涅、狄奥尼索斯、忒弥斯和伊

众神之父宙斯

厄斯。接下来的是那些较次要的神灵，他们犹如众神身边的幕僚，时刻为主神们效力，如时序女神、美惠女神、缪斯和赫柏等。应该指出的是，冥神哈得斯虽是宙斯的兄长，却并不出现在奥林帕斯山上，而是和女神柏西丰和赫卡特留在他的地下世界里。

那么，作为奥林帕斯山上众神殿里的主要角色，这十二位主神各自的主要行迹有哪些呢？让我们撩起他们的面纱，逐一看看他们的神秘面容吧。

宙斯，自从联合众神战胜了克洛诺斯和众提坦神后，就做了奥林帕斯山上的众神之主，从而取代了老辈的提坦神的统治。在古希腊人的观念中，宙斯的神力和智慧要大于所有的神合在一起的神力智慧，可谓智勇无双。他以忠告助成好人之事，以惩戒震慑坏人之举。他的无敌利器是闪电雷霆，那是独眼巨人为感谢他的拯救之恩而送给他的。此外宙斯还有一只神鹰，负责将宙斯发射出的雷电再取回来。

在宙斯出生前，地神该亚和天神乌拉诺斯曾对他们的儿子克洛诺斯预言，说克洛诺斯将被自己的儿子所推翻。为了避免预言应验，克洛诺斯把妻子瑞亚生的所有孩子都一一吞下肚去。他的暴行激怒了瑞亚，瑞亚便在怀着宙斯时跑到克里特去了。在狄克忒山的一个山洞里，瑞亚生下了宙斯。克里特的水中仙女阿玛提亚用自己的奶汁哺育幼小的宙斯，她把宙斯放在一个吊起的摇篮里，让克洛诺斯在搜索大地和天空时都找不到踪迹，然后又找来自然女神里耶的

宙斯

年轻祭司们，她发给他们铜制的盾牌和矛枪，让他们不停地敲打手里的兵器，发出喧响，以免神通广大的克洛诺斯听到宙斯的哭声。与此同时，瑞亚用一块襁褓裹了一块石头，顶替刚出生的婴儿，交给了克洛诺斯，让石头代替宙斯进了克洛诺斯的肚子。

在宙斯被引进到希腊时，希腊各地盛行的是生殖神崇拜，每个部落群体都有一位主要的生殖女神，还有一位作为她的配偶的男神。宙斯后来就取代了那些男神的地位，成了那些女神的配偶或情人。后来，宙斯的姐姐赫拉做了他的妻子，其他女神则处于较为次要的地位。根据神话传说，仙女阿玛提亚是用一只神奇的牛角来喂养幼小的宙斯的，那只牛角能源源不断地涌出吃的和喝的东西。有的人还说，阿玛提亚有一只温柔的母羊，它用羊奶喂养宙斯。有一天，母羊把自己美丽的羊角弄断了，阿玛提亚把断

掉的羊角捡回来，又用新鲜的草药将它包裹起来，里面装满了水果给幼小的宙斯吃。由于这个缘故，后来宙斯主宰天下时，就把阿玛提亚和那羊角提升到天上，变成了星辰。

关于宙斯的成长，有不同的说法提出了很多不同的乳母，似乎宙斯的成长是受到人们普遍关注的。

宙斯长大后，他请求他的姑姑、智慧女神墨提斯帮助他制服自己的父亲。墨提斯便为克洛诺斯配制了一剂草药，使克洛诺斯喝了后控制不住，接连把吞下的石头和几个儿女全都吐了出来。这样一来，宙斯就和他的已经成年的兄弟姐妹一道，发动了对克洛诺斯和提坦神们的进攻，并在战胜之后成了天上的统治者。

和这段情节相关的是，墨提斯曾经多次逃避她的侄儿宙斯的追求，可是到最后还是成了宙斯的第一个妻子。不过宙斯在占有了墨提斯并使她怀孕之前，他的智慧祖母该亚就预言说，墨提斯在把自己怀孕的女儿生出来后，接着将生出一个儿子，他将成为天上的主宰。宙斯得知这一预言后十分惶恐，就索性把墨提斯整个吞到了肚子里。墨提斯分娩的日子到了，或者是普罗米修斯，或者是赫淮斯托斯，就用一柄斧子劈开宙斯的脑壳，结果全身披挂的雅典娜从里面跳了出来，这位勇武智慧的女神后来受到雅典人的拥戴崇拜，做了雅典的保护神。

这里提到的普罗米修斯后来因为把天上的火偷出来给了人类，被宙斯发觉，结果就被宙斯捆缚在高加索山上，每日里让一只鹰去啄食他的肝脏，着实让他吃了不少苦头。

后来，在吕卡翁统治着伯罗奔尼撒的阿卡迪亚的时候，宙斯听说这位国王把儿童杀了用来祭祀他，感到很气愤，他决定把这位国王和他的儿子们对神灵的亵渎公之于世，便乔装下山，来到了阿卡迪亚。吕卡翁此时已把杀死的儿童的内脏和其他祭品混在一处，供奉到了宙斯的祭坛上，宙斯见状震怒异常，他烧毁了吕卡翁的宫殿，把这位嗜血的国王变成了一头狼，也有人说宙斯用雷电烧焦了他和他的儿子们。

由于地上的人类到处犯罪，宙斯便在丢卡利翁的时代发动了洪水来湮灭这种青铜时代的人类。他把倾盆大雨浇灌到大地，让洪水淹没了世界，只有极少的人逃过了这一劫难。

宙斯不仅按着罪恶的程度惩罚人类，对邪恶的神灵也不容情。阿特是一位专事诱惑和破坏的女神，宙斯曾经因为她的缘故发过一个盲目的誓言，后来宙斯在愤怒中揪住她的头发，把她抡在半空，又扔到了地上，诅咒她再不得踏上奥林帕斯山。

宙斯的愤怒有时是十分无情的，有一次他和妻子赫拉争吵起来，赫淮斯托斯由于偏爱母亲，便帮助赫拉与宙斯争辩，宙斯一气之下，竟提起赫淮斯托斯的双脚，把他扔到了下界。据说赫淮斯托斯被摔到了利姆诺斯岛上，摔成了瘸子。此外，宙斯对于那些坏他好事的神灵也都严加惩处，一个叫腊拉的水中仙女由于对赫拉泄露了他和朱尔图娜的恋情，就被宙斯投入了冥界，成了冥界仙女。

据说宙斯还爱上了海中仙女忒提斯，可是提坦神忒弥斯告诫他说，忒提斯的儿子将比其父亲还要强大，宙斯听了，只得打消了原来的主意。后来，宙斯指定他的孙子珀琉斯和忒提斯结婚，这才使著名的英雄阿喀琉斯来到世上，结果给特洛亚人带来了无穷灾难。

宙斯对于俊美的少年也十分喜爱，他见特洛斯（特洛亚立国者伊罗斯之父）之子、少年加纳弥达长得可爱，就变作（或说派出）一只大鹰将他攫取到奥林帕斯山上，让他充任众神的斟酒人。为了补偿他的掠夺给特洛亚王室带来的伤害，他给特洛亚国王拉俄墨冬送去了一批上好的母马。

据说太阳也曾听从宙斯的安排，一改东升西落为西升东落。原来，当初珀罗普斯的儿子阿特柔斯和堤厄斯忒斯曾经为争夺迈锡尼王位而发生争执，宙斯便派神使赫尔墨斯前去，让他告诉阿特柔斯，只要和他的弟弟堤厄斯忒斯打赌，说太阳若是改变方向，即从西方升起而从东方落下，迈锡尼的王位就归阿特柔斯所有。堤厄斯忒斯以为阿特柔斯所赌的结果不可能出现，便答应了这场赌博。结果宙斯从中操纵，使太阳一改惯例，变成了西升东落，结果使阿特柔斯夺得了王位。

宙斯的神迹有很多，他让一个人从少年片刻间长成大人，让无子嗣的

人得到后代，他在追求阿芙洛蒂忒的途中滴下的精液生出了淫荡的半人半马怪物，他把预言的本领交给了忒拜城的忒瑞西阿斯，使他在生前死后都能预知来事，因为宙斯认为，忒瑞西阿斯只是说了一句女人的爱欲十倍于男人，就被赫拉弄瞎了双眼，是有失公允的。

不过，宙斯尽管是神，也不免受到各种欲望的支配，爱欲和睡眠就曾给他带来许多麻烦。有一次，正当特洛亚战事犹酣的时候，赫拉为了帮助阿开亚人，需要将宙斯调离战场，于是她便利用阿芙洛蒂忒的魔法腰带和自己的魅力把自己的丈夫吸引到了身边。接着，在睡眠神胡努斯的帮助下，赫拉轻易地就让宙斯睡过去了。这位睡眠神先前也曾在赫拉的要求下将宙斯诱入睡眠，但宙斯醒来后十分恼怒，到处搜寻他的踪迹，要把他打入深渊，要不是他的母亲黑夜神努克斯出来说情，就有他好瞧的了。虽说心有余悸，可睡眠神已经受了赫拉的贿赂，也只好冒着危险奉命行事。

虽说宙斯为人神之主，而且神力超群，却仍然难以坐稳江山。曾经有两个巨人，一个叫伊菲奥提斯，一个叫奥图斯，两巨人合称埃劳兹，想要推翻宙斯的统治。埃劳兹日长宽一尺，高六尺，九岁时已形如小山，便自恃力大无敌，要向宙斯挑战。他们把奥萨山搬到奥林帕斯山上，又把柏利翁山搬到奥萨山上，以此威胁宙斯，要登上天庭，宣称他们可以随心所欲地移山填海，掘地为渊，让世界变成另一模样。除此之外，伊菲奥提斯和奥图斯还分别追求赫拉和阿尔忒弥斯，就连战神阿瑞斯也落入了他们的魔掌。就在他们要非礼阿尔忒弥斯的当口，这位女神一变而成一头鹿，跳跃闪避，令两位巨人十分光火。他们对准那头鹿，一齐投出手中巨大的投枪，结果没有刺到鹿，反而相互刺中了对方，落了个同归于尽、同坠地狱的下场。还有一些巨形蜥蜴状的巨人，长着一千只手，身量其大无比，力量天下无敌，也想取宙斯而代之。这场冲突起因于众神之母该亚，她为提坦神被奥林帕斯神所击败而愤愤不平，于是生出了一些强悍的巨人，让他们对天庭发难。当时有一道神谕说过，任何巨人都不会被神灵所戕害，但是神灵若得到人的帮助，就可以置巨人于死地。于是奥林帕斯神族就把人间的英雄赫拉克勒斯召来助战，结果巨人的挑衅便被挫败了。

后来又出现了一个口喷火焰、身生双翼的魔怪，名叫泰丰，向天庭发起了进攻。这怪物双目如炬，人首蛇身，尾部与头相接，发出响尾蛇般的喧响。它的出生又是源于该亚。原来，该亚不甘心提坦神的失败，又和深渊塔尔塔洛斯相结合，生出了泰丰，它比该亚生出的其他孩子都要高大有力，它高过天下任何一座山峰，头昂起时就可够到星斗，双臂伸展开来，就可够到大地的东西两端。从那两只臂膀上，生出了一百颗蟒蛇的头颅。

泰丰向天庭投掷出烧红的岩石，从口里猛烈地喷发出火焰，一路发出喧响，向天庭进攻。众神见到泰丰来势凶猛，纷纷向埃及逃去，还变化身形躲避灾难。

这光景只有宙斯从远处向泰丰发射出雷霆闪电，当宙斯和泰丰短兵相接时，宙斯用势不可挡的大镰刀把泰丰击倒在地，泰丰只得落荒而逃。宙斯紧追不舍，一直追击到叙利亚的卡修斯山。不料泰丰困兽犹斗，疯狂地夺下了宙斯的大镰刀，割断了宙斯手脚上的筋腱，还把宙斯扛在肩膀上，越过大海，奔向土耳其的西利西亚，把宙斯塞进了一个洞穴。泰丰为了斩草除根，又把宙斯的筋腱藏到一张熊皮下面，派一条雌性的蟒蛇得尔芬尼守卫着自己的战俘。幸好赫尔墨斯和埃吉潘偷出了那些筋腱，秘密地送回到宙斯的身体。宙斯的身体复原后，力量陡增，再次用雷电轰击泰丰，并且将溃逃的泰丰一直追杀到尼撒山。那里的妖魔最善于诱骗逃亡者，它们哄骗宙斯吃一种缩短性命的水果，宙斯吃下后，不仅力量没有增长，反而丧失了作战的力量。

当泰丰再次追杀宙斯时，宙斯在飞越西西里海时扔出了一座名叫埃特那的大山，压到了泰丰的头上。于是，从那时起，埃特那山就不断爆发火焰，成了世界著名的火山。

宙斯不仅要镇压外面世界的敌人，还要提防奥林帕斯山众神的叛乱。有一次，天后赫拉、海神波赛冬和智慧女神雅典娜谋划反抗宙斯的统治，要用铁链把宙斯捆缚起来，不料海洋女神忒提斯得到了消息，她把百手巨人布里亚柔斯召到奥林帕斯山上，这位百手巨人施展本领，以无敌的神力震慑了奥林帕斯山上意欲造反的众神，巧妙地制服了神族内部的反抗。

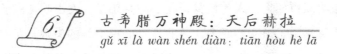

6. 古希腊万神殿：天后赫拉
gǔ xī là wàn shén diàn：tiān hòu hè lā

赫拉，穿金鞋的女神，是天庭的神后，因为她的配偶是天神宙斯。由于她与宙斯一样是提坦神克洛诺斯和瑞亚的儿女，所以她是宙斯的姊妹妻。她在古希腊受到普遍的崇拜，主要掌管的是婚姻生育等妇女的生活。她始终保持着自己的身份，因为她每年都要在阿果斯的卡那修斯泉水中沐浴，神奇地恢复自己的处女时代。赫拉在希腊神话中常被称为"牛眼的赫拉"，其起源大约和牛的崇拜有关。

根据古希腊人的说法，我们人类所处的银河系是一条"牛奶路"，因为那是赫拉的奶汁滴落而成的，当时她发现自己由于生育了赫尔墨斯（一说为赫拉克勒斯），竟分泌出了奶汁而不再是一个处女，恼恨之下便把婴孩抛开了。实际上，也许是希腊先民们把备受崇拜的牛奶视为赫拉母牛的奶汁，才创造了这样美好的神话。还有一种更有文化意义的说法，认为这牛奶路是纪念赫拉为救治农神狄奥尼索斯的疯狂而分泌出来的，这种说法似乎在暗示着农业不济的时期，动物驯养对人类的哺育之恩。

赫拉虽为众神的母后，却常常有失母仪，给人的印象是终日处在妒忌和任性的状态里。由于嫉妒宙斯的绯闻艳遇，她更是不遗余力地追踪迫害她丈夫所爱的女子或女神，甚至加害于宙斯和她们所生的子女。

当宙斯爱上了底比斯国王卡德茂斯的女儿塞墨勒时，赫拉妒火中烧，决意除掉这个情敌。她得知宙斯曾经许诺，无论塞墨勒提出什么要求，他都会答应并照办，于是便心生一计。她变作塞墨勒的奶娘，怂恿塞墨勒让宙斯现出自己的本相，也就是奥林帕斯山上的天神模样，像走近赫拉那样走近自己。好奇的塞墨勒不知是计，便苦求宙斯把真身展示给自己，宙斯违拗不过，只得放射着自己的一身霹雳神光走近塞墨勒，谁知那天神的闪光是凡人近不得的，可怜好端端的塞墨勒当时便被雷电殛死了。

宙斯见情人死去，忙将塞墨勒所怀的六个月胎儿夺了下来。他把那婴孩缝入自己的大腿，让他生长足月。这婴孩就是后来大名鼎鼎的酒神狄奥尼索斯。宙斯在狄奥尼索斯出生后，将他托付给彼奥提亚国王阿塔玛斯，后来又转交给塞萨利人和卡德茂斯的女儿伊诺抚养，宙斯还告诫他们把这婴孩当做女孩来抚养。可是塞墨勒虽已死去，赫拉却不肯放过帮助情敌的人，她把他们全都弄得疯狂起来，遭罹各自的悲惨命运。阿塔玛斯还在疯狂中把自己的长子莱阿库斯认作一头鹿，将他追杀而死。

赫拉不仅对成长中的狄奥尼索斯百般迫害，还迫使宙斯的另一个著名的儿子赫拉克勒斯承担了一系列艰苦差事。赫拉克勒斯是宙斯和迈锡尼公主阿尔克墨涅所生的英雄。当他将要出生时，宙斯曾对众神宣布，珀修斯的后代将在当天生出一位迈锡尼未来的国王。赫拉嫉妒自己的情敌，便指使催生女神伊里菲娅将阿尔克墨涅的分娩时间向后拖延，却让同样是珀修斯后代的斯忒涅罗斯的妻子提前生出了刚满七个月的欧律斯透斯，使他抢先占有了迈锡尼的王位。

多忍受了七天七夜阵痛的阿尔克墨涅生下了赫拉克勒斯，可是等待这个婴孩的却是到荒山野岭间去称王的命运。据说赫拉曾经养育过勒那湖的九头蛇，因而她派那怪物前去杀害赫拉克勒斯，结果反被赫拉克勒斯所杀。赫拉又遣尼米亚猛狮前去，同样死在了赫拉克勒斯之手。后来，当赫拉克勒斯从特洛亚航海返回希腊时，赫拉又一次兴起狂烈的风暴，要掀翻他的航船。

赫拉的狠毒迫害终于使宙斯忍无可忍了，他把什么夫妻情分全都抛到脑后，一气之下将赫拉吊到了奥林帕斯山上，还用两块铁砧坠在她的脚上，将她的两手用金锁链捆在一起，以泄心头之恨。正在这夫妻反目的当口，可笑那赫淮斯托斯忒不识相，竟前去解救他的母亲，宙斯一见更是火上浇油，一把将他掴出了天庭，落得他跌到莱穆诺斯岛上，摔成了瘸子。这场神灵家庭的激烈内战颇似凡间的夫妻之争，可见神灵世界真实地反映了人间的婚姻家庭冲突，也暗示了神灵们，特别是宙斯、赫拉这样以往备受崇拜的显赫之神，已经越来越带上了世俗化和现实化的性质。

赫拉对宙斯的用情不专所作的激烈反抗，或者说她和宙斯间的神权对立冲突，殃及的女神和女子委实不在少数。她把原本是自己的女祭司、后来成了宙斯情人的伊娥变作一头母牛，又派大群的牛蝇追逐叮咬她，使她流荡天涯，受尽了苦楚。还有一种说法认为是宙斯要隐蔽她的形象，便将她变为母牛的。总之赫拉是脱不了干系的。无论这一神话后面隐伏着怎样的神权之争或部落之争，对当时希腊社会的家庭伦理关系的反映总是包含其中的。

遭到赫拉打击暗算的还有女神勒托，勒托不堪赫拉的追逼，逃到了提洛岛上隐藏踪迹，才平安地生下了阿波罗和阿尔忒弥斯两位神灵。再如巨人阿瑞昂的妻子西达因为向赫拉夸口，说自己比赫拉更美丽，就被这位女神打入了冥界。底比斯的预言者忒瑞西阿斯因为道出了女人从爱情中得到的快乐比男子得到的多十倍这一简单的道理，就被赫拉弄瞎了双眼。可见赫拉不仅心胸狭促，还滥施淫威，极为专制。事实上，这里包含的更深一层意义，还是两性之间剑拔弩张的时代特有的冲突。

赫拉在希腊神话中还经常出没人间，干预人间的事务。她在特洛亚之战中，不忘特洛亚王子帕里斯评判金苹果归属时对阿芙洛蒂忒的偏爱和对自己的冷淡，因而一心要给特洛亚人带来毁灭之灾。她不是亲临战场，帮助希腊人作战，就是设法诱开同情特洛亚人的宙斯，让她妒恨的城邦失去神灵的助佑。

当众神和众英雄合力攻破特洛亚城池后，她不但没有因希腊联军的屠城而生出恻隐之心，而且必欲赶尽杀绝之而后快。特洛亚王室成员、英雄埃涅阿斯在城陷后携家眷兵丁出逃，赫拉竟求助于风神埃厄路斯，许诺他说，只要将埃涅阿斯的船只倾覆，她就让仙女得奥匹娅嫁给他。由此可见其用心之一斑。所以，从赫拉的身上，人们更容易看到神灵的残酷无情的一面，当然，这也是古希腊人对残酷的命运的一种神话式理解的表现。

赫拉作为一代神后，也并非一味树敌的恐怖之神，她所保护和偏爱的凡人也大有人在。例如，前往黑海的科尔喀斯夺取金羊毛的阿尔戈英雄们就是她所宠爱的人。根据传说，希腊北部帖撒利亚的伊俄尔科斯王国曾发生过一次王室政变。建城者克瑞透斯原本将王位传给了长子埃宋，但埃宋的同母异父弟弟珀利阿斯却篡夺了王位。埃宋的儿子伊阿宋为避祸被送到马人喀戎那里学习武功，成长为一位出色的英雄。当他从喀戎那里回到伊俄尔科斯，要从叔父手里讨回王位时，珀利阿斯却要求他得到黑海岸边科尔喀斯国王所拥有的金羊毛，作为王位的交换物。

由于赫拉有意借科尔喀斯公主美狄亚之手除掉珀利阿斯，便一路上保护和帮助伊阿宋一行人，使伊阿宋成功地夺得了金羊毛并带回了美狄亚。后来，果然如赫拉所计划的那样，伊阿宋利用美狄亚掌握的巫术，除掉了珀利阿斯。至于伊阿宋和美狄亚如何被珀利阿斯之子所放逐，他们又如何在科林斯生儿育女以及如何因伊阿宋的情变而遭罹悲剧结局，则是另一串故事了。

赫拉作为宙斯的妻子，和宙斯所生的子女并不多，得到普遍承认的只有两位，即战神阿瑞斯和青春女神赫柏。至于赫淮斯托斯，则是她独自生育的，并未得到宙斯的配合或允许。据说她的这一举动是对宙斯独自从头颅里生育了雅典娜作出的反应，看来，赫拉虽然在实力上远不及宙斯强大，但是在道义和伦理关系上，在婚姻地位上还是不甘示弱。只是这赫淮斯托斯出生后并未得到宙斯的赏识，反而常被宙斯所厌弃，而雅典娜却和赫拉比较合得来，在著名的特洛亚战争中她们就是一个阵营的战友。

这一点和前代的几位大地女神的生养众多形成了鲜明对比，同时也令人想到，她的丈夫宙斯也以四处交结女神、女子而与前代的几位天神迥然有别，可见奥林帕斯神族的确是进入了新的历史时期的古希腊人革新了原有的神话体系，叙述出新的思想观念，而且在此基础上开始了新的神话沿革体系的结果。这一革新既是神话自身的进步，也标志着神话的现实基础——希腊社会的进步，而这进步的总的、极为确定的方向则是整个神话体系从叙述风格、神灵形象到神话内涵的世俗化和现实化，也就是造成了后来所谓的"神人同形同性"特征的运动。

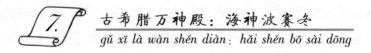

7. 古希腊万神殿：海神波赛冬
gǔ xī là wàn shén diàn：hǎi shén bō sài dōng

地震神波赛冬在和宙斯、哈得斯瓜分世界的时候，分得了海洋（宙斯分得了天空，哈得斯分得了冥界）。同样，当独眼巨人把雷电给了宙斯，把头盔给了哈得斯时，也把三叉戟（源于三股鱼叉的武器）给了波赛冬。在希腊神话中，波赛冬是海上航行的主宰，也是第一个驯服烈马的神。

据希腊阿卡迪亚人的说法，波赛冬出生时正值父亲克洛诺斯逐个吞吃自己的新生儿的时候，他的母亲瑞亚对克洛诺斯谎称自己生下了一匹马驹，并把一匹马驹交给丈夫，由他吞下肚去，替换下了新生的波赛冬，就像后来用石头替换下了新生的宙斯一样。

波赛冬降生后，被瑞亚委托给海洋女神抚养，后又交由山林女神的祭司们照料，因此他和宙斯一样，都是由母亲之外的神灵养育大的。不过也有一种说法，讲的是波赛冬也像同胞们一样被克洛诺斯吞了下去，持这种说法的人们坚持认为，只有宙斯逃脱了这个厄运。

在克洛诺斯被墨提斯用计推翻后，波赛冬也得到了解放。由于抽签的结果是由波赛冬掌管海洋，所以波赛冬在深渊的四周建起了铜围栏，战败的提坦神被囚禁在里面，天有多高，深渊就有多深。

波赛冬曾和赫拉、雅典娜一道反抗宙斯的统治，可是在前来帮助宙斯的百手巨人的神威面前，他终于没敢轻易造次。

在希腊科林斯人的传说中，波赛冬曾经和太阳神赫利俄斯争夺科林斯城邦的保护神，当时担任仲裁之责的就是这里提到的百手巨人。

经过一番角逐，百手巨人将科林斯地峡以及科林斯境内的临海地带分给了波赛冬，把科林斯境内的高地分给了赫利俄斯。

波赛冬还和天后赫拉发生过争执，为的是担当希腊城邦阿果斯的保护神。这次担任仲裁者的是三位河神——伊纳库斯、塞菲苏斯和阿斯忒里昂。最后河神们把保护神的地位判给了天后赫拉。波赛冬为此恼恨不已，当下便把三位河神掌管的河水给弄干了，所以从那以后，这三条河就只有雨后才有水，否则就一夏无水。波赛冬如此报复了河神后仍难解心头之恨，定要阿果斯人作出某种补偿，便一举淹没了阿果斯的许多土地。不过，阿果斯南部的沼泽之神莱尔纳却得到了格外呵护，因为那里的女神阿米墨涅归顺了波赛冬，条件是她可以保住自己的湖水，而波赛冬因为爱她，也就答应了她的条件，给了她泉水。

波赛冬是个不安分的神，他在阿尔戚普斯当雅典的国王时，又和智慧女神雅典娜争夺起雅典城的保护神来。宙斯为了息事宁人，让这两位势力强大的神灵共同掌管雅典城。

不过还有一种说法，波赛冬在和雅典娜争做雅典保护神时，首先赶到了阿提卡，他用三叉戟向雅典卫城的岩石击去，立刻造成了一眼咸水井，原来他是以此作为自己占有雅典的标志。不过雅典娜在他之后到来，却让卫城的岩石上长出了一棵橄榄树，用它作为对雅典城的许诺。宙斯见两位神灵相持不下，便充当和事佬，把他们分开了。然后又让奥林匹亚人做这桩讼案的仲裁者，结果他们把雅典献给了雅典娜。奥林匹亚人作出这样的裁决，是因为雅典城的第一任国王刻克洛普斯见证了雅典娜是第一个栽种橄榄树的神灵，而雅典人也因此把自己的城邦称为雅典娜的城邦——雅典。

波赛冬当然不服仲裁，便用滔滔洪水淹没了阿提卡。还有一种说法，认为是宙斯把雅典给了雅典娜，而波赛冬并未水淹阿提卡，因为宙斯的神使赫尔墨斯制止了他。无论如何，在雅典的厄琉西斯神庙中，那棵橄榄树和那井盐水被保存了很久，作为当年争执的见证。

波赛冬不仅和众神争城池，还曾经和宙斯争情人。他们所争的那位女神就是海洋女神忒提斯，后来由于忒弥斯预言了忒提斯的后人会超过父亲，两位神灵才各自退出了情场。后来宙斯将忒提斯指婚给了希腊英雄珀琉斯，忒提斯便生了大英雄阿喀琉斯，作为后人，他的本领果然胜过了他的父亲。

传说波赛冬后来想和海洋女神阿穆菲忒利特结婚，可这位女神却想保持处女的身份，便逃到了大地的西尽头阿特拉斯那里。波赛冬派了好多神灵去各地打探意中人的下落，结果一只海豚在漫长的寻访中发现了阿穆菲忒利特的踪迹，它还劝说这位女神嫁给波赛冬，并亲自为他们安排了婚礼事宜。波赛冬为了报答这只海豚，就把它送上天庭，做了一颗星宿。古代东方有一座著名的城池，叫特洛亚，据说它的城墙就是波赛冬和阿波罗共同筑成的。那是在拉俄墨冬做特洛亚国王的时候，阿波罗和波赛冬想要考验一下这位国王的品性，便作凡人的模样请求承担建城的任务，并要求国王按劳付酬。当城墙完工时，拉俄墨冬却拒绝付给工钱。于是阿波罗便对特洛亚人施放了瘟疫，波赛冬也派出海妖攫走了特洛亚平原上的居民。后来，拉俄墨冬从神谕中得知，只有把自己的女儿赫西俄涅献给海妖，才能使城邦解除灾难。拉俄墨冬无法，只得将女儿捆缚在海边的礁石上。后来，是途经此地的赫拉克勒斯见义勇为，救下了无辜的赫西俄涅。

波赛冬是奥林帕斯山上经常干预人世生活的神灵之一，他惯常采用的手段就是放出海妖或怪物，给世人带来灾难，有时他的干预惩罚了恶徒，有时也不免戕害了无辜。有一次，埃塞俄比亚人的王后卡西欧匹娅向海洋女仙夸口说，她比众女仙长得更漂亮。波赛冬听说此事后深为海洋女仙的遭遇感到不平，便放出洪水涤荡埃塞俄比亚，还派海妖残害那里的人民。预言家阿蒙宣布的神谕说，只有将王后的女儿——安德洛墨达公主作为海妖的祭品献出去，才能使王国摆脱灾厄。国王刻甫斯无奈，只得将女儿绑在礁石上等死。后来，宙斯和阿果斯公主达那厄所生的英雄珀修斯经过海边时听到了公主的倾诉，勇敢地杀死了海妖，救出了公主，并得到了公主和国王对他的求婚的许诺，幸福地和安德洛墨达结成了夫妇。

如果说波赛冬的冒失举动常常被人间的英雄所纠正的话，那么有时候无辜的人却得不到正义的拯救。

当年雅典国王忒修斯曾经娶了克里特国王米诺斯的小女儿淮德拉为妻，那时，年老的忒修斯从年轻的妻子的身上看到的是自己年轻时所爱的阿里阿德涅的身影，因为淮德拉长得和她的姐姐一模一样，也是那样美丽温柔。原来，忒修斯年轻时曾立志为父亲、雅典国王埃勾斯争得荣光，为饱受克里特国王压迫的雅典人解除灾难，于是他自告奋勇前去克里特征服米诺陶魔牛。那头魔牛每年都要吞噬雅典人的童男童女作为美餐，雅典人每到向克里特进贡儿女的时候都陷在惊恐不安之中。当忒修斯来到克里特并觐见米诺斯国王时，国王的女儿阿里阿德涅却热切地爱上了他。这位公主把制服米诺陶魔牛的线团和魔剑交给忒修斯，使他顺利地进出迷宫，杀死了魔牛。忒修斯带着自己所爱的阿里阿德涅公主逃出了克里特，可是在途中停泊在狄亚岛时，他所深爱的阿里阿德涅却被酒神狄奥尼索斯追讨去了。

就因为这样一段情由，经过了年轻时的武功和文治（扫除盗匪、征服米诺陶，统一阿提卡各地为一统一王国），忒修斯又在淮德拉身上得到了爱情的快乐。可是他的爱情很快就被灾难所淹没了。虽然淮德拉已和忒修斯生了两个儿子，但是她的心却暗恋着忒修斯和前妻希波吕忒所生的儿子希波吕托斯。和淮德拉同岁的希波吕托斯英俊勇敢，可是他却单纯无比，决意献身给处女神阿尔忒弥斯，终身不娶。淮德拉遏制不住自己的情欲，便通过自己的女仆向希波吕托斯表白痴情，并建议他推翻父王，和她分享王国。希波吕托斯对继母的居心十分憎恶，一个人逃开了。淮德拉羞愤交加，转爱为恨，便在自尽时留下遗言，指控希波吕托斯要侮辱她。

轻信的忒修斯被爱情蒙住了双眼，他拒不相信儿子的表白，执意祈求海神波赛冬降罚给自己的儿子。一向眷顾忒修斯的波赛冬原已许诺过满足忒修斯的三个愿望，便在希波吕托斯痛苦地驾车外出时从大海中赶出一头公牛，惊得马匹狂奔起来，把马车颠簸破碎，希波吕托斯也身负重伤，奄奄一息地被抬到了忒修斯面前。当淮德拉的女仆受到良心的谴责，对忒修斯说出了事情的真相时，他的儿子却在他的痛苦呼唤中撒手人寰了。从此，忒修斯的命运便罩上了悲惨的阴云。

8. 古希腊万神殿：黑暗之神哈得斯
gǔ xī là wàn shén diàn：hēi àn zhī shén hā dé sī

哈得斯既不听人劝，也不向谁低头，就为这，他在众神之中最遭人恨。

——阿伽门农（荷马《伊利亚特》第九章）

哈得斯，这个名字在希腊语中的含义是"看不见者"。在古希腊神话中，他是提坦神克洛诺斯和瑞亚的儿子、宙斯和波赛冬的兄弟。

克洛诺斯被推翻后，哈得斯在和兄弟瓜分天下的抓阄中得到了地下世界，因而他和妻子珀尔塞福涅就常年统治着冥界，统治着冥界的各种势力和亡魂。哈得斯坐镇的地方从那以后就被人们称为"哈得斯的府邸"。虽然哈得斯监督对有罪的死者所做的审判，也监督对他们施加的刑罚，但是哈得斯并不是冥界的判官，他也不亲自惩罚罪人，那种事都被他交托给三位复仇女神去执行了。

在古希腊人的观念中，哈得斯是一位令人敬畏的特殊神灵，他格外倔强、冷酷，决不为祈祷或祭献所动容，就像他所统治的死者那样。他深居在阴森黑暗的地域里，从不显露自己的真容，即便有所行动，也从不显露踪迹，只像一个幽灵一样隐秘地出现或消失。就连他那次抢掠珀尔塞福涅的行动，也都是十分诡秘的。人们所能感受到的，只有从他的周围散发出来的一种肃杀之气，想到他就令人毛骨悚然。

不过畏惧归畏惧，人们还是从心里不敢得罪他。故而人们送给他很多委婉的别称，譬如"显赫者"、"忠告者"等。有趣的是，人们还常用宙斯的称号来称呼他，只不过前面加上了一个名头，如"地下的宙斯"等。他的另一个名字——"普路同"是"财主"或"赐财富者"的意思，据学者们考证，这一名称的由来大约和他早期的丰产职能有关，或者是暗指他的富有，因为他把一切死去者的世上之物都收入自己的领地。

值得一提的是，古希腊神话中的"深渊"——"塔尔塔洛斯"起初是指远在冥界之下的去处，也是惩罚拘押罪人或失败者的地方，后来却变得和冥界没有什么大区别了。

哈得斯作为一方神圣，自然也有他的法宝，他的头盔就是其中最著名的，那是独眼巨人送给他的，戴上它的凡人或神灵就会立即变成隐身者，能看见别人，别人却看不见自己。

这个用处可是很有用场的，所以，哈得斯常把这头盔借给某个英雄或神灵一用。那杀死魔女美杜莎的珀修斯就是靠了它才完成了自己的使命的。还有神使赫尔墨斯，也是靠了它才战胜巨人的。在特洛亚战场上，雅典娜同样依靠这顶头盔的帮助，才蒙蔽了战神阿瑞斯的双眼，让他吃了不小的苦头。

在古希腊神话中，哈得斯的事迹最著名的就是他的"抢妻"。希腊农神得墨忒尔有一位正当妙龄的美丽女儿，名叫珀尔塞福涅，是农神和宙斯结合而生的女儿，在母亲的眼里，不啻是心中至爱、掌上明珠。古希腊人还称她为"科瑞"，意思是"花朵"，所以她的美艳是理所当然的。

一天，珀尔塞福涅正在一片草地上采撷花朵，忽然她面前的大地裂开了，从里面冲出一辆战车，从上面跳下一个凶狠的神灵，将她一把抱起来，掳到车上，向地下驶去。这位抢亲的神灵就是哈得斯，他要让珀尔塞福涅做他的新娘，在阴森恐怖的冥界陪伴他一道生活。

忽然之间失去了爱女的得墨忒尔心痛不已，她决意踏遍千山万水，也要找回自己的孩子。风尘仆仆的农神母亲不知吃了多少旅途辛劳，终于从泉水女神那里探听到了女儿的下落。她急忙去向那无情的冥神讨还女儿，那哈得斯把众神中最美的少女抢到了自己幽闭的府邸，怎么肯再放还呢？就这样，被逼无奈的得墨忒尔在悲痛中只得做出报复的行动，她拒不允许大地上再生长作物，这一来可苦了天下的百姓。而且人类没了收成，众神哪里还有祭品可享？僵持之下，宙斯只得亲自干预此事，命令哈得斯放还珀尔塞福涅。也有人说，宙斯的判决是，如果珀尔塞福涅没有吃过冥界的食物，哈得斯就必须让她返回地面。可是在冥界，狡猾的哈得斯竟然利用珀尔塞福涅的年少无知，为她设下了圈套。他给这位少女备下了甜美的石榴，让她品尝，珀尔塞福涅不知是计，就在饥渴中吃了一些石榴子，那可是代表婚姻的果实啊，既然吃了这果实，她就已经和哈得斯结了婚，再没有抽身的可能了。

眼看着美妙的少女不能再见天日，辛劳的农神母亲不能再母女团聚，宙斯只得再次从中斡旋，调停哈得斯和得墨忒尔之间的纠纷。他最后判定，在每年的三分之二时间里，珀尔塞福涅要和母亲生活在一起，剩余的三分之一她就得和哈得斯生活在一起。于是，每逢夏季，当珀尔塞福涅和哈得斯住在一起时，大地就到处干旱，一片荒漠，得墨忒尔也极度抑郁，无精打采。到了冬季，当珀尔塞福涅和自己的母亲得以团聚时，天下的作物就又开始茂盛地生长起来。所以，在希腊，农人们总是在气候温润的冬季开始耕种作物。

珀尔塞福涅的被掳和放还的神话，毫无疑问，是古希腊人在长期的农业劳作和神话思维的作用下创造出来的，它一方面残留着远古自然崇拜的痕迹，一方面又构成了古希腊创世神话的组成部分，十分优美地解释了一年四季时令循环的起因，包含着古希腊人对自然和人生的充满诗意的理解。

哈得斯的领地不仅留住了珀尔塞福涅的部分韶华，也留住了所有死去的人类。在古希腊人的神话中，人的死亡并非不再存在，死者之所以区别于生者，是因为他们已经在冥界开始了一种乏味和苦恼的存在。和他们不同的是那些虽已死去但仍存在并居住于极乐岛上的人，他们被称为不死者。所以，生与死并非决然的分野，只是存在的状态不同，有优劣之分而无存在的缺失。

正因抱着如此观念，所以才有苏格拉底式的反诘——"有谁知道活着是否就是死了，或者死了才是活着？实际上，我们活人也许才是死的；我曾经听到智者说，我们现在是死的状态，身体就是我们的坟墓。"（柏拉图《高吉亚斯》）

古希腊方志作家鲍萨尼阿斯也说："众神真的有那么多的地下居所供

灵魂驻留吗？我看这很难想象。"（鲍萨尼阿斯《希腊志》）

古希腊人像其他从蒙昧的原始时代脱出未久的民族一样，带着浓厚的原始思维开始了对人的生命的伦理学探索，把最初觉醒的伦理意识、道德意识和生活经验同神秘主义的想象结合起来，描绘着人类的终极命运和存在方式。

柏拉图曾经在他的《理想国》中叙述了一个"死而复活"的人讲述死后生活的故事，那个名叫厄洛斯的战士在战场上受伤而死，却又在十几天后复活在火葬堆上。他醒来后向人们讲起了他在冥界的所见所闻，有死者按照生前的行事善恶分别得到奖惩的情形，有冥界神灵审判死者灵魂的情形，也有生命轮回、转世托生的情形，宣扬的思想已成为宗教教义的雏形。

除了厄洛斯之外，希腊神话还讲到了几个探访过冥界的英雄，著名的有俄底修斯、埃涅阿斯、赫拉克勒斯和忒修斯等，他们在冥界见到了很多各自的朋友和亲人，但他们的心情都因冥界的所见所闻而抑郁不乐。俄底修斯在冥界见到阿喀琉斯时，阿喀琉斯对他说："荣耀的俄底修斯，别跟我说那些宽慰我的关于死亡的话吧，我宁愿选择活着做他人的雇工，也不愿意在这些孤寂的死者中间做一位大王。"（荷马《奥德赛》）话语之间充满了对生的留恋和对死的无奈，流露着荷马和一代希腊先民对可知世界的深邃思考。

总之，围绕着哈得斯，不仅反映了古希腊人对天象四时和植物枯荣的理解，也反映着对人的生命现象的理解。人从哪里来，到哪里去，生死之别是什么，两重际遇又如何？这无尽无休的生命思考就是古希腊人的原始生命哲学，也是"认识你自己"这一伟大命题的重要组成部分，因此哈得斯神话虽然描述的景象氛围阴惨肃杀，它后面的内涵却是很显亮的，古希腊人对冥界的想象正反衬出他们对人生的热爱和积极态度，他们对冥界的描绘对后世西方观念乃至文学艺术的影响则更是绵亘久远。

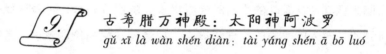

9. 古希腊万神殿：太阳神阿波罗
gǔ xī là wàn shén diàn：tài yáng shén ā bō luó

> 竖琴和弯弓永是我的所爱，我把宙斯的神圣旨意向世人
> 播撒。
>
> ——《献给提洛岛阿波罗的颂歌》

阿波罗，预言、音乐、艺术、射击、医术之神，古希腊受到最普遍尊崇的神灵。

当年，提坦神勒托受到宙斯的引诱，和这位风流主神有了私情，结果招致了赫拉的驱逐。在漂泊了很多地方后，她来到了提洛岛，那是爱琴海西克拉底斯群岛中的一座海岛，在那里，她生下了双胞胎——阿尔忒弥斯和阿波罗。

提洛岛起初并不存在，那是勒托的姐妹阿斯忒里娅的身体化成的。原来，阿斯忒里娅为了摆脱宙斯的纠缠，跳进了大海，可宙斯却将她变成了一只鹌鹑，又将她抛向海中，可是在阿斯忒里娅落水的地方，却升起了一座海岛，就是后来改称提洛岛的奥提吉亚岛。

勒托的生育并不是一帆风顺的。时间已经过了9天，可接生女神伊里菲娅却迟迟未到。原来是妒火中烧的赫拉把接生女神羁留住了。那些陪伴和保护着勒托的女神只好用一条金项链买通了天上掌管联络的彩虹女神伊里斯，让她把接生女神送到了提洛岛，才使勒托得以分娩。

勒托的苦难并未随着生育的结束而结束。据说她带着新生的婴儿来到小亚细亚的吕西亚时，她已口渴难耐。她央求当地的人们给她些水喝，可是竟得不到一滴。勒托再三恳求时，那些农人就恐吓她，还用手脚弄浑了池水。勒托见他们如此冥顽不灵，邪恶不迁，还如此吝惜那水塘，便当即把他们变成了青蛙，让他们世代安享他们的水塘。

神话还说，勒托的双生儿一降生，就惩罚了所有不曾善待他们母亲的人们，阿波罗刚刚诞生四天，就来到帕那索斯山上，杀死了那里的蟒蛇皮托，因为它作为神谕的发布者，追杀过勒托。

阿波罗神除掉了皮托后，接管了正义女神忒弥斯在特尔斐宣示神谕的神托所，然后又指派若干克里特的水手担任它的第一任祭司。阿波罗作出这一指派的缘由是，他当时恰好见到一艘克里特航船，从克里特的克诺索斯驶往伯罗奔尼撒的派娄斯，阿波罗变为一只海豚，引导这航船一直驶进了克里撒海湾，那是科林斯海湾的北岸，在弗吉安一带。克里特的水手们在阿波罗指引下从克里撒又来到毗邻的帕那索斯，做了阿波罗神的祭司，于是他们就把建有神托所的城镇称为特尔斐（海豚），因为神曾以海豚的模样引导他们，并对他们说：

> 我化为海豚出现在船边，
>
> 你们此后要祈求阿波罗·特尔斐，
>
> 我的祭坛也称为特尔斐……
>
> ——荷马风颂神诗《阿波罗致克里特水手》

古希腊的射手们都把阿波罗尊奉为他们的主人，因为他从远处控制着箭矢的方向。就说参加过特洛亚战争的希腊神箭手菲洛克忒特斯吧，他在战争结束后去了意大利，建造了一座阿波罗神庙，并把自己的弓祭献在里面。

说起弓这种武器，古希腊人是极为尊崇它的。当年神箭手菲洛克忒特斯奉献的弓原是为赫拉克勒斯所用的。还有一张弓很著名，那就是奥德修斯用来射杀那些无耻纠缠他妻子珀涅罗珀的求婚者们的大弓。那张弓当初是阿波罗送给他的孙子、奥卡里亚的国王埃奥里图斯的，可是这位国王（射手弥拉纽斯之子，阿波罗之孙）却自恃射艺绝伦，要与阿波罗比试一番，结果被愤怒的阿波罗杀掉了。然而在死之前，埃奥里图斯将自己的弓传给了儿子伊菲图斯，后者在被赫拉克勒斯推下太林斯城墙之前，又将弓赠给了奥德修斯。

阿波罗神的银箭往往同时射中很多目标。当底比斯的王后尼俄柏因为自己生有七子七女，又有神的祖先，便夸口胜过女神勒托时，阿波罗和他的姐姐阿尔忒弥斯便无情甚至残忍地射杀了她的美丽的女儿和健壮的儿子，使她的丈夫惊闻噩耗，自戕而死，她自己也化作了长泪不止的山岩。

在阿伽门农大王侮辱阿波罗的女祭司后，阿波罗在夜色中从天而降，向希腊联军的营帐射出无数箭矢，就像瘟疫般扫荡着生灵，给希腊人造成了重创。

箭矢和瘟疫是极为相似的灾厄，古希腊人将瘟疫理解为阿波罗的神箭带来的惩罚，招致惩罚的原因大多是傲慢神灵，这其中含有深厚的道德教训意义。人之轻慢神灵，往往会更加凌驾于他人之上，造成人间冲突和灾难，因而遭到历史的惩罚，这一道理在原始思维中便被理解为神的惩罚。

由此可见，阿波罗的力量不仅在文治武功上，而且在健康和疾患方面。为了规避他的打击，就须遵循他的指教，那就是刻在特尔斐石柱上的神之诫——"认识你自己"，还有就是"勿过度"。古希腊人认为，以此为训，方可保持和谐和健康。当然，这样的哲理认识并非出自阿波罗的智慧，而是希腊人的创造。

同样道理，声音动静之和谐产生音乐，疾缓张弛之和谐形成节奏，一切和谐虽有爱力之功，却皆受阿波罗的统驭，因而阿波罗又是缪斯的领袖。

为了造福人类，阿波罗曾将自己的高超医术传授给自己的儿子阿斯克里皮斯，这位年轻的医生将医术发扬到了炉火纯青的境界，不仅治病救人，而且起死回生。

面对这一切，主神宙斯深恐人类将神的医术学到手，然后便可相互自救，以至不死，于是放出雷电，将阿斯克里皮斯殛死。阿波罗为爱子的夭折悲痛不已，又无法反抗自己的父亲，为爱子复仇，便杀死了独眼巨人库克罗普斯，惩罚他送给宙斯雷电的罪过。

那宙斯又是怎样的震怒是可想而知的，若不是他的情人勒托从中斡旋，他早把阿波罗打入塔尔塔洛斯去了。不过死罪虽免，活罪得受，宙斯罚阿波罗到人间为奴一年。那时在比奥提亚的费赖做国王的阿德墨托斯善意地接待了他，让他为自己牧羊。后来阿波罗得到宙斯的赦免，便一直对阿德墨托斯格外呵护，还帮助他驯服猛兽，赢得了阿尔刻提斯公主，使他们结成了夫妻。

不幸的是，阿德墨托斯在结婚祭仪上忘记了向女猎神阿尔忒弥斯献祭，结果在他打开新房时，发现满屋都是毒蛇，阿德墨托斯知道，这是他的生命即将结束的征兆。阿波罗知道事情的原委，他告诫阿德墨托斯尽早平息女神的愤怒，同时使他得到了命运女神的特许，即如果有人代他而死，他则可以保全生命。

可是性命交关之际，他的家国之内竟只有他曼妙的妻子肯为他赴死。最后，在夫妻、母子生离死别的悲痛中，王后阿尔刻提斯走向了死亡。正在此时，赫拉克勒斯四处历险，来到了费赖，当他得知阿德墨托斯竟是隐瞒着丧妻之痛在盛情接待他时，他深受感动，决意要把王后从死神手中夺回来。经过一番较量，赫拉克勒斯终于制服了死神，将阿尔刻提斯毫发无损地交到了阿德墨托斯手中。阿尔刻提斯为爱情而献身的故事后来一直被希腊人传诵不衰。

关于阿波罗的竖琴，也有一段传说。出生不久的神使赫尔墨斯偷走了阿波罗的牧群，阿波罗在寻找他的牧群时，发现了赫尔墨斯发明的竖琴，便提出要用自己的牧群和他的竖琴交换。成交后，赫尔墨斯在放牧时又发明了一种牧羊笛。这乐器同样奥妙无穷，简直令阿波罗艳羡不已，他又提出要用自己的金牧羊杖和他交换。那牧羊杖可保护持有者平安无虞，赫尔墨斯因而同意交换，但同时让阿波罗教会了他如何用鹅卵石占卜的技能。

阿波罗不仅多才多艺，而且多情（事情往往如此）。他曾经追求过很多神界的仙女和凡间的女子，其中最著名的是他和达芙妮的传说。达芙妮是河神的女儿，由于阿波罗曾经嘲笑爱神厄洛斯的箭法，厄洛斯便用箭同时射中了阿波罗和达芙妮。可是厄洛斯用金箭镞射阿波罗，用铅箭镞射达芙妮，结果使达芙妮厌弃一切追求者，而阿波罗却疯狂般地爱上了达芙妮。阿波罗不顾一切地追寻着意中人，可是当他眼看要捉住达芙妮时，达芙妮竟在绝望地祈求宙斯让自己在消失中蓦然变做了一棵月桂树。

阿波罗颓然地望着月桂树不忍离去，最后只得用月桂树枝做了一顶冠冕戴在头上，表示他把月桂树当做自己的神树，桂冠也就成了他的奖品。

不知为何，拒绝过阿波罗的女子并不在少数。战神阿瑞斯的孙女玛珀莎原本为人间最有力量的伊达斯所赢得，阿波罗却将她掳走了，伊达斯和阿波罗争斗起来，宙斯从中调解，让玛珀莎自主选婿。玛珀莎担心自己年老时被弃（因为神是不老的），便断然选择了伊达斯。还有被宙斯殛死的阿斯克里皮斯的母亲克罗妮斯，她虽和阿波罗有私在先，却弃他而去，爱上了伊斯奇斯，结果双双被阿波罗的姐姐阿尔忒弥斯所杀。

著名的阿波罗神庙女祭司卡珊德拉也曾因拒绝阿波罗而被害。起初她曾允诺，只要阿波罗教给她预言术，她就答应阿波罗的求爱，可是她在得到这一异能后，仍不接受阿波罗的爱情，于是阿波罗在愤怒中剥夺了她的预言的说服力。因此，当卡珊德拉警告特洛亚人木马中有诈时，没有一个人相信她的话，特洛亚城便被这木马"踏平"了。

阿波罗在荷马所描写的特洛亚战争中，原本是仇视特洛亚人的，因为特洛亚人的前代国王拉俄墨冬曾经在阿波罗和波赛冬为其建造城墙后拒付工钱，未能经受住考验，结果招致了两位大神的嫉恨。只是由于阿伽门农百般侮辱了阿波罗神庙祭司克律赛斯，加之阿喀琉斯疯狂复仇，杀人过剧，公然不顾众神的警告，阿波罗才降瘟疫给希腊人在先，假帕里斯之手射杀阿喀琉斯在后，使阿开亚人付出了沉重的代价。

据特尔斐的皮托神托所的女祭司们传说，在此地最先颁布神谕的是大地女神该亚，她指派林间女仙戴芙妮斯为自己的女祭司，传达她的神谕。后来该亚把这一使命交给了正义女神忒弥斯，再后来是青春女提坦神福柏执掌神谕，是她把神托所传给了阿波罗，因此阿波罗又称为福玻斯·阿波罗。由于特尔斐地处希腊人认为的世界中心，因而这里发布的神谕极具权威性，所受各地的捐赠也最为丰富。当然，阿波罗的名声也就由此大振。

古希腊万神殿：雅典娜执掌规矩

gǔ xī là wàn shén diàn: yǎ diǎn nà zhí zhǎng guī jǔ

雅典娜的声音在我听来最亲切，我虽然看不到她的形体，但是我却如此清晰地听到了她的话语，领会了她的用意。

——荷马《奥德赛》

在古希腊神话中，雅典娜是一位城邦保护神（特别是雅典的保护神），也是司掌战争胜负和世俗智慧的女神。

雅典娜被古希腊人称为"闪眼的"、"明眸的"女神，也许是她从单亲的父亲宙斯和遗腹的母亲墨提斯那里秉承了威力和智慧的缘故吧，她的明亮的双眸一定是因智慧而放光的。如果说雅典娜的明眸，按照英国神话学家弗雷泽的考证，是雨后初霁的象征的话，那么和她相关联的神秘动物鹰隼，按照原始自然崇拜的传统，则应该是她的智慧的象征。有迹象表明，她是古希腊人从前希腊的米诺安文化中继承来的，由于希腊人的聚落出现在部落战争频仍、部落交往频繁的英雄时代，因而她的职能也就在保留了早期的家庭伦理和日常智慧的同时，增加进了执掌战争胜利的内容。

对于那些乐于听从她的睿智的教诲并追求公正的人们，雅典娜总是不吝提出忠告，赋予他们计谋和勇气，甚至帮助他们战胜不义，取得战争的胜利。因而，每当战事当前，人们总是寻求她的帮助和保护，把她看做战无不胜的女神，同时也敬畏她对傲慢凶暴之徒的惩罚。雅典娜不仅是智慧和胜利的女神，还是一位技艺出众的女神，她把橄榄树送给雅典人，教会了他们如何种植这种宝贵的果树（为此而战胜了波赛冬，成了雅典的保护神），她还把制作衣裳、打造器物等技术传授给人类，是一位在技能方面接近赫淮斯托斯的女神。所以，她也是保障人们遵循正义、恭谨持家和增进财富的女神。从这个意义上说，她的身上体现着典型的神的理性，也体现着最突出的现代性。因此，有些学者认为，她的神格具有城市化和文明

化的特点，在很多方面她是和出没于山林池沼的月神、狩猎女神阿尔特弥斯相对应的。

　　雅典娜不仅是从男性神的头脑里"不须女性配合"地诞生的，而且在她的行事中也处处体现男性作风，维护男权社会的法则利益，给人以形式上的女性身份，实质上的男性代表的印象。依据神话和雅典文学传统，是她在雅典第一次主持了法庭审判，审理了迈锡尼霸主阿伽门农之子俄瑞斯特斯为父复仇，手刃自己的生身母亲一案，由此开创了法庭审判制度。众所周知，法是雅典社会民主制度赖以实施的基础，也是后者的核心内容。

　　至于雅典娜所主持的审判结果，则是和原始部落法规所要求的截然相反。尽管阿伽门农的妻子、王后克吕泰涅斯特拉杀死亲夫事出有因，即对他杀祭女儿的怨恨，以及她和丈夫的堂兄弟的通奸，但是她杀死丈夫，就犯了比杀死母亲更大的罪，因为丈夫是家庭的主人，是血缘和继承关系的基础。正是出于这样的法理，雅典娜为审判投了无罪开释俄瑞斯特斯的一票。事实上，这一判决等于是宣告了原始母系血亲的主导地位的终结。

　　在埃斯库罗斯的三联剧《俄瑞斯特斯》最后一部《复仇女神》中，雅典娜对雅典人说道：

　　　　我不是从母亲中出生，

　　　　在婚姻之外的所有事务上，

　　　　我是全身心倾向于男性，

　　　　而且站在家庭中父亲的立场。

　　　　为此我反对杀死丈夫的妇女，

　　　　因为她毁掉的是家庭的栋梁。

　　雅典娜为什么会从宙斯的头颅中出生？神话中说，宙斯在设法征服父亲克洛诺斯，使他释放自己的兄弟姊妹时，全靠海洋女神墨提斯的帮助，才得到了令克洛诺斯呕吐的魔药。这位墨提斯本是众神中最有智慧的女神，因此，更老的天神乌拉诺斯和地神该亚曾经预言，她所生的儿子将成为天庭的主宰。宙斯和墨提斯结合后，惧怕墨提斯生出儿子取代自己的统治，于是趁墨提斯生产之前，便整个地把墨提斯吞下肚子里去了。结果，墨提斯生产的日子到了，宙斯感到头痛难忍，只得叫普罗米修斯（一说为赫淮斯托斯）用斧头为自己接了生。他的头颅刚一劈开，雅典娜就全身披挂，跳将出来，径直落到了北非利比亚的特里同河边，根本没有经过抚养就成了神通广大的女神。所以，雅典娜并不是普通意义上的神灵，在她的身上，包含着原始时代社会形态和文化形态转折的意义。

雅典娜是一位处女神，因而也就没有儿女。这一特征虽然未必是她起初就具备的，但是也出现得非常早。

在荷马史诗中，雅典娜坚定地支持希腊一方。她克服希腊人的火并和懦弱，鼓动他们的斗志并启发他们的智谋，每当她出现在战场上，希腊人便捷报频传，她几乎成了组织战争、赢得战争的保障。和她相比，虽然特洛亚人有宙斯的同情和战神阿瑞斯的援助，但是，宙斯却屡屡受到赫拉的牵制，而阿瑞斯更是有勇无谋，给人一介武夫的感觉，根本没有雅典娜那种智慧、文明、巧妙和正义的品格。所以，尽管荷马并不刻意地表现双方的高下优劣，但是从神的方面和人的方面都暗示了战争胜负的原因。

雅典娜在荷马的《奥德赛》中是作为奥德修斯的保护神出现的，在后来的神话传说中，她更是成了珀修斯和赫拉克勒斯的援助者。在城邦战争中，她往往是国王们的保护者和忠告者，给予他们以克制和智慧。

在迈锡尼文化消亡后的时代里，依托在雅典娜的保护和主宰之下的各主要城邦取代了以往的王宫，雅典娜受到了广泛的崇拜，但到后来，她却主要是雅典城邦的保护神了，雅典城也由她得名。这一事件是在城邦从君主制向民主制转变的过程中发生的。

在雅典娜的生日举行的帕特侬节具有种植仪式的意义，这是她的保护城邦的职能的一种体现。

雅典娜在少年时，曾经和一位名叫帕拉斯的女孩一道游玩，雅典娜不慎将她刺伤致死，出于对她的悲悼，雅典娜便将自己称为帕拉斯·雅典娜，还为她造了一尊木雕像，称为帕拉狄乌姆，以示对她的纪念。后来宙斯把这尊雕像从天上掷给了特洛亚的国王，以保护他的城邦，因为只要保有这尊雕像，城邦就安全无虞。可是当特洛亚战争爆发时，这尊雕像却被希腊人偷去了，以至特洛亚城邦终于不保。

关于雅典娜和雅典城邦的关系还有一种传说，说是和她有着同样奇异出生背景的赫淮斯托斯追求她，企图夺去她的贞操。她在逃脱时，赫淮斯托斯的精液便滴落到了雅典娜的腿上，雅典娜很是嫌恶，便用一根树枝擦掉那精液，并随手把树枝扔到了地上。不料那地上竟生出了一个半人半兽、上身是人下身是蛇的怪物，名叫赫里克透尼乌斯。这个大地之子后来是被雅典娜抚养长大的，人们常把他和传说中的雅典国王赫里克修斯说成一个人。

传说雅典娜曾把赫里克透尼乌斯放在一只木箱里，交给了雅典国王克库罗普斯，可国王的女儿们却把木箱打开了，结果秘密就被一只乌鸦传开了，雅典娜一气之下就把那些女孩变成了疯子，使她们自投入海而死。

雅典娜的严厉体现在很多次对人或神的惩罚上。传说吕底亚有一个名叫阿拉克涅的女子，因纺织的手艺十分高超，遐迩皆知，便有意要与雅典娜一试高下，结果她哪里是女神的对手，失败后，她被雅典娜变成了蜘蛛，以示对她的狂傲的惩罚。古希腊人就是用这样的神话来传播"人不可与神争，不可恃强自傲和人不能超过神"的思想的。

还有一次，雅典娜使一个名叫阿尔克诺的女子爱上了另一个男子，最后她痛苦地离开了自己的丈夫和孩子们。雅典娜对她的惩罚是因为她曾背弃约言，没有把全额的工钱支付给为自己做工的女子尼坎德拉。

雅典娜在惩罚犯过之人的同时，也赞助自己欣赏的人。有一位名叫阿斯克里皮斯的名医，曾经从雅典娜那里得到过怪物美杜莎的血，他用美杜莎左半身血管里流出的血致死人，而用美杜莎右半身血管里流出的血拯救人，使很多人起死回生。

雅典娜的身影是出现在荷马史诗中次数最多的。在史诗中，她是东方富庶城邦特洛亚的敌人。根据希腊传说，特洛亚王子帕里斯由于在出生时梦兆不祥，被王室抛弃，流落为伊得山上的牧羊人，他曾经被宙斯指定为评判阿芙洛蒂忒、赫拉和雅典娜谁是最美的女神，获此殊荣的女神方可得到争吵女神伊里斯献出的金苹果。帕里斯禁不住许以美妻的诱惑，将金苹果判给了阿芙洛蒂忒。落选的雅典娜和赫拉由此十分恼恨帕里斯，而且迁怒于特洛亚人。

还有一种传说，讲的是帕里斯和希腊最美的女人海伦是在没有神的参与下自愿相爱的，这一说法的道理在于，以赫拉和雅典娜这样的女神怎么会为区区一点奖品和美名而跑到弗律吉亚的特洛亚去呢？

不过，通常的说法是，帕里斯的评判开罪了赫拉和雅典娜，这两位女神就在特洛亚战争中不断寻找机会惩治特洛亚人，直至将他们的宫阙城池夷为废墟。

有几件事突出表明了雅典娜的爱憎和倾向。希腊联军主将阿喀琉斯强烈要求统帅阿伽门农释放阿波罗神庙祭司之女，以消弭阿波罗降下的灾殃，为此被他激怒的阿伽门农虽同意放人，却夺走了阿喀琉斯心爱的女俘，争吵中阿喀琉斯要手刃阿伽门农，雅典娜见状急速赶到，扯动阿喀琉斯的头发，制止了他的鲁莽。

和平息希腊内讧形成鲜明对比的是，雅典娜对特洛亚的英雄却竭力加以打击。在特洛亚十年战争的最后一年，当阿喀琉斯急欲出战，为好友帕特洛克罗斯之死复仇时，雅典娜又一次前去援助阿喀琉斯。荷马描写到，特洛亚联军主将赫克托尔无心恋战，夺路而逃，阿喀琉斯在后紧追不舍，却无法得手。雅典娜见了，便化身成赫克托尔的兄弟戴弗布斯，出现在赫克托尔面前，对他说要联手对敌。赫克托尔以为有兄弟助战，便鼓起了勇气，可在迎战阿喀琉斯时他才发现，原来他仍是孤身一人，结果使他被阿喀琉斯所杀。

从雅典娜对希腊人的呵护中可以看出，希腊人是将她当做最亲近、最有帮助的女神来看待和崇拜的，而雅典娜的性格和能力也在很大程度上体现了希腊人的理想和个性。

11. 古希腊万神殿：匠神赫淮斯托斯
gǔ xī là wàn shén diàn: jiàng shén hè huái sī tuō sī

赫淮斯托斯是古希腊神话中的匠神，身量不高，年龄不小，一副浓密的胡须，穿着做工的短裈。古希腊人认为是他发明了冶炼锻造金银铜铁的技艺。事实上，在众神居住的天庭上，几乎所有关乎设计制作和所有用火进行加工的活动都是由这位勤劳朴实的工匠来承担的。他在制作器物方面的创造力和手艺率天下之先，以当时人、神两界的需要，没有能难倒他的。因而在他身上突出地体现着古希腊人勃发的创造力和勤勉的劳作风习。

关于赫淮斯托斯的出生，虽然有人说他是宙斯和赫拉的儿子，但是更普遍的说法是，他是赫拉单独生养的，因为赫拉不满于宙斯独自生养了雅典娜，因而以此表示对抗。按照后面这种说法，那么宙斯当初生产雅典娜的时候，用斧头劈开头颅为其接生的，就不可能是赫淮斯托斯，而只能是普罗米修斯了。由于这两位神灵都以心灵手巧著称，所以究竟哪位是雅典娜的"接生神"，历来说法不一。

除了在这一点上，这两位神灵似乎存有抵牾之外，在一些更重要的方面，赫淮斯托斯和普罗米修斯之间似乎也是对比鲜明的。例如，普罗米修斯作为人类的缔造者和保护者，曾经教给人类很多至关重要的生存技能，诸如驯养动物，驾驭牲畜，疗救疾患，占卜未来，总之，他就像人类的启蒙导师一样教会人类独立地生存。他还冒着危险盗出天火送给人类，给人类带来温暖和光明。他的特立独行，他对人类的关爱和支援，特别是他掌握着哪位女神将和宙斯结合而生下比宙斯更强大的神灵，却不向宙斯吐露分毫秘密。这一切终于激起了宙斯的愤怒，他责令赫淮斯托斯率领大力神和暴力神，将普罗米修斯绑缚在高加索山上遭受苦刑，可普罗米修斯竟决不妥协屈从。相比之下，赫淮斯托斯则对宙斯虽有怨怼却从无反抗，对他的生母赫拉更是言听计从，决不反抗。而且，他还时常充当他们的助手，从旁帮凶。

赫淮斯托斯是个瘸子，那是他从天庭上摔下来，经过一天时间，在黄昏时落到勒姆诺斯岛上的结果。原来，赫淮斯托斯的母亲赫拉因为嫉妒宙斯和迈锡尼公主阿尔克墨涅的私情，一心要除掉他们的儿子赫拉克勒斯。她在海上掀起风暴，险些将正在航海的赫拉克勒斯置于死地。宙斯十分宠爱赫拉克勒斯，因而愤怒地惩罚了赫拉，将她吊在奥林帕斯山上。赫淮斯托斯上前营救，宙斯怒从心起，将他从天庭摔到了地上。

关于他的跛脚如何造成，原有很多不同的说法，但都不如此说真切可信。事实上，赫淮斯托斯的跛脚只是人们的推测而已，因为古代社会中跛脚的人不宜当战士或务农狩猎，故而常做铁匠。他原本是小亚细亚的神灵，后来传入希腊的雅典和意大利的坎帕尼亚，其事迹一直和勒姆诺斯岛有某种神秘的关联，古希腊人常把火山看做他的作坊。

赫淮斯托斯的婚姻可谓不幸，因为他的妻子、爱与美之女神阿芙洛蒂忒并不爱他，也从未和他生过孩子，她爱的是英俊的战神阿瑞斯，当然，她在奥林帕斯山上貌压群芳，且风流而多情，因而，还有其他一些男神和男子也是她的情人。只要赫淮斯托斯不在，阿芙洛蒂忒就会在家中接待自己的情人。巧胜百工的赫淮斯托斯岂能坐视不管？他发明了一张金属大网，终于在妻子和战神情人幽会时捉到了他们。只是结果并未像赫淮斯托斯预料的那样，因为闻声赶来的众神非但没有惩罚这一对作奸犯科的家伙，反而揶揄嘲弄了赫淮斯托斯，弄得赫淮斯托斯反受其辱。

后来，当宙斯生出的雅典娜渐渐长大，并在一天来到他面前要求一件新的武器时，备受阿芙洛蒂忒冷落的赫淮斯托斯按捺不住焦灼，要与雅典娜亲近，结果遭到了这位处女神的强烈拒绝，弄得十分狼狈。

不过，若说赫淮斯托斯情感生活失意，那么他在独创性的劳动和制作方面却格外地得意，也许那风花雪月、忸怩作态之事原本就不是他的所长，或者那情感的失落反倒使他寄情于劳作之功、创造之乐，因而成就了他的事业和声名，个中原委，究未可知。但无论如何，赫淮斯托斯的惊人的创造力和工巧是举世无双的。

　　首先令人想到的是，正如普罗米修斯造就了第一个男人，赫淮斯托斯造就了第一个女人。只不过他所造的女人不像普罗米修斯那样是出自善意。他是秉承宙斯要报复普罗米修斯和人类的旨意来行动的。宙斯见人类得到天上的火，便立意给人类造成一桩祸端，弥补他的天庭的损失。他命令赫淮斯托斯打造一个女人，要美丽曼妙，无限诱人。于是赫淮斯托斯便动用他全副的本领，精心营造其美妙的躯体，琢磨其精致的饰物，待他完工后，雅典娜又给她穿上漂亮的衣裳，阿芙洛蒂忒给她以媚人的娇态，赫尔墨斯给她以巧言和狡黠，每个神灵都赠她以矫饰而有害的礼品，就这样众神共同装备起了一位妖媚魅人的少女，并为她预备好了装满灾殃的罐子（后来人们将这罐子说成了盒子，通常将其来源归为众神所赐）。宙斯将这少女命名为"潘朵拉"，意思是"所有的礼物"，然后就将她送给了提坦神"后觉者"厄庇墨透斯，他是"先觉者"普罗米修斯的兄弟。

　　起初，普罗米修斯曾告诫自己这位呆笨的兄弟，不可从宙斯的手里接受赠物，可是厄庇墨透斯见了这"姝丽"便忘了那"忠告"，欣然将赠礼接受下来。潘朵拉把带来的礼盒打开，骤然从里面飞出一连串的祸患，"疾病"、"劳苦"、"不幸"，全都迅速地传播到大地上，给人类带去了无法根绝的苦难。当潘朵拉盖住盒子时，只有留在底下的"希望"没有机会飞出来，成了无法把握的东西。从那以后，人们就把一切痛苦灾难的根源说成"潘朵拉的盒子"了。

　　赫淮斯托斯所造的物品无不精巧绝伦。他打造的铜牛口中喷火，他制作的金床被太阳神用作睡眠之所，他为国王俄诺皮昂建造地宫，为诸神制作铜响板，为宙斯制造王笏（它一直传到阿伽门农），为克里特岛做了守卫者塔洛斯，为赫拉克勒斯锻造了金胸甲，他的产品琳琅满目，美不胜收。

　　当特洛亚战事正酣时，阿喀琉斯曾经放弃了对阿伽门农的仇恨，决定返回战场，为死去的好友帕忒洛克罗斯复仇，可是他的全副铠甲都已落入特洛亚人之手，于是他恳求母亲忒提斯，让她设法为自己准备一副新的铠甲。

为了满足注定战死在战场的儿子的一切要求，忒提斯急忙赶到奥林帕斯山上，找到赫淮斯托斯，求他为自己的爱子打造一副铠甲。赫淮斯托斯没有不答应的道理，因为在他受难的时候，也就是从奥林帕斯山上被宙斯推下天庭的时候，是忒提斯用宽厚的大海的胸膛抱住了他，让他将息养伤，得以重回天庭。他庆幸自己有这样的机会报答这位海洋女神，当下便接受任务，动起手来。他要打造的铠甲总计包括一面盾牌、一顶头盔、一副胫甲和一副胸甲。

似乎有意要显示赫淮斯托斯的、也是古希腊人的生产技艺，荷马在史诗中详尽地描绘了这位了不起的匠神的创造力，它突出地显现在他所制作的那面沉重阔大的盾牌上。这位盲歌手在他的《伊里亚特》中唱道：

> 他用通体的装饰点缀那
> 最先造出的雄大坚固的盾牌。
> 用闪光的箍环绕了三匝，
> 又用白银为它加上肩带。
> 他把那盾牌做成五层，
> 工巧的双手雕出绝妙的景象。
> 大地，天国，大海，
> 圆月当空，对映着不倦的太阳。
> 那闪耀着天庭荣光的群星，
> 昴星座，毕宿星座和广大的猎户星座，
> 还有熊星座，也称为北斗星，
> 从来不离开自己的居所，
> 它面对着猎户座，特立独行，
> 从不把身体浸入大洋河。

在这广袤而绚丽的天穹之下，赫淮斯托斯尽展才华，雕刻出各种热闹欢腾的人间生活的场景。城市里有人在行婚礼，歌舞翩跹；有人在打官司，神态各异；田野里有人在耕耘，犁开沃土；有人在收割，镰走阡陌；

果园里成熟的葡萄如黑色的玛瑙，收获的男女把一年的辛劳装进果篮；和这一切歌舞升平强烈地对立着的，是那围城的战斗，残忍的厮杀和悄无声息的埋伏袭击。

在这面著名的盾牌之上，希腊人的这位劳作者的神灵怀着满腔的热忱，骄傲地记录下了神明和人类的无限丰富的生活，里面包容了如此强烈的热情、欲望和理想，包容了如此丰富的经验、感受和智慧，在其广度和深度上展示了古希腊人的实践水平。从这个意义上说，赫淮斯托斯的神性中所体现的似乎皆是希腊人的最基础的生活内容了。

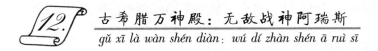

12. 古希腊万神殿：无敌战神阿瑞斯
gǔ xī là wàn shén diàn：wú dí zhàn shén ā ruì sī

> 在奥林帕斯山的众神当中，我最厌恶的就是你，因为你没有一刻不是热衷于角逐、战争和打斗。
>
> ——荷马《伊利亚特》卷五

阿瑞斯是希腊神话中的战神，在古代希腊，阿瑞斯崇拜并不很盛行，他所代表的力量是战争的残酷杀戮和暴行，也许这种现象在古希腊社会生活中并不占据主导地位的关系吧，阿瑞斯在众神中的地位并不像罗马神话中的马尔斯那样高。在荷马的时代，希腊人是将阿瑞斯看做奥林帕斯主神之一的，他的父母就是宙斯和赫拉，不过他的父母也好，他的同辈也好，都对他不很友好。不过，在战场上，阿瑞斯通常总是有争吵女神厄里斯做伴，他和阿芙洛蒂忒之间的风流韵事是奥林帕斯山上众神皆知的，阿芙洛蒂忒为他生的两个儿子——惶恐得墨斯、恐惧弗布斯（另有一女和谐哈墨尼娅）也和他一道冲锋陷阵。

阿瑞斯崇拜在希腊北部比较流行，其崇拜仪式各地又有很大差异。和其他神灵的崇拜仪式相比，阿瑞斯祭仪并没有很强的群体性、道德性和宗教性。在早期的斯巴达，阿瑞斯祭仪是用战俘来做祭品的，还有一种在夜间举行的阿瑞斯祭仪，通常是用狗做祭品，其意义大约和冥界有关。在以斯巴达为中心的拉科尼亚地区，在阿瑞斯祭祀活动期间，一切妇女都不准进入作为祭祀场所的圣林，可是在阿卡迪亚东南地区，阿瑞斯又是作为"妇女们的娱乐者"而受到祭祀的。在雅典，人们把阿瑞斯神庙建在最高权力机构所在地的战神山脚下。

关于战神阿瑞斯的神话叙述并不很多。阿芙洛蒂忒之所以和阿瑞斯有着密切的关系，除了英雄美女天作之合的缘故外，还有一个历史渊源的缘故，那就是阿芙洛蒂忒在斯巴达人那里是作为战争女神受到崇拜的，正如阿瑞斯起初也曾作为丰产生殖神一样。在有些神话传统中，阿瑞斯和阿芙洛蒂忒是正当的夫妻。但是，阿瑞斯和其他许多女神都有交往并生有子女。阿瑞斯是奥林帕斯山上最为好勇斗狠的神灵，通常给人的印象是怀着对人类的仇视而奔突于战场，专事杀戮和交锋的勾当，但事实上，阿瑞斯的角色还不止于此，他也常被人们当做一个有力的城邦保卫者和正义维护者，因而人们还称他为"城邦拯救者"、"奥林帕斯的守卫者"、"胜利之父"、"正义女神忒弥斯的盟友"以及"正义者的首领"等。

当巨人埃劳兹攻打天庭的时候，他们把奥萨山放到奥林帕斯山上，又把柏利翁山放到奥萨山上，以此向众神示威，要登山而上，直达天庭。当时，他们把阿瑞斯也制服了，将他捆绑起来，囚禁在一个大铜罐里。后来，当阿瑞斯实在忍受不下去的时候，是赫尔墨斯把他解救了出来。

阿瑞斯的鲁莽率真性格也时常给他带来麻烦甚至窘困。波赛冬的儿子哈利洛修斯企图强暴阿瑞斯的女儿阿尔西柏，阿瑞斯就一怒之下将他杀了。波赛冬闻讯大怒，当即把阿瑞斯控告到了战神山的法庭，该法庭由十二位神灵担任陪审员。阿瑞斯最后总算没有被定罪，逃脱了一劫，不过他在众神之中第一个坐上审判台，也算是受了一次辱。在他之后在此受审的，就是著名的阿伽门农的儿子俄瑞斯特斯，他因为替父报仇，手刃了自己的生身母亲和她的情夫，因而受到保护妇女和母权的复仇女神的追究，但在战神山法庭上，他终于得到了无罪判决。阿芙洛蒂忒与阿瑞斯相爱，因而出于嫉妒，阿芙洛蒂忒对于和阿瑞斯有瓜葛的女子或女神总是不肯放过的。黎明女神埃厄斯和阿瑞斯有染，阿芙洛蒂忒就施展手段，让埃厄斯无尽无休地爱恋阿瑞斯，即使疲倦不堪也无法解脱。

阿瑞斯为了和阿芙洛蒂忒的爱情，也付出了牺牲尊严的代价。有一次，他因为在阿芙洛蒂忒的怀里睡得太沉，竟然被他的美艳情妇的丈夫、匠神赫淮斯托斯逮了个正着。原来，赫淮斯托斯早已觉察了他们的私情，羞愤难当之际，苦于没有真凭实据，发作不得。幸好他的金属锻造功夫十分了得，竟打造了一副坚固无比的铁链，安置在阿芙洛蒂忒的卧榻之下，待到时机成熟，果然将这一对交颈而眠的神灵缚在了床上。正像在战场上也有失算的时候一样，情场上的阿瑞斯虽然得意，却也弄得颇为狼狈。

在特洛亚战争期间，阿瑞斯虽然被雅典娜所胁迫，答应站在阿开亚人一边，但一向在战争中喜欢偏袒外邦人的阿瑞斯最后按捺不住，还是打破了自己的诺言，在战场上大力援助特洛亚人。阿瑞斯的参战强烈地激怒了希腊联军的将领们，猛狮一般暴烈的狄奥墨得斯杀红了眼，和阿瑞斯厮杀在一处。正当阿瑞斯要教训他一番时，却不料那雅典娜冲了过来，为狄奥墨得斯助战，结果反倒把阿瑞斯刺伤，使他败阵而逃，跑到奥林帕斯山上向宙斯诉苦去了。宙斯虽是阿瑞斯的父亲，却从不欣赏他的做派，于是不顾阿瑞斯的满腹委屈，竟把他训斥了一通。

在这场大战中，阿芙洛蒂忒的境遇也不比她的情人好。她是特洛亚人的忠实支持者，只是她的力量在战场上派不上多少用场。尽管如此，她仍是时刻不忘她的爱子埃涅阿斯在混战中处境危险，所以总是追随他左右，给他以保护。在真正危急的时刻，她毕竟拯救过他的性命。只是在和狄奥墨得斯遭遇的时候，她实在吃了苦头，那蛮勇的战将竟把这千娇百媚的女神也刺伤了。阿芙洛蒂忒跑到宙斯那里哭诉，宙斯表面上温婉地安慰她，话语中却不无揶揄地告诫她说，战争不是她的用武之地，她的职责是促进和平。

阿瑞斯和阿芙洛蒂忒生的两个儿子——惶恐神得墨斯和恐惧神弗布斯通常总是在战场上陪伴着他们的父亲，但他们平素里只是惶恐和恐惧的人格化身，并无多少神奇的经历和故事。据说忒修斯在同阿玛宗女战士作战时曾经祭祀过弗布斯。

古希腊人崇拜的战神除了阿瑞斯外，还有一位女性战神，名叫恩雍，她被称为"城市劫掠者"和"战争的姊妹"，阿瑞斯的这两个儿子也时常和她为伍，奔突在战场上。当初，特洛亚城即将陷落的晚上，这位恩雍就像饱饮了血液而喝醉了一般，在特洛亚城中飞奔不止，犹如血腥的飓风横扫那不幸的城池。

总之，阿瑞斯父子总是出现在灾难降临之地、血光闪耀之时，他们所到之处无不伴随着争吵、屠戮、恶斗，无不造成尸骸、流血和悲声，阿瑞斯，古希腊人寄托不祥和恐惧之感的神灵，伴随着一个民族的内外冲突，在履行他的神职的同时塑造了自己的生猛勇武的形象。

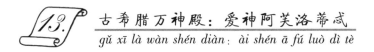

13. 古希腊万神殿：爱神阿芙洛蒂忒

gǔ xī là wàn shén diàn：ài shén ā fú luò dì tè

难道你没有看到女神阿芙洛蒂忒的巨大力量吗？她播撒和赐予爱情，我们这些来到世上的人都是从那儿生出的。

——欧里庇得斯《淮德拉的奶娘》

提到阿芙洛蒂忒，人们总会想起文艺复兴画家波提切利的名画《维纳斯的诞生》，想到众多的艺术家怀着对爱情和青春女性的憧憬和想象创作出的一件件艺术品。她的通常总是赤裸着的丰腴胴体，她的或是羞涩地低垂，或是含情地顾盼的眼睛，她的从整个身体里和心灵里遏制不住地散发出的女性的青春活力……这就是古希腊人的司掌爱情、美和丰产的女神，也是他们对感性的情感生活的美好理想的真实写照。

荷马等诗人认为，阿芙洛蒂忒是宙斯和女神狄厄涅所生的女儿，但狄厄涅究竟是怎样的一位神灵，他们却没有作出确切的解说。她可能是天神乌拉诺斯和大地女神该亚的女儿之一，那么也就是一位女提坦神；也许她是大洋河神的女儿，那么她就该是提坦神俄刻阿诺斯和太提斯的女儿；也

许她是海神涅柔斯和海洋女仙多里斯的女儿；最后，也许她是女提坦神阿特拉斯和坦塔洛斯的女儿，即珀罗普斯的母亲，伯罗奔尼撒就是依照她的儿子命名的。

不过，有关阿芙洛蒂忒的出生，最著名的传说出自赫希俄德的著作。他说，阿芙洛蒂忒是从大海的泡沫中升起的，在希腊语中，阿芙洛斯就是"泡沫"的意思。那孕育了女神的泡沫原是聚集在天神乌拉诺斯的被割掉的生殖器附近的。当初，提坦神克洛诺斯在反抗乌拉诺斯的战争中，用燧石镰刀阉割了他的父亲乌拉诺斯，随后就把那生殖器官扔进了大海。若按赫希俄德的说法，阿芙洛蒂忒可真成了奥林帕斯山上资格最老的神灵了。

还有一种说法，认为阿芙洛蒂忒是从蛋中出生的。那只硕大的蛋从天上落进了幼发拉底河中，但是鱼将它推向岸边，鸽子则担起了孵化这蛋的义务，当那蛋温度升高而且时日也满了的时候，从里面生出的竟是阿芙洛蒂忒。为此，阿芙洛蒂忒后来也被称为叙利亚女神。从那以后，叙利亚人便不吃鱼和鸽子，把它们视为神灵。

阿芙洛蒂忒的"婚约丈夫"就是奥林帕斯山上那位跛脚的匠神赫淮斯托斯，他以金属冶炼锻造的高超技艺著称，执掌天下百工制造之事。这位能工巧匠虽技艺超凡，却无法打造幸福婚姻，因为他的妻子阿芙洛蒂忒爱恋着战争和勇士之神阿瑞斯。她和阿瑞斯不仅时常背着赫淮斯托斯偷情，弄得满天庭无神不知，而且还生了两子一女，即惶恐得墨斯、恐惧弗布斯、和谐哈墨尼娅。他们的两个儿子时常出现在战场上，颇有威力，他们的女儿则嫁给了腓尼基人卡德茂斯，即后来的底比斯城的建立者。她和卡德茂斯生了四个女儿和一个儿子，儿子波吕多洛斯后来继承父亲的基业，做了底比斯的国王，女儿伊诺后来做了海洋女神，女儿塞墨勒为宙斯所爱，后来成了酒神狄奥尼索斯的母亲。

尽管按上述说法阿芙洛蒂忒和狄奥尼索斯隔着两代，但是按照另一种说法，阿芙洛蒂忒和狄奥尼索斯却生过一个孩子，即专司阳物的普利阿布斯，当然，也有人说普利阿布斯的母亲不是阿芙洛蒂忒，而是一位仙女，他的父亲是赫尔墨斯。据说普利阿布斯曾经追求仙女洛提斯，洛提斯不从，在逃避中变作了一棵莲花。

阿芙洛蒂忒有时被说成是爱神厄洛斯的母亲，但这一点经常发生争议。通常人们承认，厄洛斯是最早出现的神灵之一，据说在厄洛斯让各种事物发生瓜葛之前，连人类都不存在。起初，是黑夜诺克斯在地下的黑暗埃雷布斯中产了一枚蛋，到了孵化完成的时候，才从蛋中生出了厄洛斯。还有一种说法认为厄洛斯是从混沌中产生的最早的神灵之一。有的神话还说，厄洛斯的母亲是接生女神伊里菲娅而非阿芙洛蒂忒，更有说他的母亲是彩虹伊里斯，父亲是西风泽菲路斯的。总之，厄洛斯的来历是难以说清的。

除了战神阿瑞斯，爱恋阿芙洛蒂忒的神灵和凡人还大有人在。宙斯的儿子和信使、也是引导死者灵魂进入冥界的使者赫尔墨斯就是这位美丽女神的追求者之一。他和阿芙洛蒂忒生了一个儿子，名叫赫玛佛洛迪图司，因为得到了水中女仙的强烈爱恋，他的身体和仙女的身体竟合为一体了。

除了神灵，很多凡人对阿芙洛蒂忒也梦寐以求，但唯有达达尼亚的国王安喀塞斯终与阿芙洛蒂忒成了"眷属"。这一人神的结合产生了两个孩子，一个名叫利路斯，据说没有活到成年，另一个就是因为罗马诗人维吉尔的史诗《埃涅阿斯》而名传千古的英雄埃涅阿斯。

在希腊神话中，凡人和神灵发生爱情，大抵凡人要卷入悲剧的结局，安喀塞斯也不例外。据说他是被宙斯杀死的，因为他在一次酒醉之后，无意间泄露了他和女神的私情，惹恼了神界的主宰。也有人说他是自杀而死或在流放中死去的。

不仅安喀塞斯的结局有些迷离不清，就连埃涅阿斯的真实面目也至今未有定论。按照维吉尔的描写，这位大英雄在特洛亚陷落后，背父携子，率领残兵逃出了城，一行人趁夜色掩护，登船出海，向命运注定的新的归宿驶去。在迦太基，埃涅阿斯经历了和女王狄多的生离死别之恋；在意大利，他征服了当地群雄，建立了拉维尼乌姆和阿尔巴王国，成为后来崛起的罗马王国的开国之君。但是关于他的死，却并无确切的描述或记录，有人说他在一次战斗结束后神秘地消失了，也就是死在了意大利；也有人说

他死在了逃亡途中的色雷斯，根本没有抵达过意大利。就这样，他给后人留下了一些难解的疑团。

在古希腊神话中，出于对神的仰慕爱恋而追求神的凡人固然不少，但神灵喜爱凡人并屈尊下求的情形也是常见的。阿芙洛蒂忒所钟爱的凡人除了安喀塞斯外，还有一位名叫阿冬尼斯的青年，即塞浦路斯国王基尼拉斯的儿子。传说阿冬尼斯的英俊相貌和温馨性格吸引了阿芙洛蒂忒，女神曾告诫他不要从事狩猎，可是他并未将这告诫放在心上。终于在一次狩猎中，他被一头野猪伤害致死，从他流出的血液中（一说从阿芙洛蒂忒的眼泪中）长出了一株银莲花。人们说，那野猪是赫淮斯托斯变化而成的，出于嫉妒，因此要置阿冬尼斯于死地。

然而在古希腊，还有一个传说，虽然讲的也是阿冬尼斯和阿芙洛蒂忒的故事，内容却曲折得多。

传说阿冬尼斯的母亲爱上了自己的父亲，于是和自己的奶娘串通行事，和自己的父亲同居了。她的父亲认出了自己的女儿，便抓起利剑追了上去，她在被父亲捉住的顷刻间，祈求众神让自己从地上消失，以免受辱。众神出于同情，便将她变成了一株没药树。十个月过后，那没药树迸开了，从里面生出了阿冬尼斯。

少年的阿冬尼斯就已显出惊人的俊美，阿芙洛蒂忒对他一见钟情。为了达到独占其身的目的，将他藏匿在一只木箱里，交托给冥神哈得斯的妻子珀耳塞福涅，让她代为抚养。可是珀耳塞福涅被阿冬尼斯的俊美所打动，痴情地扣留阿冬尼斯，再不肯将他交给阿芙洛蒂忒，结果两位女神为了一个情人争执起来，一直争到了宙斯那里。宙斯于是裁定，每年的时间分为三份，一份给阿冬尼斯自行支配，一份给珀耳塞福涅，一份给阿芙洛蒂忒。大概由于阿冬尼斯更加爱恋阿芙洛蒂忒的缘故吧，他把自己那一份时光送给了阿芙洛蒂忒。于是，当阿冬尼斯和阿芙洛蒂忒相伴，同游大地的时候，各种植物和作物就生长繁茂，开花结果。到了他回到冥界的珀耳塞福涅身边的时候，所有的花草作物就都枯萎死亡了。古希腊人就是用这样的神话来解释季节的更替的，他们每年不仅用祭祀仪式，也用耕作劳动来履行对阿冬尼斯的忠诚。

从这一神话可以看出，阿冬尼斯是和植物生长繁衍相关的，有迹象表明，他的身份和巴比伦神话中的塔穆兹相似。阿冬尼斯一名很可能源自闪米特语的称号"阿冬"，即"主人"，属于西闪米特人种的腓尼基人就是用这个名称来代替阿冬尼斯的。阿冬尼斯祭祀仪式的传统地点在塞浦路斯的阿马图斯城，每到祭祀时，腓尼基的妇女们就会为他举哀，纪念他的返回地府，并祈求他的再生。

阿芙洛蒂忒虽然温柔多情，却并非见人爱人，她对很多希腊英雄怜爱有加，却并非情侣关系。忒勒翁的儿子布提斯曾伴随希腊英雄伊阿宋，乘坐"阿尔戈"快船前往黑海的科尔喀斯夺取金羊毛。在归途中，快船经过海上的一座盘踞着海妖"塞壬"的岛屿，女海妖们历来用美妙动听的歌声迷惑过往的水手，将他们诱上海岛，充当她们的美餐。阿尔戈船上的英雄歌手俄尔甫斯深知这些海妖的厉害，操起竖琴放声高歌，想要压过塞壬那消魂荡魄却致人死命的歌声。

众英雄都聆听英雄的歌声，忘却了海妖的诱惑，唯有布提斯禁不住那银铃般的海妖歌声，纵身跳进大海，向海岛游去。他的冒失举动惊动了众人，但他的身影很快就消失在海浪中了，众人只好尽快驶离这危险的海域，只在心里悼念自己的战友。他们没有想到，布提斯是阿芙洛蒂忒喜爱的英雄，而这片海域又恰好处在这位女神的管辖范围中，因而她从汹涌的海浪中救起这位英雄，将他送到了西西里岛，让他的后人在那里繁衍生息。阿芙洛蒂忒还时常帮助那些堕入情网的年轻人。处女猎手阿特兰塔因容貌美丽而受到众多追求者的求爱，但她犹如带刺的玫瑰难以接近，因为她的武器从来不离左右，而且迅跑如飞。为了摆脱追求者的纠缠，她安排了一次竞技赛跑，约定追不过她的人就要被杀，而追过她的就可娶她。一位名叫墨拉尼翁的青年得到了阿芙洛蒂忒的帮助，带着金苹果前来竞赛，结果阿特兰塔因为经不起诱惑，去拾掉在地上的金苹果，便被墨拉尼翁甩在了后面，最后只得嫁给了他。对于那些蔑视自己的威力（或者说魅力）的人们，阿芙洛蒂忒就会露出无情的一面，严加惩处。雅典和特洛亚的国王忒修斯同阿马宗女子希波吕忒结婚后生有一个儿子，名叫希波吕托斯，这青年并不崇敬阿芙洛蒂忒，因而遭到了骄傲的阿芙洛蒂忒的惩罚。她促使忒修斯的续弦妻子淮德拉爱上了这位王子，结果使淮德拉求爱不成反生恨，不惜牺牲性命诬告王子对自己非礼，以此惩罚王子，而希波吕托斯也因遭受不白之冤，死于非命。

在神话中，阿芙洛蒂忒在"帕里斯评断金苹果"一事中所起的作用给古代世界带来了极大的影响。事情的起因是，争执女神没有得到大英雄珀琉斯和海神忒提斯的结婚宴请，自觉受到冷落，便出于报复地在他们的婚宴上掷下了一个上书"献给最美丽的女神"字样的金苹果。赫拉、雅典娜和阿芙洛蒂忒都想争得最美女神的光荣，便遵照宙斯旨意，到伊得山找帕里斯评断。结果帕里斯拒绝了赫拉和雅典娜许诺的权力、财富、荣誉和战争胜利，接受了阿芙洛蒂忒许诺的最美丽的妻子，因而使阿芙洛蒂忒赢得了金苹果和最美女神的称号。可是就在帕里斯诱拐了斯巴达国王墨涅拉俄斯的妻子、希腊最美丽的女人海伦之后，这位王子的祖国特洛亚便落入了十年交兵、城毁家亡的境地。

阿芙洛蒂忒在特洛亚战争中，曾竭尽所能地回护特洛亚人。她多次保护帕里斯，甚至救过他的性命；为了援救她的儿子埃涅阿斯，她不惜冒险冲入战阵，结果被希腊猛将狄俄墨得斯所伤；还有一次，她支援自己的情人、战神阿瑞斯，结果激怒了智慧女神雅典娜，被这暴烈的女神打翻在地。从她的行动来判断，正像宙斯嘲笑她的，她的职分是和平，而不是战争，她在战场上对战争胜负所发生的作用是根本无法和其他神灵相比的，或者毋宁说，她所起的作用往往是和她的意愿相反的，因为战争是不可用爱为指导的。

不过说到究竟，阿芙洛蒂忒在希腊世界，甚至在希腊之外的亚洲和北非，都受到广泛的尊崇，那些缺乏或蔑视阿芙洛蒂忒精神的男人女人往往受到严厉的惩罚，她的神圣的权威不仅渊源古老，而且还是无处不在，无往不胜的，无论那恨的力量、暴力强权的力量有多大或取得多少胜利，因为人类也好，神灵也罢，对爱的憧憬和追求毕竟是永恒的、必胜的。

14. 古希腊万神殿：女神阿尔忒弥斯

gǔ xī là wàn shén diàn：nǚ shén ā ěr tè mí sī

阿尔忒弥斯崇拜大约在希腊人来到前的克里特和希腊本土就已存在了，希腊人迁入后，用她来取代了自己部落的一些原有神灵。在希腊神话中，阿尔忒弥斯是专司狩猎和百兽的女神，同时负有动物和山林的生殖繁衍之责。

对男子来说，她决定着男子和他们狩猎其中的山野的生育力量；对女子来说，她是"吞噬女人的狮子"，希腊人把女子的无端突然死亡都归于她的行动。所以古希腊人常常在女人突然间死去时，对阿尔忒弥斯发出抱怨。但是她又是女人的分娩之神，而且对人和动物的孩子提供救治和食物。

她也是负责女子成长并成熟的女神，因而年轻女子在结婚之前总要向她祈祷，而且往往会把自己的玩偶或发卡献给她。据学者考证，她的崇拜仪式大约在米诺安时代就已存在了。她所支配的领域主要是自然的原野山林，因为在这样的地方有着丰盛的猎物。因此，她主要受到乡村而非城市的居民们的崇拜，而且带有大地女神的若干特征。

阿尔忒弥斯的崇拜仪式在小亚细亚和伯罗奔尼撒一带有着很古老、很广泛的基础。在古城以弗所，由专制君主克罗苏斯于公元前 550 年督建的阿尔忒弥斯神庙是古代世界七大奇观之一，直到公元 3 世纪该神庙才最后毁于哥特人之手。

关于奥林帕斯山诸神的故事大多是从诗人们的作品中流传下来的，但人们关于阿尔忒弥斯的知识却是从她的祭祀仪式中得到的。代表着树林仙女的少女们的舞蹈在祭祀阿尔忒弥斯的仪式中是最常见的。在伯罗奔尼撒，阿尔忒弥斯主要是作为树林女神受到崇拜的。在那里，阿尔忒弥斯还作为湖泊女神受到崇拜，因为她掌管着各种水域和野生植物，跟随在她身边的是那些井水和泉水的仙女们。她们所跳的舞蹈通常总是很粗犷甚至很淫荡的。

阿尔忒弥斯是阿波罗的孪生姐姐，是奥林帕斯主神中除赫斯提娅和雅典娜之外的另一位处女神，她出生在西克拉底斯群岛的提洛岛上，因主宰自然山林和狩猎而被称为百兽之女王，常有野兽成群地跟随着她。在行事上她与阿波罗配合默契，对待违背他们兄妹的人类乃至神灵，他们都予以严厉的惩罚。

从许多迹象来看，阿尔忒弥斯在最初很可能是执掌生杀予夺大权的一个重要神灵，其祭祀仪式曾经用活人作为祭品就可证明这一点。在阿提卡就曾流行过用人血祭祀阿尔忒弥斯的仪式，从中可以看出杀祭活人的遗迹。

阿尔忒弥斯崇拜仪式以活人为祭品的一个显明的例证，是阿伽门农杀祭自己的女儿伊菲革涅娅。

根据荷马的记述，迈锡尼国王阿伽门农曾经在射死一头鹿时说过这样一句话——“就算阿尔忒弥斯亲自出马，也不能干得更出色了。”阿尔忒弥斯被他的傲慢所激怒，因而在希腊联军远征特洛亚时，万军齐集，百舸待发，可阿尔忒弥斯就是不给他们顺风，战舰驶不出奥里斯港，军心也由此大乱。

阿伽门农从预言者处得知，唯有把自己的长女伊菲革涅娅祭献给阿尔忒弥斯，才能平息事变，顺利出征。可是当阿伽门农将女儿从家乡骗来并拉上祭坛时，阿尔忒弥斯却用一只羔羊替下了伊菲革涅娅。阿尔忒弥斯将伊菲革涅娅送到了陶里斯，让她做了自己的女祭司。陶里斯位于黑海北部克里米亚地区，伊菲革涅娅在那里生活时，当地人常用陌生人祭献阿尔忒弥斯，在希腊人看来那是野蛮的行径，因而伊菲革涅娅指责他们把杀祭活人说成阿尔忒弥斯的要求是不正当的做法。

正由于阿伽门农要将自己的女儿杀了祭祀阿尔忒弥斯，他的妻子克吕泰涅斯忒拉才对他心怀宿仇，在他远征期间同他人通奸并共享迈锡尼的统治权，在他胜利归来后又将他谋杀在宫廷里，酿成了一系列弑亲的悲剧。

在艺术家的手里，阿尔忒弥斯的形象通常总是由一头鹿相伴，她的美丽的少女姿态显得矫健而轻灵，身上佩带着她从不离手的武器——弓箭。

作为处女神，阿尔忒弥斯要求她的所有追随者都要保持童贞和纯洁，虽然有些神灵曾极力破坏她的贞洁，但都没有得逞。

尽管阿尔忒弥斯的领域极为宽广，但是却大不过天穹。为了这个缘故，荷马在史诗中描绘她见到天后赫拉时竟会变得像一只鸽子般恭顺。有一次，阿尔忒弥斯正鼓励她的孪生兄弟阿波罗去援助特洛亚人，被赫拉看到了，这位专横的天后用一只手抓住阿尔忒弥斯，另一只手便夺过女猎神腰间的武器，朝她的脸上掴去，嘴里还气愤愤地嚷着：

> 你是想要和我作对吗？我知道你有弓箭，你对那些人间的女子也猛如狮子，因为宙斯纵容你随意地摧残她们。不过你若是不自量力地和我较量，那可有你后悔的。到时候你就会明白，和比你强大的神交手可不像在山里杀一头鹿那样好玩。

这一番羞辱可折磨苦了这位心高气盛的女猎神，她又不敢还手，只能一边哭一边逃，到她的父亲宙斯那里去诉委屈。

但是，当天界太平的时候，阿尔忒弥斯总是很快乐的，她穿越自己管辖的地域，欢快地用金箭猎杀野兽，和伴随她的仙女们嬉戏玩耍。

阿尔忒弥斯是一位严格排斥爱情的处女神，因而对于那些违背她的意志放弃童贞的女子时常加以惩罚。而且，献祭给她的祭品也要求是极其纯洁或未受触摸过的。对于破坏她的纯洁要求或无意间干扰了她的纯洁性的人，她总是无情地加以惩罚。

有一次，阿尔忒弥斯在夏日的溪流里沐浴，恰好一位名叫阿克泰翁的青年为寻找荫凉之处，也带着自己的一群猎犬来到这里，因而看到了裸浴的女神。羞愤的女神为防止这青年向他人说出自己的遭遇，便把他变成了一头牡鹿，让他遭到自己的猎犬的疯狂追捕，最后被咬死。

和阿克泰翁相比，克里特人西珀洛忒斯就幸运多了，他虽然也看到了沐浴中的阿尔忒弥斯，但只是被改变了性别，变成了女人。

在古希腊，有些人对阿尔忒弥斯的崇拜达到了过分的程度，就忘记了

绝对献身给某一位神而忽视其他神灵的做法是不可取的，有违人的本性和生活，因为人是不应按照神的样子去行事的，否则就会招致祸患。雅典国王忒修斯之子希波吕托斯就是典型的例子。这位王子风流倜傥，但冷落了其他神灵，唯独崇拜阿尔忒弥斯，洁身自好，不与爱情为伍。司掌爱情的阿芙洛蒂忒为了报复他，就让他的继母淮德拉爱上了他。淮德拉在爱情遭到拒绝后，恐怕希波吕托斯在他父亲面前说破私情，便先发制人，在忒修斯面前控告希波吕托斯对自己非礼，然后就在绝望中自杀了。

英名一世的忒修斯见妻子自尽，以为是儿子越轨所致，更加听信淮德拉的谗言，就祈求自己的保护神波赛冬降灾给自己的儿子，使他受到死的惩罚。结果波赛冬使希波吕托斯死于非命，而淮德拉的乳母在悲剧发生后道出了真情，可是已经于事无补了。

古希腊人有时为了平息神灵的愤怒或摆脱某种厄运（他们理解为神灵的惩罚），会将自己的女儿献给神灵，为其保守贞洁，终身不嫁。阿尔忒弥斯对于那些有诺在先，破坏诺言在后的人通常也要加以惩罚。她的追随者、仙女卡里斯托曾发誓保持童贞，但未能经受住宙斯的诱惑而怀孕，当阿尔忒弥斯盘问其中情由时，她还将过错推在阿尔忒弥斯身上，被激怒的阿尔忒弥斯就无情地将她变成了一头熊。

阿尔忒弥斯的金箭和阿波罗的银箭有着同样威力。在古希腊人的观念中，时疫瘟疫往往被视为神灵的箭矢所致。在遭到神灵惩罚的传说中，底比斯王后尼俄柏因为夸口自己的显赫尊荣和贬低勒托，因而被阿波罗和阿尔忒弥斯射杀众多子女的故事是最著名的。它像一种永恒的警示，告诫着世人不可自视过高而轻慢神灵。

15. 古希腊万神殿：丰产神赫尔墨斯

gǔ xī là wàn shén diàn：fēng chǎn shén hè ěr mò sī

赫尔墨斯是宙斯和大力神阿特拉斯的女儿麦阿所生的儿子，他的祭祀中心大概在伯罗奔尼撒的阿卡迪亚地区，那里的库勒涅山和一座山洞通常被当做他的诞生地。至于他的抚养者，有一种说法认为是阿卡迪亚人的国王吕卡翁的儿子阿卡库斯。当地的人们把赫尔墨斯当做丰产神来祭祀，因此在祭祀活动中，赫尔墨斯的造型所突出的同样是生殖的特征。

此外，赫尔墨斯还司掌人们的运气。人们若是偶然得到一笔钱财，就会把它看做是赫尔墨斯的馈赠，人们处理事情有个好运气，或发个小利市等，也归功于赫尔墨斯的帮助，因为赫尔墨斯是和丰产增殖活动相关联的。赫尔墨斯赫在很多方面都和阿波罗相似，而且和阿波罗有交往，例如，他是音乐的保护神，发明了西塔拉琴，他还掌管人们的口才论说能力和民间占卜习俗。

属于赫尔墨斯的神秘数字是四，他的生日也是在某个月的第四天。在古风时代，当人们不是用装饰性的石头堆来代表他的时候，赫尔墨斯的形象就被表现为一个生动的神灵形象，一个中年人的模样，长着胡须，穿着一件稍长的束腰外衣，通常还要戴一顶帽子，脚上蹬一双带有双翼的飞行鞋。有时他会处在一种田园生活的景况中，那时他就会肩上横背着一头羔羊，或者手里握着一根神使杖，一副众神使者的模样，这才是他的本行本色。直到公元前5世纪，赫尔墨斯才时常被表现为裸体的形象，脸上的胡须也不见了，十足是一个年轻的运动员的样子。

赫尔墨斯是宙斯的信使，也是众神的传令官，寻求和平的使者通常都是以他的名义在冲突各方之间进行斡旋的。赫尔墨斯在众神中的地位似乎并不显赫，也很难与众多显赫的神灵相比肩，尤其是他的名声，非但不崇高伟大，还几近委琐，因为他还是个盗马贼，是骗子们的祖师，是梁上君子的首领。所以，一切严肃的宗教信仰，一切道德的高尚理想都和他不沾边，他代表的是机智权变，四处钻营，快乐逐利的原则，所以他在很多方面堪称希腊人的神性化身，体现着希腊人的典型性格。

赫尔墨斯的职责颇为繁多，也可以说，他是奥林帕斯山上一位很能干、很勤勉的神灵。通常人们将他视为牛羊的保护神，和植物的丰饶也有关系，因此他和林神潘和林间仙女们的交往都很频繁。在荷马史诗中，他主要是作为神使和冥界引路人而出现的。事实上，他还是梦幻神，因而古

希腊人把睡前的最后一杯酒献给他，因为是神使，或信使神，他还掌管着道途和门首，是羁旅之人的保护神。

他的职务多，名称也就多。人们称他为"杀巨人者"，因为他曾经杀死了奉赫拉之命看守伊娥的百眼巨人阿尔戈斯；人们也称他为"灵魂引导者"，是他将人死后的灵魂引导到冥界的。

说起赫尔墨斯的剪径行为，确实令人惊奇。可以说，他从出生的时刻起，就显出一种机灵狡黠的个性，他在黎明时出生，中午时分就玩起了七弦琴，到了傍晚，他就去了希腊北部马其顿沿海的皮埃里亚地区，那里靠近奥林帕斯山，是塞萨利的北部。在那里，赫尔墨斯趁阿波罗在追逐情人的机会，偷走了阿波罗的神牛，不料他的把戏被一个名叫巴图斯的人看到了，那人向赫尔墨斯许诺，决不说出他的秘密。于是赫尔墨斯就放过了他，可是那巴图斯最后竟没有封住自己的嘴，结果被赫尔墨斯变成了一块石头。赫尔墨斯就是这样一个神，谁若是得罪了他，或者只是得罪了其他神灵，他知道后总是寻隙报复，把那人变成石头或乌鸦之类的东西。

我们这位盗马贼在偷窃阿波罗的牲畜的时候，为了不被发现，事先为牲畜穿上了鞋，把它们赶到皮洛斯去，把剩余的弄到一个山洞里藏起来，只把两头牲口杀了做祭品，然后他就回到库勒涅去了。他在那里发现了一只乌龟，他用牛筋腱做成弦，穿在龟甲上，一把竖琴就做好了，接着他又发明了一种拨子，用来弹奏他的美妙乐器。

我们那位失主呢？他早已察觉了赫尔墨斯的踪迹，已经赶到皮洛斯去找那厮算账了，可是满城的人都说不上那个赶牛的小伙子去了哪里。于是阿波罗就略占了占卜，直奔库勒涅山找麦阿告状来了。这麦阿不知就里，只得把摇篮中的赫尔墨斯指给阿波罗看，让他不要误会这初生的婴儿，阿波罗也不争辩，只把这孩子带到宙斯那里，请父亲做主，要讨回自己的财产。赫尔墨斯起初还矢口否认自己干的好事，无奈那众神对他洞若观火，竟无一位神灵肯替他说话，也不相信他的狡辩，他这才乖乖地领着阿波罗来到皮洛斯，将那些神牛物归原主。不过此时的阿波罗已另有想法。他发现赫尔墨斯发明的那件宝贝竖琴很是神奇，有心要用自己的神牛和他交换，赫尔墨斯听了他的主意，觉得也不吃亏，便欣然同意了这笔交易。赫尔墨斯换掉了竖琴，不由有些空落，就又发明了一种牧笛，那音色别有一种风情，阿波罗见了又动起交换的念头，这次是用自己放牧神牛时用的牧杖来交换，赫尔墨斯仍旧遂了阿波罗的心愿。这牧杖有着神奇的魔力，可使持有者临危不乱，平安无虞。赫尔墨斯从这交易中委实获利不少，所以说，这赫尔墨斯是从小就精于生意之道的。当然，他的竖琴也非平凡之物，他造了另外一架送给安菲翁，这技艺高超的操琴者用自己奏出的音乐感动了石头，使如山的石头自动垒成了底比斯城墙。

赫尔墨斯的机智不仅用在鸡鸣狗盗的方面，在保卫天庭、维护天父宙斯的统治方面也派过大用场。当巨人魔怪泰丰攻击天庭，割下宙斯的筋腱时，是赫尔墨斯将泰丰藏起的筋腱偷了出来，重新置入宙斯体内，使宙斯转危为安，最终战胜了凶猛的敌人。

赫尔墨斯保护过的神灵不止宙斯一位，他还保护过著名的酒神狄奥尼索斯。当初他把出生不久的狄奥尼索斯托付给彼奥提亚国王阿塔玛斯夫妇，以免这婴儿遭到嫉妒的赫拉的迫害。在那之前，阿塔玛斯起先是和云神涅菲勒结婚的，后来又娶了底比斯国王卡德茂斯的女儿伊诺为妻。阿塔玛斯曾和涅菲勒生了女儿赫勒和儿子佛里克索斯，后来又和伊诺生了两个孩子。伊诺嫉妒丈夫的前妻所生的子女，便设计要害死他们。她把国中储备的种子都暗中烘烤了一番，结果播种时颗粒无收（一说她诱使赫勒和佛里克索斯把种子都吃光了），当国王派人去特尔斐求神谕时，她又贿赂信使假传神谕，说只有把赫勒和佛里克索斯祭献给神，才能使绝收之灾得以解除。

闻听神谕如此无情，国王阿塔玛斯悲痛不已，但还是下令遵照神谕行事。涅菲勒闻讯后立刻设法救出了自己的两个孩子，把他们送往科尔喀斯，那是一个远在黑海东岸的国度。涅菲勒当时为自己的孩子预备的坐骑——能凌空而飞的金毛羊，就是赫尔墨斯为了援救她而赠给她的礼物。

当金毛羊飞临欧亚交界的一道海峡时，赫勒看到下面的惊涛骇浪，不禁头晕目眩，一头栽了下去，溺水而死，后人为了纪念这无辜的少女，就

把这海峡命名为赫勒斯滂海峡。后来，飞抵科尔喀斯的佛里克索斯把金毛羊杀了祭献给神（一说金毛羊变成了天上的星宿），把羊身上的金羊毛献给了科尔喀斯国王埃厄忒斯，因为埃厄忒斯不仅善待他，还把女儿卡尔基珀许配给了他。由此才有希腊以伊阿宋为首的众英雄前来夺取金羊毛的历险事迹。

阿塔玛斯和伊诺由于收养过狄奥尼索斯，就得罪了赫拉，这位严厉的女神就把他们双双变成了疯子，结果阿塔玛斯在疯狂中杀死了自己和伊诺所生的孩子莱阿库斯，疯狂的伊诺则带着另一个孩子麦里克提斯跳进了大海。后来这母子变成了天上的星宿。

赫尔墨斯作为宙斯的信使，时常出没在天界和人间，传达神的旨意，完成神的差使。他所参与的重大事件不胜枚举，赫拉、雅典娜和阿芙洛蒂忒争夺最美女神的锦标时，是赫尔墨斯将她们引导到小亚细亚的伊得山，找到牧羊的王子帕里斯为她们评判；赫克托尔战死后，是他引导特洛亚国王普里阿摩斯前往希腊军营赎取尸体，一路上给悲怆的老人以莫大的安慰；希腊英雄奥德赛在特洛亚战争结束后海上漂泊十年之久，其间曾受到海洋女仙卡吕普索的强留，难归故里，在宙斯的授意下，赫尔墨斯前往卡吕普索居住的海岛，用雄辩的口才说服了女仙，使奥德赛得以脱身。

总之，赫尔墨斯在希腊众神的世界里是个不可或缺的角色，他的迅疾、机智、才艺、狡黠、勤勉、恭顺等典型特征很好地体现了希腊人的现实精神和人生经验，把神的性格和人的性格做了最好的结合。

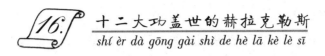

16. 十二大功盖世的赫拉克勒斯
shí èr dà gōng gài shì de hè lā kè lè sī

在灿如繁星的古希腊英雄传说中，赫拉克勒斯的传说不仅以其非凡的个人历险情节、完整的叙事结构和英雄主义的个人命运独树一帜，而且这一传说所歌颂的赫拉克勒斯堪称所有希腊英雄形象中的最显赫者，可谓家喻户晓、妇孺皆知。

赫拉克勒斯原名叫阿尔基得斯，只是因为皮托神托所的女祭司用这名字称呼他，才改了他的名字。那位女祭司还告诉他，他要为阿果斯的国王欧律斯透斯效力十二年，完成这位国王交给他的十二件艰巨的苦差，然后才能长生不死。

赫拉克勒斯何以会有这样的命运和归宿？如果说女祭司已经预言了他的归宿的话，那么他的由来又是怎样的呢？这就和他的出生有关了。

太林斯城的国王安菲特律翁娶的是同宗的阿尔克墨涅，但宙斯也爱恋着阿尔克墨涅，一次，他趁安菲特律翁率领军队外出作战的时机，便化作安菲特律翁的模样，和阿尔克墨涅同房了。狡猾的宙斯为了饱享春宵，还事先做手脚，把那一夜变成了三夜那么长。翌日，安菲特律翁班师回国，急切中要和阿尔克墨涅合欢，阿尔克墨涅不解地问他，为

赫拉克勒斯

何昨夜放浪今又来，安菲特律翁心中一惊，当时未露声色，但他过后立即找到预言者忒瑞西阿斯，要问个究竟。忒瑞西阿斯也不相瞒，就把宙斯如何乘虚而入的经过和盘托出了。

后来的一个时期，安菲特律翁曾居住在底比斯，恰好在这时候，宙斯在一次众神聚会时无意间宣布了一个消息，他说，珀琉斯的一个后人将要降生在人世，而且将成为迈锡尼的国王。可是说者无心，听者有意，赫拉按捺不住心中的嫉妒，背地里便说动了分娩女神伊里菲娅拖延了阿尔克墨涅的生产日期，而且提前了另一个同是珀琉斯后代的欧律斯透斯的出生日期，虽然这个孩子因此在母腹中仅七个月时就出生了，但他却抢占了赫拉

克勒斯的王位，后来成了迈锡尼的国王。

尽管如此，赫拉仍不放过赫拉克勒斯，在他长到八个月大的时候，赫拉派了两条蟒蛇前去扼杀赫拉克勒斯，可是赫拉克勒斯并不畏惧，反而以罕见的勇气和力量双手扼死了它们。

年轻时的赫拉克勒斯

赫拉克勒斯不但生来茁壮勇敢，而且从小受到良好的训练。他跟从养父学习驾驭战车，跟从奥托里库斯学习肉搏，跟从尤里图斯学习箭术，跟从卡斯托尔学习自卫，跟从里努斯学习里拉琴的演奏。

时光荏苒，当赫拉克勒斯长到十八岁的时候，他已经开始了自己的历险生涯，杀死了在喀泰戎山上残害养父安菲特律翁的畜群的猛狮，赢得了狮皮的装束。

当时，底比斯国势衰颓，正在遭受着米尼安斯王国的奴役，每年要向米尼安斯进献贡品。赫拉克勒斯决定解救底比斯人，就在途中截住了米尼安斯派来的监督使臣们，赫拉克勒斯将他们的耳朵和鼻子割掉，砍下他们的手臂，然后才让他们逃回了国。米尼安斯国王厄尔癸诺斯受此凌辱，心中大怒，当即统率大军，前来征讨底比斯。那些关心赫拉克勒斯的众神见战事已近，就为这大力士提供了各种应手的武器铠甲，赫拉克勒斯率领着底比斯人一举击败了米尼安斯军队，杀死了他们的统帅和国王厄尔癸诺斯，而且还迫使米尼安斯人向底比斯贡献双倍的贡品。只是在反击米尼安斯人的战斗中，赫拉克勒斯的养父安菲特律翁却战死了。

为了嘉奖赫拉克勒斯的勇敢作战，底比斯国王克瑞翁将自己的女儿麦加拉许配给他为妻。他们夫妻生了几个孩子。可是不久，在外历险的赫拉克勒斯便听到了从底比斯传来的噩耗。原来，尤卑亚岛狄尔菲斯城邦的首领、波赛冬的儿子律库斯杀死了克瑞翁，攫取了底比斯的政权。当他意欲斩草除根，要加害麦加拉时，赫拉克勒斯及时赶到，救下妻子，杀死了律库斯。

可是赫拉克勒斯并没有最终保护住妻子，赫拉出于嫉妒，使赫拉克勒斯陷入了一种疯狂状态，使他在迷狂中杀死了自己的妻子（一说他后来把妻子转嫁给了自己的侄子），还把她为自己生的孩子们全都投进了烈火烧死了。过后，当他恢复了理智的时候，他变得格外悲痛和内疚，于是决定放逐自己，漂泊天涯。他来到特尔斐，询问自己前途的神谕，女祭司告诉他，他必须到太林斯去，为那里的国王欧律斯透斯效力十二载，完成十件苦差（后来变成了十二件苦差）。还有一种传说，把赫拉克勒斯必须完成十二大功的原因归于宙斯的诺言和要求。总之，从此赫拉克勒斯这个名字就和十二大功连在了一起，两者一道彪炳着古希腊最神奇而卓著的英雄业绩。

他的第一件苦差是消灭涅墨亚狮子。赫拉克勒斯遇到那头猛狮后，先射了一箭，当他发现那狮子并不为利箭所伤时，他就赤手空拳折断了它的脖子。

赫拉克勒斯的第二件苦差是杀死勒尔那沼泽中的九头蛇许德拉。它是巨怪泰丰和厄喀德那的后代，它的九个头中有个是不死的。赫拉克勒斯斩下它的九头，把那颗不死的头压在了一块巨石下面。

赫拉克勒斯从欧律斯透斯接受的第三件苦差是把刻律涅亚山的一头牝鹿活捉到迈锡尼来。那头牝鹿长着金鹿角，是女猎神阿尔忒弥斯的圣物。赫拉克勒斯本不想伤害它，可是他没有别的办法赶上那狂奔的牝鹿，最后只好射伤它的蹄子，才将它活捉，背着它向迈锡尼走去。他在途中遇到了

阿尔忒弥斯和阿波罗，女猎神责怪他擅杀她的圣物，赫拉克勒斯只得把责任推到欧律斯透斯身上，这才平息了女神的怒气，把牝鹿带回了迈锡尼。

赫拉克勒斯受命完成的第四件苦差是活捉厄律曼托斯山上为害四方的野猪。它也是女猎神的圣物。赫拉克勒斯在出猎的途中遇到了马人福罗斯，受到了他的款待。福罗斯为他打开了一坛本属于马人集体的陈年美酒，结果众马人发现后一齐赶来，围攻赫拉克勒斯，赫拉克勒斯在反击马人时，一直将他们追击到了智慧马人、希腊众多英雄的导师喀戎那里。赫拉克勒斯不知就里，在追杀中射伤了曾经教导过他的喀戎。因为他的箭矢是用九头蛇的毒液浸泡过的，所以喀戎无法痊愈，最后竟放弃了永生的权利，死在了他的学生手里。

第五件苦差是在一天之内清洗完厄利斯国王奥吉亚斯的其大无比的牛圈。赫拉克勒斯并未说明自己的使命，只向奥吉亚斯提出，如果他能在一天之内将豢养着三千头牛、牛粪堆积如山的牛圈清除干净，国王就得将三分之一的牛送给他作为报酬。奥吉亚斯根本不相信赫拉克勒斯有如此神力，于是爽快地答应了。赫拉克勒斯让国王的儿子费琉斯当证人，然后赫拉克勒斯就将两条河流的水引进了牛圈。当奥吉亚斯听说赫拉克勒斯完成这一奇迹是出于欧律斯透斯的要求时，他竟拒绝付给赫拉克勒斯报酬。双方为此争执不下，而证人费琉斯作证说，他父亲确实答应给赫拉克勒斯这等报酬。奥吉亚斯暴怒之下，把儿子和赫拉克勒斯一齐赶出了厄利斯。

赫拉克勒斯的第六件苦差是要杀死一种吃人的鸟类，因为它们为害一方，并用羽毛为箭时常伤人。赫拉克勒斯从雅典娜处接受众神的馈赠，重新装备了自己。他还从雅典娜手里得到了一副铜钹，敲得那些大鸟不得安宁，纷乱扑打着翅膀飞出隐匿的树林，赫拉克勒斯乘机射杀了它们。

必须完成的第七件苦差是把克里特的魔牛米诺陶活捉住，并押送到到欧律斯透斯面前，据说那米诺陶是波赛冬带来的。赫拉克勒斯来到克里特，向国王米诺斯讨要魔牛。米诺斯告诉他，他只能亲自去征服米诺陶。赫拉克勒斯并不犯难，果然制服了米诺陶，将其押送到欧律斯透斯面前后才放其归去。

　　赫拉克勒斯带着助手阿波得洛斯航行到色雷斯，以完成他的第八件苦差，即活捉那里的吃人牝马。那些牝马是归比斯托涅国王狄奥密底斯所有的。赫拉克勒斯夺走了牝马后，只身击溃了追兵，杀死了狄奥密底斯国王，但是在他作战时，那些牝马野性发作，竟把赫拉克勒斯的助手阿波洛得斯拖死了。赫拉克勒斯为了纪念自己的朋友，就在他的坟墓旁建立了一座阿波得拉城。他把驯服的牝马献给了欧律斯透斯，可那国王却把它们放生了，结果跑掉的牝马后来都葬送在奥林帕斯山的猛兽口里了。

　　到了这时，赫拉克勒斯还有三件苦差要做。这第九件是要把阿玛宗女人国女王希波吕忒的腰带献给欧律斯透斯。那腰带是战神阿瑞斯送给希波吕忒的，可是欧律斯透斯的女儿阿得密忒却对其向往已久了。赫拉克勒斯在和阿玛宗人的战斗中杀死了希波吕忒，从她的尸首上夺下了那条腰带。还有一种说法，认为希波吕忒自愿将腰带送给赫拉克勒斯，战斗是由于赫拉的挑拨才发生的。

　　赫拉克勒斯的第十件苦差是夺取厄律提亚岛的巨人革律翁的牛群。那革律翁是三个人长到一起的，从腰部连接着。那牛群是由牧人欧律提翁和一只双头狗奥甫斯看守的，见到赫拉克勒斯来犯，一齐扑了上来，结果都死在了来犯者的棒下。革律翁听到消息，前来迎战赫拉克勒斯，同样被赫拉克勒斯所杀。就这样，革律翁的牛群落入了赫拉克勒斯之手，他后来辗转把那些牛送到了欧律斯透斯那里。

　　欧律斯透斯要求赫拉克勒斯做的第十一和第十二件苦差是补偿先前无效的两件苦差的。这两件苦差之一，就是偷取大地女神该亚当年在赫拉"嫁给"宙斯时赠送给赫拉的金苹果。那些金苹果是由一些仙女们负责保管的，她们住在世界的最西边，都是夜晚女神和提坦神阿特拉斯的女儿，她们并不可怕，可怕的是帮助她们看守金苹果的不死巨龙拉冬，它长有一百颗头颅，所以从不睡眠，日夜不懈地忠于职守，令偷窃者无机可乘。赫拉克勒斯说动背负大地的阿特拉斯去为自己偷窃，自己则代替他背负沉重的大地。阿特拉斯早已被身上的重负压得痛苦不堪，巴不得有人代劳，哪怕一刻也好，于是答应了赫拉克勒斯的请求。他潜入赫拉的圣园，诱骗巨

龙拉冬完全睡去，躲过仙女们的监视，偷了三只金苹果。

有一种传说叙述道，阿特拉斯拿着金苹果回来，就想让赫拉克勒斯永远替自己承受大地的重负，不再将他换下来。赫拉克勒斯看出了他的心思，便机智地让阿特拉斯暂时替自己一下，以便自己的姿势更舒服些。阿特拉斯不知是计，就接过了重负，结果他只得眼巴巴地看着赫拉克勒斯拾起地上的金苹果，若无其事地扬长而去了，任他怎样抱怨诅咒也是枉然。至于金苹果的下落，当然，赫拉的宝物是无人敢窃为己有的，欧律斯透斯将它们献在雅典娜的祭坛上，但雅典娜并未接受，而是将它们送回了赫拉的圣园。

赫拉克勒斯完成的最后一项苦差是将从冥界哈得斯的守门狗刻尔柏路斯带到人间。那只狗有三个头，一条龙尾，口吐毒涎，浑身以毒蛇为皮毛。赫拉克勒斯在开始历险前先来到了阿提卡的厄琉西斯，那是一个举行和冥界有关的秘仪的地方，赫拉克勒斯接受了进入冥界所需的神秘知识，然后才赶到伯罗奔尼撒的泰那戎城，从那里一个通向冥界的入口下到了冥界。在冥界，赫拉克勒斯向冥王哈得斯讨要刻尔柏路斯，哈得斯早已听到过他的事迹，于是对他说，只要他不靠任何武器就能征服那只三个头的狗，就允许他将狗带走。于是赫拉克勒斯便徒手搏击那恶狗，任凭刻尔柏路斯的龙尾抽击自己的身体，也决不放松扼住它的双手。最后，赫拉克勒斯终于制服了它，将它押解着，从特洛亚的出口回到了大地。赫拉克勒斯将三头狗给欧律斯透斯看过以后，又将其带回到冥界去了。

完成了这十二件大功，赫拉克勒斯才最终摆脱了欧律斯透斯的奴役，开始了自己自由的生活。

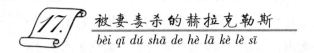

17. 被妻妻杀的赫拉克勒斯
bèi qī dú shā de hè lā kè lè sī

赫拉克勒斯的历险远远不止上述十二大功，他在完成那些苦差的同时和其后，又经历了很多凶险的考验和艰苦卓绝的战斗，他和巨人摔跤，和魔怪厮杀，他杀死无数猛兽，也奠定了许多恩泽后代的基业。

据传说，阿波罗和波赛冬一度想要考验特洛亚国王拉俄墨冬的人品，就穿了便衣，化作凡人，前去为拉俄墨冬建筑城墙。当他们完工时，拉俄墨冬却不肯按照约定付给工钱。于是阿波罗就向特洛亚施放瘟疫，波赛冬则派出海妖残害特洛亚人。这一来可苦了特洛亚人，他们求问神谕，神谕说只有把国王的女儿赫西俄涅绑缚到海边的岩石上，让海妖吞噬，才能使特洛亚解脱这场苦难。赫拉克勒斯知道此事后，就答应为国王救出他的女儿，条件是换取宙斯当年送给国王的骏马，那些骏马是宙斯在夺走了拉俄墨冬的儿子伽尼墨得斯，让他做自己的侍酒童后，给拉俄墨冬做补偿的。现在这位国王救女心切，爽快地答应了赫拉克勒斯的交换条件。可是待赫拉克勒斯杀了海妖，救出公主赫西俄涅后，从无信义的拉俄墨冬像欺骗了阿波罗和波赛冬一样，拒不交出那些骏马，结果到最后，他不仅自己被赫拉克勒斯所杀，而且女儿也被赫拉克勒斯当做礼物送给了希腊英雄忒拉蒙。

赫拉克勒斯不仅除害杀敌，还往往匡扶正义，创立文明。有一次，赫拉克勒斯来到了利比亚，那里是安泰的领地，他总是强迫陌生人和他摔跤，把他们置于死敌。他是大地女神该亚的儿子，因而只要接触大地，他就会陡然增添力量，因为大地给他以能量。赫拉克勒斯发现了这一秘密，就把他举起来，然后结果了他。安泰既死，利比亚也就被赫拉克勒斯所占领，他把那里的民众发动起来，广种作物，倡导法度文明，坚决镇压那些违法之徒，结果那里的社会秩序井然，利比亚也以富庶而赢得了周围世界的关注。

著名的夺取金羊毛的历险行动中也有赫拉克勒斯的身影，他所生活的时代，或者说创造了他的传说形象的时代，是一个英雄辈出、发明竞立的时代，赫拉克勒斯的足迹遍及爱琴海周围和希腊本土各地，他的历险岁月也远远超过某个人的有生之年，他参加过特洛亚战争，也参与过创立奥林匹克运动会的壮举，由于古希腊人在他身上集中了大量英雄的、也是人类自身的丰富历史活动的内涵，因此赫拉克勒斯的形象在历史哲学的意义上

具有极为广泛而深刻的隐喻作用。

他和奥林帕斯山的诸神一道战斗，镇压了老辈提坦神力图恢复旧制、报复新一辈神灵对他们的胜利，由于小辈神灵只有在人类参战的时候才能杀死老一辈的提坦神，因而他的功绩代表着新制度对旧制度的胜利（新的神灵和新的人类是新秩序的维护者）。他还有杀死残害普罗米修斯的鹰隼，解救普罗米修斯脱离苦难的举动，这一切都表明他不仅和人类的进步与正义事业联系在一起，而且往往成为人类整体的一个英雄主义的代表。

赫拉克勒斯的历险生涯充满了英雄气概，因而全无儿女情长之事，但是一旦触及到爱情，也许是男性的追求和女性的需求之间的永恒矛盾所决定的吧，赫拉克勒斯却总是无能为力，而且被女性，也就是被自己的爱情所伤。

那是在色雷斯的卡吕冬，他遇到了卡吕冬国王俄纽斯的美丽女儿得伊阿尼拉，当时公主正是及笄的年龄，也确有一位河神，名叫阿开罗斯的，纠缠不休地向她求婚。可是得伊阿尼拉坚决拒绝那丑恶的怪物，宁死也不从命。赫拉克勒斯早已听闻公主的美貌无与伦比，亲见其面更觉爱不自禁，于是他和河神展开了角逐。那河神变幻为公牛，用自己的利角进攻人间的英雄，赫拉克勒斯就折断他的牛角，最后赢得了公主的芳心。

有一次，赫拉克勒斯和妻子得伊阿尼拉一道漫游，来到一条大河，那里有一个马人，坐在那里以驮负过河者为生。赫拉克勒斯一向与马人友善相处，就相信了他，自己渡河后，又让马人背自己的妻子过河。可那马人竟乘机在河中要向得伊阿尼拉行非礼。赫拉克勒斯听到妻子求救的呼声，急忙登岸向马人涅索斯当胸射去一箭，涅索斯在临死之际，假意对得伊阿尼拉说，自己伤口流出的血液和滴落地上的精液混合一处，会产生一种魔力，得伊阿尼拉有了它就可以帮助制约丈夫的行动，使他永远爱自己。得伊阿尼拉相信了马人涅索斯的话，以为他身上流出的血果真具有魔力，于是就把他身体里流出的血液与那滴落的精液收集起来一些，私下装进了一只瓶子里，准备按照涅索斯的说法，涂抹在一件丈夫的衣物上，在自己的爱情遇到危机时就让赫拉克勒斯穿上。

当赫拉克勒斯完成了十二件苦差，也不再为履行责任而各处冒险时，他就想起了许久以来那些曾经亏负过自己、侮辱过自己或欺骗过自己的人来，过去是差使在身，无暇彻底清算，现在他大业已定，却总是为了未平之志而耿耿于怀，于是一向疾恶如仇的他决定主动去扫荡那些仇敌。

在消灭了所有应当报复的作恶之徒后，赫拉克勒斯出发去征服尤卑亚岛上的俄卡利亚王国。当年，那里的国王欧律托斯曾经不顾赫拉克勒斯的求婚，拒绝将自己美丽得光彩照人的女儿许配给他。此次赫拉克勒斯率领着他召集起来的大军包围了俄卡利亚城池，强攻之下，他战胜了欧律托斯的军队，也杀掉了欧律托斯本人和他的三个儿子，只留下他的女儿伊俄勒，似乎要让魅力依旧的她陪侍自己的枕席。

当传令官将战胜的捷报送达得伊阿尼拉知道时，随同送回的俘虏中就有美貌的伊俄勒。得伊阿尼拉起初并未明白丈夫的用心，反而十分同情这丧失了父母兄弟的孤女，将她温语款待一番。但是不久，就在赫拉克勒斯尚未举行谢神的祭祀时，那位企图讨好得伊阿尼拉的传令官就把赫拉克勒斯如何倾心这美丽的少女，如何为了得到她而大动干戈等，向得伊阿尼拉详尽地作了描述。得伊阿尼拉此时才意识到自己的爱情的危机，不由得又气又急，也顾不了许多，立即回到室内，取出了当年备下的爱情魔药，也就是那致命的许德拉毒液。她趁着庆贺丈夫得胜的机会，派人将那涂抹过毒液的紧身衣送到了赫拉克勒斯的军营。

赫拉克勒斯按照希腊人作战胜利的惯例，正在准备举行谢神祭祀，他见到妻子送来的礼物，心中很是高兴，当即便穿戴起来，向祭坛走去。那毒液原本有一种特性，若非遇到阳光或火光而变得热起来，就不会发作效力，可是赫拉克勒斯走近祭坛举行燔祭时，恰好接近到祭火，身体受到了火焰的烘烤，那紧身衣上的毒液登时便发作起来，像毒蛇的牙齿在咬啮身体一般，赫拉克勒斯的肌肤肉体立即开始溃烂，毒液随之蔓延开来，侵入全身。

就这样，九头蛇许德拉的毒液从赫拉克勒斯的箭头传到马人的血液，再传到紧身衣，发作在全希腊最强有力的英雄身上，只见那百战不殆、所

向无敌的大英雄疼痛至极，翻倒在地，一边打滚一边诅咒送毒衣给他的妇人。

赫拉克勒斯心里知道自己不久于人世，便下令将自己运回色雷斯的营地，并命手下人为自己准备了一座火葬堆，命人将自己抬到上面，然后下令将柴堆点燃。人们不忍下手，无不感到为难，此时恰好珀埃斯从那儿路过，他就是后来在特洛亚战场上射死帕里斯的神箭手菲洛克特忒斯的父亲，他为了早些结束英雄的痛苦，亲手点燃了柴堆，赫拉克勒斯感戴他的义举，就在临死前将自己的弯弓赠给了他。

当浓烟烈火过后，人们上前检视英雄的骨殖时，才发现尸骨踪迹全无。原来，赫拉克勒斯已被众神擢升到天庭，成了不死的神灵，他还和一向嫉恨迫害他的赫拉建立了和好的关系，娶了她的女儿赫柏为妻，成为不朽的天国中的不朽成员，永远享受着人们的祭祀，享受着人们对他的伟大功绩的赞颂和评价。

18. 伊阿宋与金羊毛的故事
yī ā sòng yǔ jīn yáng máo de gù shì

玻俄提斯国王阿塔玛斯娶了云神为妻，但云神来去匆匆飘无定踪，国王又另娶了伊诺为妻。伊诺十分嫉恨丈夫前妻的一对儿女弗美克索斯和赫勒，便设计迫害他们。云神让两个孩子坐在金毛羊的背上，救出了他们。腾空飞行时，姐姐头晕坠海而死，弗里克索斯安全到达科尔基斯。为了感谢神的相救，他杀了金毛羊献给宙斯，并将金羊毛送给了热心款待他的国王埃厄忒斯。同时，国王得到一条神谕：金羊毛与他的生命相连，金羊毛在，他的王位和性命就保得住。因此，国王将金羊毛钉在一棵树上，并让一只不会睡觉的毒龙看守着。就这样，全世界都认为金羊毛是无价之宝，成为无数英雄向往的东西，也成为人们想要难倒对方的最苛刻的条件。伊阿宋就是接受了夺取金羊毛这个苛刻条件的英雄之一。

伊阿宋是伊奥尔科斯国王埃宋之子，后来伊阿宋的叔父佩利阿斯篡夺了王位并杀死他的父亲。伊阿宋被悄悄送给半人半马的喀戎收养。佩利阿斯晚年为一种奇异的神谕所苦恼，神谕警告他谨防一个只穿一只鞋子的人。这时被喀戎教育了二十年的伊阿宋偷偷回到故乡，向叔父索取父亲的王位和王杖。佩利阿斯必须让伊阿宋的要求落空。于是他以金羊毛为条件，如果伊阿宋能取回金羊毛，王位和王杖就归伊阿宋。年轻的伊阿宋也发誓取不到金羊毛，他就决不要回王位。

伊阿宋高大漂亮，学会了很多手艺，并结交了许多朋友。所以伊阿宋的此次探险召来了许多英雄。雅典娜请来希腊最优秀的造船手阿尔戈，造了一只能预言吉凶的大船"阿尔戈"号。伊阿宋担任探险队的总指挥，一切准备就绪之后，"阿尔戈"号起航了。

他们愉快地驶过许多海角岛屿，来到了"女人岛"莱姆诺斯。这个岛上没有一个男人，而且所有的妇女都全副武装。她们曾经杀死了自己的丈夫和岛上所有的男人，因为他们出海之后带回许多宠姬，这激怒了他们的妻子。伊阿宋他们的到来引起了岛上妇女的争议。其实岛上的妇女们早已认识到，她们杀死了所有的男人是极其愚蠢的，所以当女王的老仆人建议留下伊阿宋这些外乡男人时，大家立即同意了。疲惫的英雄们住进了岛上，只有厌恶女人的赫拉克勒斯留下看守大船。女王爱上了伊阿宋并竭力挽留他和诸英雄。一年过去了，岛上的英雄们似乎忘记了金羊毛的事了。留在船上的赫拉克勒斯心急如火，他偷偷将英雄们聚到一起，痛骂了一顿，英雄们羞愧得无地自容，准备出发了。女人们哭声一片，终于屈服于男人的决定。伊阿宋怀着对女王的美与善的赞美之情，同英雄们离开了莱姆诺斯岛。

从特刺刻来的大风，将"阿尔戈"号吹向了埃克洛奈索斯岛。国王基济科斯很久以前就得神谕，要他好好款待取金羊毛的英雄们，尤其是不要和他们冲突。年轻的国王亲自出面，热情招待了英雄们，并为他们指明航向。当地的地生人却企图偷袭"阿尔戈"号，被留守船上的赫拉克勒斯杀退了。他们扬帆拔锚，告别了好客的国王和人民后，又继续上路了。但是夜里风向变了，暴风雨迎头袭来，将"阿尔戈"号吹到了一个海岸边。守卫海岛的士兵听到嘈杂声，以为有人偷袭岛国，于是一场混战发生了。伊阿宋的长矛刺进了闻讯赶来的国王胸膛，但双方却不知道彼此是什么人。天明后，双方才知道彼此误会了，英雄们怀着悔恨和悲哀告别了这个不幸的岛国。

船又在比堤尼亚的海湾泊岸了。赫拉克勒斯的仆人许拉斯去岸上汲水，一去不回，赫拉克勒斯曾经在一次争吵中杀死了许拉斯的父亲，现在他决心将许拉斯找回来，可是也一去不返。波吕斐摩斯听到许拉斯的呼救声后也去寻找落水的人，同样久久未归。英雄们正犹豫着不知道应不应该继续航行，海神传告他们，宙斯派给了赫拉克勒斯新的任务，许拉斯也被水仙的爱神之箭射中了。所以，大家这才停止争议，有说有笑地继续航行了。

第二天早晨，"阿尔戈"号在贝布吕基亚人的半岛靠岸了。国王有一条苛刻的法律，凡是上了岛国的外乡人，想要离开就必须和他比赛拳击。宙斯的儿子波吕杜克斯是希腊最好的拳击手，他击败了力大无穷的国王。英雄们也拔刀战胜了助威的野蛮人。他们得到了许多战利品，大家欢宴了一夜，又出发了。

经过重重险阻，他们来到了博斯普鲁斯海峡的一个岛上，这里住着色雷斯王菲纽斯。他因为虐待前妻的儿子并滥用阿波罗所给予他的预言的本领，被宙斯惩罚在这座孤岛上生活，并且双目失明。而且，宙斯又派遣一群凶恶的像妖妇似的美人鸟不断抢走他的食物，菲纽斯衰弱得瘦骨嶙峋，唯一的安慰就是宙斯留下的神谕：当"阿尔戈"号的英雄们来时，风神的儿子可以帮他除掉美人鸟。英雄们在岸边发现了奄奄一息的菲纽斯。风神的两个儿子帮他赶走了美人鸟，为了感谢英雄们，菲纽斯给他们占卦，众人不寒而栗，又开始迎接新的挑战。

四十多天后，伊阿宋的船队真的遭遇了菲纽斯预言的"撞岩"，但是，他们按照菲纽斯的劝告，在雅典娜的帮助下，顺利地闯过撞岩。

"阿尔戈"号乘胜前进，在一阵西风的帮助下，安全绕过阿玛宗女人国，幸免了一场战斗。在阿瑞斯岛，他们遇到了会射出翎管伤人的怪鸟。

英雄们戴上飘扬着鸟毛的盔，用灿亮的盾牌遮住自己，拼命晃动闪光的矛，大喊大叫着吓走了怪鸟。历尽千辛万苦，"阿尔戈"号的英雄们终于到达了科尔基斯。

伊阿宋计划先礼后兵。他向国王说明了来意，但是惶恐的国王又怎愿将系着他王位和性命的金羊毛交给他呢？于是，国王设下毒计，要求伊阿宋在一天之内用神牛耕下毒龙的牙齿，并完成收获，否则休想取走金羊毛。国王的女儿美狄亚被爱神的箭射中，为了爱情，她背叛了父亲。美狄亚赠给伊阿宋刀枪不入的膏油，并泄露了对付地生人的办法。伊阿宋感动于公主的真诚和爱情，发誓永远爱惜美狄亚。按照美狄亚的计策，伊阿宋轻松地制服了神牛，并驾驭神牛耕完全部的地，杀死了龙牙生出的地生人。美狄亚为了对伊阿宋的爱，决定亲自帮他偷走金羊毛。她用歌声和咒语使毒龙睡去，取下了金羊毛。怒不可遏的老国王任命儿子负责指挥士兵，飞速追赶伊阿宋和美狄亚。

在达依斯忒耳河口，追兵率先到达并布下了天罗地网。"阿尔戈"号寡不敌众，开始与追兵谈判。谈判的结果是英雄们可以带走金羊毛，但必须留下美狄亚，等待父亲的裁判。美狄亚悲痛欲绝，苦苦哀求伊阿宋不要将她留下。伊阿宋解释那只是个计谋，但是美狄亚为了自己的命运，心中设下了残酷的计谋。她假装悔过，转告弟弟她将偷回金羊毛由他转交老国王，姐弟相见时，躲在庙里的伊阿宋杀死了王子，和狠心的美狄亚一起继续前进。但是他们的行为被复仇女神和宙斯看到了，这时，能预言吉凶的"阿尔戈"号船劝告他们去找女巫基尔克。原来，基尔克其实就是美狄亚的姑姑，她很同情侄女的遭遇，帮她赎了罪，并奉劝美狄亚不要同伊阿宋逃亡。然而，美狄亚还是义无反顾地跟随伊阿宋继续航行了。

在半人半岛的女妖岛上，"阿尔戈"号的歌手又用动人的歌声压倒了女妖销魂诱惑的歌声，在和风的推动下，顺利过了女妖岛，来到了费阿基亚岛。国王既不能违背宙斯接待人的规定，也不想得罪埃厄忒斯国王，引起两国交战。于是，他决定，如果美狄亚已经和伊阿宋结婚，就送他们回希腊。王后为伊阿宋和美狄亚举办了婚礼，美狄亚成为伊阿宋合法的妻

子，这样，伊阿宋又率领他的"阿尔戈"号前进了。

在即将到达故乡时，"阿尔戈"号又被风吹到了千里之外的利比亚海岸。在"阿尔戈"号抛锚之后，海水变成了无边的沙漠，英雄们只好以步代船，在沙漠中艰苦跋涉。这时，仙女给了伊阿宋神谕，英雄们扛起船走到了海边，是赫拉克勒斯救了他们。

"阿尔戈"号又经历了许多险阻，终于胜利返回故乡，他把"阿尔戈"号献给海神波赛冬，把金羊毛给了叔父佩利阿斯。但是，叔父并不想交出王位和王权，他违背了当初的诺言。伊阿宋非常气愤，美狄亚又设计帮助丈夫。她欺骗国王的女儿们，说她有办法使人返老还童，并当众表演了她的法术，将一只老公羊切成几块放在火锅里煮，她念着咒语，一会儿锅里当真蹿出一只活蹦乱跳的小羊羔。国王的女儿信以为真，把父亲骗来杀了，并照样放入锅里煮起来，但是锅里哪会走出一位年轻的佩利阿斯，仅有一块块煮熟的人肉！为此，伊阿宋和美狄亚被流放到科林斯。

在科林斯，他们生活了十几年，美狄亚生下了三个儿子，他们夫妻相敬相爱。后来美狄亚年老色衰，伊阿宋又爱上了科林斯国王的女儿，并瞒着美狄亚向公主求婚，在克日结婚之时才告诉美狄亚。美狄亚悲愤失望了，她又在策划着更大阴谋。她一改往日的怨怒和悲痛，说服伊阿宋把几件金袍送给要当新娘的公主，公主在伊阿宋走后，迫不及待地穿在身上，为这身新装而骄傲，不料立即面色大改，四肢发抖，头顶冒出了火焰。国王闻讯赶来，抱住女儿，结果也染上了毒药，双双死于熊熊的烈火之中。伊阿宋得知新娘被害，立刻回家寻觅并想杀死美狄亚，却发现他的孩子们都倒在血泊之中，伤口还在流着鲜血，而美狄亚正坐在用魔法召来的金车上腾空而去。伊阿宋失去了所有的一切，也无法惩罚美狄亚了，绝望吞噬了他。他拔剑自刎，死在了自家的门槛上。

一代希腊英雄的一生就这样结束了，猎取金羊毛的传说出自古希腊一首仅存残篇的史诗，诗中英雄历险的故事，特别是其中伊阿宋与美狄亚的爱情和婚变的故事，经常作为后代作家创作的素材，出现在后代的作品中。从此可以见出，古希腊英雄当年所经历的，除了刀光剑影、好勇斗狠的事件外，还有家庭婚姻和个性发展的巨大事变，而且后者的意义或许更普遍、更重要，也未可知。

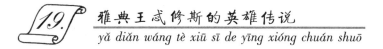

19. 雅典王忒修斯的英雄传说

yǎ diǎn wáng tè xiū sī de yīng xióng chuán shuō

忒修斯是古希腊雅典城邦的传说英雄国王，是埃勾斯国王与特洛亚国王之女埃特拉所生的儿子。他登基后，统一全国，修建了雅典城，被认为是雅典国家的奠基人。

雅典国王埃勾斯已经娶了两个妻子，但仍没有儿女。他的侄儿们对未来的王位虎视眈眈，对埃勾斯怀有敌意，并轻视他没有自己的儿子。国王因此非常苦恼，他不得不求神赐予他儿子。他请好友特洛亚国王皮特修为他解释神谕。皮特修从神谕得知埃勾斯将有一个伟大的儿子，同时，皮特修本人也得到一个神谕，他的女儿不会得到公开的美满婚姻，但将生出一个有名望的儿子。聪明的特洛亚国王悟出了其中的联系，将女儿秘密嫁给埃勾斯，没几日埃勾斯就返回雅典了，他临走前将一双绊鞋和一把宝剑压在海边的一块石头底下，告诉妻子在孩子能够搬开石头之时，带上这两件东西去找他。

埃特拉公主果真生下一个儿子，忒修斯在外祖父和母亲的保护下成长。他的外祖父为他制造了流言，说他是海神波赛冬之子，忒修斯小小年纪就有一种英雄气概。有一次，希腊大英雄赫拉克勒斯来访问外祖父，他的狮皮披肩就放在旁边，来见赫拉克勒斯的一大群孩子都以为狮皮是一只狮子，吓得直往外跑，而小忒修斯从仆人手里抢过刀就向狮皮砍去。自那次以后，忒修斯就立志做一个像赫拉克勒斯一样的大英雄。后来，忒修斯长大成人，他英俊强壮，勇敢聪慧。母亲把他带到当年埃勾斯放鞋子和宝剑的海边，忒修斯毫不费力地搬开了石头，知道了自己的身世。他没有听从外祖父和母亲的劝告，不愿走安全的海道去寻找父亲，他选择了强盗出没的陆路。

一路上，忒修斯碰到了许多拦路的盗匪和恶徒，但是，他就像当年的赫拉克勒斯一样，路见不平拔刀相助，英勇地为民除害。去往雅典的途中，他遇上了最可怕的五大恶人：一个是以铁棒袭击行人的棒子手，忒修斯杀死了他并带着那根铁棒上路了；在科林斯地峡他遇到了扳松贼，这个恶徒常将两棵松树扳下来，将他的俘虏绑在树梢上，然后放开树，把俘虏的肢体撕为两半。忒修斯挥棒打死了他，并带走了他温柔美丽的女儿，后来把她嫁给了俄卡利亚国王的儿子。在墨伽拉，他遭遇了大盗斯喀戎。这个恶人强迫行人给他在海边洗脚，然后将行人踢到海里淹死。现在忒修斯"以其人之道还治其人之身"，将他淹死。后来，他在达阿提刻遭遇了好斗的恶徒，又遇到了最狠毒的铁床匪。忒修斯都恰如其分地惩罚了他们。因此，他受到了沿途人民的欢迎。

这时候，雅典国王埃勾斯已与杀子流亡的美狄亚结婚。美狄亚在忒修斯到来之前就知道了他的行踪和此行的目的。她散布谣言，蛊惑老国王戒备一切外来人，并准备了毒酒等待忒修斯的到来。忒修斯怀着激动之情进宫用餐，却不知美狄亚的毒计，他热望着父亲能够认出他，对面前的美酒佳肴没有丝毫兴趣。为了让父王回忆起往事，他用宝剑切肉，引起了国王的注意，从鞋子上认出自己的儿子。美狄亚失算了，在国王的臭骂声中溜出了雅典。忒修斯被宣布为王位的继承人。这自然引起国王五十个侄子的愤恨，他们设下阴谋企图置忒修斯于死地。英勇的忒修斯镇住了他们，将他们赶出了雅典。

据说那时雅典人与克里特失和，克里特王米诺斯勒令雅典人每九年向他进贡七对童男童女，他把他们关在迷宫里，或是让他们饿死，或是让半人半牛的怪物追杀后咬死。现在第三个九年到了，忒修斯勇敢地站出来，带着其他几对童男童女出发了。在克里特王宫，米诺斯国王的女儿对忒修斯一见钟情，偷偷塞给他一个线团和一把短剑，聪明的忒修斯沿路放着线，又用短剑杀死了海怪，顺着线走出了迷宫，并将公主带上船逃离了克里特。但是，酒神托梦于他，告诉他公主是命运女神许给自己的妻子。公主果然在他醒来后不知去向，他陷入对公主的悲痛之中，忘记挂起标志平安归来的白帆，老国王误以为儿子已死，在绝望中跳入大海。

忒修斯在悲痛中登上了王位。他走村访寨将散居的人民团结起来，使雅典由一个分散的村落组织成一个统一的国家，并制定宪法，限制国王的权力，招徕各地人民定居雅典，使雅典发展为一个真正的城市。他教育人民敬畏神灵，并以雅典娜为雅典的保护神。

忒修斯早年冒险时去过阿玛宗女人国，他偷偷地与女王波吕忒相爱并将她带回雅典，正式娶为妻子。但是好战的阿玛宗妇女认定女王被拐骗了，她们经过几年的战争准备后突袭了雅典城，忒修斯得到进攻的神谕后出击，将阿玛宗人逼退，但希波吕忒却在出面调停时被一个阿玛宗人刺死，忒修斯又一次陷入悲痛之中。

许多年过去了，忒修斯一直没有再娶。而当年陪同姐姐救出忒修斯的克里特公主费德拉也已成年，她已将对忒修斯的敬佩变成了爱。两国交好后，忒修斯与貌似姐姐的费德拉结婚，并生下一对双胞胎儿子。可是好景不长，年轻漂亮的费德拉爱上了希波吕忒所生的儿子希波吕托斯。她不顾继母的身份，常常通过乳娘向希波吕托斯传情，却始终不能如愿。相思的煎熬和遭受拒绝的仇恨使她失去了理智。当忒修斯从外地回来，发现她已自缢，手里紧握着她临死前写下的信："希波吕托斯要侮辱我，我只有用死来表达我对自己丈夫的忠心。"悲痛的忒修斯信以为真，不听儿子的解释就将他驱逐了。父亲的不信任刺伤了希波吕托斯，黄昏的时候使者带来了他的死讯，忒修斯也最终从乳娘那里得知了事情的真相，悲痛再一次笼罩了他。

经历了太多的悲痛之后，忒修斯日益衰老了。他和同样鳏居的好友佩里托奥斯一起，想要干一些冒险甚至鲁莽的事来排遣心中的孤寂与无聊。于是，他们决定去为自己夺取最美丽的妻子，海伦成了他们的目标。他们到达斯巴达，看见了正在阿尔忒弥斯神庙中跳舞的美丽的海伦，两人心中都对仍是小女孩的海伦燃起了强烈的爱情之火，爱情使他们丧失了理性，并约定，得到海伦的人必须帮助朋友抢另外的美女。忒修斯拈阄获胜，他们抢走海伦之后，又决定去地府抢冥王哈得斯的妻子。他们的胆大包天的

念头激怒了冥王，还不等他们看到地府女王的影子，就被她的丈夫捉住了。于是，这两个自投罗网者被锁在地府的一块大石头上，要不是后来赫拉克勒斯营救，忒修斯将永远被囚禁在地狱了。

同时在雅典，他的国家发生了叛乱。开始忒修斯还企图用武力镇压，后来叛乱愈形扩大，他的努力归于失败，他只好预先偷偷地将两个儿子送出去。自己站在伽耳革托斯宣布了他对雅典人的诅咒。然后放弃了他对雅典的统治，拍去脚上的尘土，离开了雅典。

忒修斯来到了斯库洛斯岛，那里有他父亲留下的许多财产。他去见了岛上的国王吕科墨得斯想要索回父亲的财产，并长住下来。但是吕科墨得斯并不欢迎他，他邀请忒修斯走上了岛上的最高点，说要让他观看一下他父亲的所有财产。当忒修斯沉醉在眼底迷人的果园美景当中时，阴毒的吕科墨得斯从后面将他推下了悬崖，汹涌的海水吞没了昔日的英雄。

忘恩的雅典人不久就忘记了这位将雅典变成统一城邦的国王。几百年过去了，当雅典人正在马拉松平原上抗击波斯入侵时，这位久已死去的国王全副武装地从坟墓中走出来，帮助人民击败了入侵者。胜利后的雅典人得到神谕，必须重新光荣地安葬昔日的国王忒修斯。天上的巨鹰引领他们来到斯度洛斯岛，在一座小山上，雅典人挖地三尺，终于发现了一个巨大的棺木，旁边还有一支枪和一柄青铜剑。雅典人用三橹战船接回了神圣的遗骨，并重新举行了隆重庄严的葬礼。后来，他们又规定了特定的节日以纪念这位英雄的雅典王。

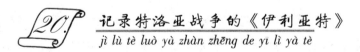

20. 记录特洛亚战争的《伊利亚特》
jì lù tè luò yà zhàn zhēng de yī lì yà tè

公元前 12 世纪初，希腊的迈锡尼城邦联盟和小亚细亚的特洛亚城邦联盟之间发生了一场历时十年的大战。战争的起因，是特洛亚的王子帕里斯在奉命出使希腊、途经斯巴达时，趁斯巴达国王墨涅拉俄斯外出未归，诱拐了他的妻子——宙斯和勒达所生的全希腊最美的女子海伦。

这次事件的背景还有个传说，早在希腊的密尔弥多涅斯国王、大英雄珀琉斯和海神西蒂斯结婚时，邀请奥林帕斯众神时忘掉了争吵女神厄里斯，厄里斯出于愤慨，在他们的婚宴上丢下了一个"引起争吵的金苹果"，上有"献给最美丽的女神"的字样，天后赫拉、智慧女神雅典娜和爱神阿芙洛蒂忒为得到它发生了争执，宙斯便让她们到特洛亚附近的伊得山去找牧羊人帕里斯定夺，结果帕里斯回绝了赫拉许他以权利和财富的诺言，也回绝了雅典娜许他以智慧和作战胜利的诺言，唯独接受了阿芙洛蒂忒许他以世上最美丽的女人为妻的诺言，把金苹果判给了她。

帕里斯本是由于神谶不祥而被抛弃的特洛亚王子，后来他的身份得到承认，回到了王宫。他的行为激起了希腊英雄们的愤慨，于是，墨涅拉俄斯会同他的哥哥、迈锡尼国王阿伽门农发动了十万之众的各地联军，乘坐千余艘战船，杀奔特洛亚。

在史诗《伊利亚特》所描写的临近战争尾声的几十天里，双方发生了空前惨烈的大会战，由于阿伽门农在释放阿波罗神庙祭司的女儿、平息阿波罗愤怒一事上，同希腊主将阿喀琉斯发生严重争吵，阿喀琉斯拒绝出战，结果使希腊军遭受重创。直到阿喀琉斯的挚友帕特洛克罗斯被杀后，阿喀琉斯才痛悔不迭，与阿伽门农言归于好，重新参战并杀死了特洛亚主将赫克托尔，史诗就是在赫克托尔的葬礼场面中结束的。

赫克托尔死后，特洛亚又相继得到了新的援军，主要有对希腊人怀有宿怨的阿马宗女人国国王彭特西勒娅和埃塞俄比亚国王门农的部队，这两位国王都是神的后裔，他们的到来也的确给希腊人以很大杀伤，但并没有根本挽救战局，反倒相继被阿喀琉斯所杀。最后还是帕里斯借助被阿喀琉斯激怒的阿波罗的力量，一箭射中阿喀琉斯的脚踵，使阿喀琉斯箭毒发作而死。希腊军眼见取胜无望，幸赖奥德修斯设计了木马计，终于里应外合，攻破了固若金汤的特洛亚，屠城而归。

史诗《奥德赛》则是越过这些情节，叙述了特洛亚战争结束后，希腊联军的主要将领之一奥德修斯历险返乡的过程。十年的漂泊和多次险遇，奥德修斯从东地中海飘零到西地中海，他和同伴逃过了巨人的魔爪，摆脱

荷马

了食莲人的忘忧果的诱惑，又险些被女巫瑟西变成畜类，在游历过冥府、见到已故的亲友后，奥德修斯的船队又经历了海妖塞壬、卡律布狄斯的磨难，由于他的部下在一个岛上宰杀了太阳神赫利俄斯的牲畜，原已对希腊人不满的宙斯便大放雷霆，击沉了他们的航船，奥德修斯的战友全部葬身大海，只有他一人抱住沉船的龙骨漂流到了神女卡吕普索的岛上，卡吕普索强留他同住了七年，辛亏雅典娜借助宙斯的权威，让卡吕普索放归了思乡不已的奥德修斯。

奥德修斯离开后又流落到一个叫法雅西亚的城邦，善良的阿尔基诺斯国王款待他一番后送他回到了故里。他的妻子珀涅罗珀此时已被众多的求婚者纠缠了数年，家业也遭到了恶徒的糟蹋，人们都以为他再也不会回来了。奥德修斯在雅典娜的帮助下，巧妙设计，精心筹划，终于在儿子和忠实奴仆的协助下杀掉了趁火打劫的求婚者，全家人得以幸福团聚。当然，史诗到此就结束了。

这两部史诗的作者一直是学术探讨之谜，它们最早被希腊人归于荷马名下，若果真为荷马所作，即完成其中的主体或将各片段组织成统一整体，那么荷马确实当得起影响世界文学最有力的伟大诗人之一。通过罗马文学（特别是维吉尔的史诗）、中世纪的拉丁诗人、经拜占庭帝国至意大利的希腊语学者、文艺复兴作家等，荷马史诗的影响遍及全欧，纵古贯今，从文学到一般审美观念。

荷马之名最早曾被公元前7世纪希腊诗歌所提及；公元前7世纪后期的一首颂神诗《得洛斯岛的阿波罗颂》曾托名"开俄斯石岛的盲诗人"荷马所作；西方史学之父希罗多德称荷马生活时期不早于公元前9世纪（学术界有人坚持认为荷马生活于公元前12世纪末的特洛亚战争之后不久）；

最晚公元前 6 世纪在小亚细亚的开俄斯岛有荷马的传人保持着史诗演唱。这些是荷马确有其人的主要证据。

两部史诗的形成与定稿时期是与作者相关、且比作者考证更重要的问题。有许多证据表明，《伊利亚特》的产生要比《奥德赛》早些，但亚里士多德说两部诗作一出于荷马早期、一出于荷马晚期，不被人们所接受，因为两部史诗中的环境描写表明它们有着不同的创作和流传地域，其形式上的共性不过是遵循共同的史诗传统的结果。

语源学的研究表明，荷马史诗形成的上限应是公元前 1000 年前后希腊城邦对小亚细亚的殖民活动，下限应不晚于公元前 7 世纪。通常认为较具体的史诗形成期是公元前 9 或 8 世纪，而公元前 8 世纪的可能性更大些。而此时已距迈锡尼文明消亡二百至三百年之久了，这个期间希腊没有通行的字母文字（迈锡尼线形文字 B 已经随其文明一道消亡），因此很可能是形成史诗口头传统的时代。最早的希腊字母文字出现在公元前 730 年前后，荷马史诗或者被文字记录过，或者仍保持口头传统直到下个世纪，无论如何，有证据表明公元前 7 世纪时史诗已趋于定型了，它们的最早文本可能出现在公元前 6 世纪的泛雅典娜节赛会上。确切地说，在公元前 2 世纪，有亚历山大学者亚里斯塔克斯研究史诗的文章问世，再以后很久出现的手抄本是现存最早的定本文本。

从两部史诗本身来看，很显然，这两部史诗的题材是大不相同的，一个是战争，一个是历险，但它们都表现了部落时代英雄们率领民众创下的业绩，显示了强烈的英雄主义精神，使人意识到一个民族处在生死存亡的关键时期的"生活内容"。也正因为史诗予以表现的这个时期（在希腊，是"迈锡尼时代"的后期）希腊人的活动焕发出一种空前活跃的主体力量，他们第一次在神灵们的陪伴下登上了自觉行动的历史舞台（修昔底德称此前尚无"整个希腊共同行动的记载"），两部史诗才获得了深刻的历史内涵和高超的艺术魅力。

马克思是充分意识到荷马的文化史意义的思想家之一。他在《政治经济学批判·导言》中曾经就荷马等希腊艺术家的创作提出过自己的看法，

认为艺术的发展有其独特的规律，随着社会的发展，某些艺术形式将不再有人能继续创造下去，他说：

> 关于艺术，大家知道，它的一定的繁荣时期不是同社会的一般发展成比例的。例如，拿希腊人或莎士比亚同现代人相比，就某些艺术形式，例如史诗来说，甚至谁都承认：当艺术生产一旦作为艺术生产出现，它们就再不能以那种在世界史上划时代的、古典的形式创造出来。因此，在艺术本身的领域内，某些有重大意义的艺术形式只有在艺术发展的不发达阶段上才是可能的。如果说在艺术本身的领域内部的不同艺术种类的关系上有这种情形，那么，在整个艺术领域同社会一般发展的关系上有这种情形，就不足为奇了。困难只在于对这矛盾作一般的表述。一旦它们的特殊性被确定了，它们也就被解释明白了。

马克思在这里实际上提出了一个课题，即为什么古人的某些创作后人竟做不来了？马克思为此做了解说的尝试。他的观点是，人同自然的关系古今不同，古人把自然和社会形式作了神话式的理解，因而在他们看来一切都是有生命的、有灵魂的、有不死的神掌管的；而今人则不同，在科学面前，古代的神话和神灵们再也无处容身了，一切都应当用科学而非神话来解释，于是有了现代的钢铁厂、避雷针、银行等，匠神赫淮斯托斯、雷电神宙斯、贸易神赫尔墨斯等自然失去了用武之地。一句话，神话和史诗是依赖着"未成熟的"、"永不复返的"社会条件而产生和存在的。

马克思的观点从艺术的创作基础方面揭示了荷马史诗的"独步"现象，包括它的社会生活方式、思维方式和文化传统的因素。确实，荷马的创作除了好多代诗人的共同努力作为基础外，还全赖希腊神话传说的文化养育，所以马克思说："希腊神话不仅是希腊艺术的武库，而且是它的土壤。"

不过，马克思也留下了一个悬而未决的问题，他说："但是，困难不在于理解希腊艺术和史诗同一定社会发展形式结合在一起。困难的是，它们何以仍然能够给我们以艺术享受，而且就某方面说还是一种规范和高不可及的范本。"就是说，除了说明希腊艺术的创作基础，还要从艺术自身的规律，从艺术现象本身来说明希腊艺术的魅力（不仅对古代，而且对现代的人类）所在，说明它之所以高不可及的原因。下面我们就尝试从史诗的艺术形式，特别是从史诗的修辞形式及其相关的艺术内涵来说明这个问题。我们的观点是，荷马史诗的魅力和艺术特征基于这样一个事实，即人类的形象思维在英雄时代远比现代发达，因而当时的史诗以及神话、寓言等都极为注重自然的、感性的形象而非理性的概念，换句话说，当时的人们虽然已经形成了一定水平的理性意识，但是通常人们是按照原始时代的思维习惯，用形象（严格说是和理性有一定联系的表象）的思维和形象中寓含的理性来把握事物的，用意大利的维柯的话来说就是"诗性的"思维来把握事物，他们不仅在艺术（当时尚无高度自觉的艺术）活动中，而且在一般生活实践中也是如此。相比之下，现代人对事物的态度和理解则往往是努力脱离开形象的、理性的、逻辑的，除非在纯粹的审美活动中才不如此。

由于这个缘故，荷马史诗体现了典型的英雄时代的文学修辞特性——在描写人的行动（这是史诗的核心内容）时采用大量的、独特的比喻。这种比喻手法具有下述一些基本特征：

其一，诗人真切地体会到人和自然之间活的相通的关系，因而在描写中常常显示出一种按捺不住的比喻的冲动，但凡能用形象的比喻加以表现的地方，决不诉诸议论。所以这种比喻基本上是出自内在情感和体验的，是大众普遍认同的，不是现代时常表现出的那种人为的、刻意渲染的比喻。

其二，在运用比喻时明喻居多，而且务求灵魂的一致，即神似与形似统一，决不只求形似，例如：

至于那狄俄墨得斯，你就说不出来他属于哪一边的队伍，特洛亚人的还是阿开亚人的。他冲杀过那个平原，就像冬天的一道洪流（按希腊冬天为雨季）冲来荡平了一切堤坝。那道洪流有狂雨替它做后盾，当它突然猛冲而来的时候，没有东西能够阻挡，无论是本来用以防它泛滥的堤坝，或是葡萄园和那些大树周围的石墙。洪流既可以横行无阻，到处的农民就只看见我们那些灿烂作物的残迹了。也就像这样，那些密集行列里的特洛亚人在堤丢斯之子面前纷纷倒下去，虽然有那么多的人也不能将他拦阻。

其三，这种"荷马式比喻"（也叫扩展的比喻）总是运用活的、众人熟悉的、特别是富于感情的事物作为材料，例如：

> 他看见陆地已距离不远，正当他乘着
> 巨大的波浪浮起，凝目向远方遥望。
> 有如儿子们如愿地看见父亲康复，
> 父亲疾病缠身，忍受剧烈的痛苦，
> 长久难愈，可怕的神灵降临于他，
> 但后来神明赐恩惠，让他摆脱苦难；
> 奥德修斯看见大陆和森林也这样欣喜，
> 尽力游动着渴望双脚能迅速登上陆地。

其四，比喻的形象和意义总是极为恰当具体，决不模糊抽象，造成身临其境的效果，从而克服了过远的审美距离。

这类的特征还可以继续列举下去，不过这些已足以说明一个规律，就是古代诗人由于对自然和人的关系怀有不同于现代的观念和情感，热衷于用自然比拟人（相当于对人的拟物），而较少用人比拟物（相当于对物的拟人），而且对物的拟人也好，对人的拟物也好，总是建立在类于原始神秘意识的思维方式基础上的，建立在通灵意识的基础上，就是说，当他们还基本保留着原始时代的思维方式和意识内容时，却已经由于实践领域的扩展而感受到，并力图把握住创建民政时代的新的生活内容，特别是精神内容了，所以产生了这种在多神教原始意识包裹下的新鲜的个性和荷马式比喻这样的文学手法。提到多神教，荷马等人对诸神人格化的、甚至是大不敬的描写（如《伊利亚特》中宙斯和赫拉的争吵，《奥德赛》中阿瑞斯和阿芙洛蒂忒的偷情等）也都根源于此。

不难理解，这种情形在古典文明兴起后便逐渐消歇下去了，古代至现代，人类对自然的意识经历了朴素的理性（古代自然哲学为代表）、宗教神学的（中世纪神学为代表）、深刻的理性（近现代的思辩哲学和历史观点为代表）和理性批判与功利的（20世纪以来具有环境意识的理论为代表）几个阶段，它们都迥异于英雄时代的自然观，因而失去了创造史诗的主观基础。

这中间并不排除大量利用自然来描绘形象、渲染文采的艺术倾向，但是它们的实质已经不是英雄时代的那种以"虚幻"的方式真切地认同自然，而是或多或少地利用自然来雕饰艺术，在内心里是和自然的距离越来越远，因而性质是截然有别的。

事实上，文学的发展和任何有机的事物一样，有着特定的"基因和遗传规律"，而这里谈到的（当然不能谈透）荷马史诗的修辞特点就是这种基因的载体，它们是独特的，是从先代继承下来的，所以，没有古希腊的（不是他民族的）原始文化作先导，就不会有希腊的史诗和古典艺术，而且，这种文学语言的原始自然主义倾向又并非仅见于希腊，在我国，大体与荷马史诗同一时代的文献里就有这种倾向，而且已经是理论化的了，如《周易系辞上》：

"子曰：……易有圣人之道四焉：以言者尚其辞，以动者尚其变，以制器者尚其象，以卜筮者尚其占。

"子曰：书不尽言，言不尽意。然则圣人之意其不可见乎？子曰：圣人立象以尽意，设卦以尽情伪，系辞焉以尽其言，变而通之以尽利，鼓之舞之以尽神（《周易系辞上》）。汉代扬雄在他的《解难》中也说：

"若夫宏言崇议，幽微之涂，盖难与览者同也。昔人有观象于天，视度于地，察法于人者。天丽且弥，地普而深，昔人之辞乃玉乃金，彼岂好为艰难哉！势不得已也。……

"是以宓牺氏之作《易》也，络天地，经以八卦，文王附六爻，孔子错其象而象其辞，然后发天地之藏，定万物之基。典谟之篇，雅颂之声，不温纯深润，则不足以扬鸿烈而章缉熙。"

可见中国自古以来就是善于参悟天地人诸界的通灵相类之处的，文明初创时期更是取法自然之道和神巫之意以设轨制，故而与自然的相通未曾有根本的割断过，而文章之法也多受其影响。

与原始至古代的比拟之法相比，现代的比拟显然少了许多原有的因素，同样是叙事诗，但荷马式比喻以及为讲唱方便而设的交代内容等都不再存在了，比喻的选材和取意方面也完全不同于前者了，设喻时思维的基础不再是对自然的切身体验，而是越来越表面化和讲究装饰性，对自然的拟人也远多于对人的拟物，比喻的构成在克服了古朴滞重、变得轻灵活泼的同时，喻体中完整的有生命的自然过程也就成了断章取义的牺牲品。所以，从古今的差异来说，也可以把荷马式比喻称为真正的拟人，因为无论被喻还是所喻都是有灵魂的，而今日之比喻则可仍称为比喻，因为它多半是象征的、喻理的。

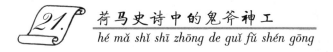

21. 荷马史诗中的鬼斧神工
hé mǎ shǐ shī zhōng de guǐ fǔ shén gōng

正如我们从史诗中看到的，荷马的艺术方法是和文明的发展方向相反的，因为他倾向于忠实地模仿自然的修辞；现代人虽然感到这种方法笨拙迟缓，喜欢当代的合于感觉的节拍和形式，却不能不钦佩荷马式的古朴方法而无从效仿之。

它的艺术内容，也就是它的审美内涵，同样也是和文明发展方向相反的，但却依然有着感染力，因为历史的发展使得古朴的道德伦理和生活方式、观念信仰等越来越弱化，而后起的人格和理想却再也不具备这种古朴的率真的美，反而充满了复杂的功利意识的东西，其中总是包含着某种越来越多的莫名的痛苦和折磨。这也是后世艺术无法在形式上重现古代的美感的原因。

此外，人类将自然征服到多大程度，也便在多大程度上将自身改造得偏离了自然。因而古代诗人必定还保留着一定的原始形式的思维方法和传统意识，人们不仅以模仿神的方式向自然学习技能和生存方式，而且在道德伦理方面、在观念信仰方面也从自然中获得借鉴和榜样。如果说荷马史诗在比喻和修辞方面业已是今人无法企及的了，那么还只是大树的枝叶罢了，相比之下，荷马史诗的结构模式才称得上是大树的枝干，既然从弥漫的枝叶中撷取零星叶片是难以见出史诗的宏旨大义的，所以，我们还是从修辞这种微观的形式转到宏观的结构形式上，看看史诗的结构与意义的关联是怎样蕴涵着史诗的魅力的。

首先，比较一下《伊利亚特》和《奥德赛》的结构模式有何共同特点，对于我们了解荷马的真正主题是颇有帮助的。

在总的叙述方式上，两部史诗所处理的事件都是主人公的十年经历，但由于事件的规模过大，两部史诗都进行了巧妙的构思，截取了事件经过的最后一段，也就是直接导致高潮和最有意味的片段加以表现。在《伊利

《伊利亚特》插图

亚特》，是第十年上的五十一天，在《奥德赛》，则是最后的四十天，虽然是取一舍十，却能以一当十，完全表达了诗人的意图。即便人们没听过"特洛亚的陷落"，也能从《伊利亚特》中领会到十年来战争的一般情形，领会到战争的最后结局会是怎样，特别是意识到这场战争给人——身处其中的人——带来怎样的影响；同样，不知道奥德赛的"海上历险"的人，也可以从史诗中了解奥德赛的整个传奇经历，在为特洛亚人扼腕叹息的时候，也为奥德赛的奇遇和英雄性格而心醉神迷。所以会如此，是因为诗人在组织作品时采取的剪裁，遵循了典型化的要求，处理的是最有暗示意义的事件，诗人虽然不掌握理论，但是有实践的经验，知道什么样的事件适合于史诗的体裁而又富于表现力。

诗人所以会有如此造诣，原因是随时处在听众的评价之下，他的创造直接取决于听众的好恶，而当时的听众又恰好是生活在非常具有历史意义的时期里的听众，能给诗人以最有益的影响。诗人是他的听众培养出来的。

其次，我们再看一下它们的不同结构特点，顺便谈谈两部史诗的思想特点。

在具体的结构上，《伊利亚特》采用的是平行的顺叙，即诗人同时展开对于希腊联军、特洛亚联军和奥林帕斯众神（也相应地分成了两个阵营）的描写，虽然受到叙事艺术的限制，诗人只能交替地描写这三个方面，但是总能够合理地安排描写的顺序，让每个方面都在最适宜的时候、最有意义的关联之处得到表现。而平行结构的采用又是最适合于展示不同的对象各自的特点，特别是在相比较中显示出的特点。其中包括阿伽门农和阿喀琉斯的争吵于赫克托尔与帕里斯的差异之间的对比，希腊联军的师出有名和特洛亚联军的两次破坏道义（诱拐和破坏停战）的对比，以及希腊将士的智慧顽强、个性与集体精神的自觉结合，与特洛亚的松散战术、核心虚弱的对比等。

此外，在每一条线索内部也存在着对比的关系，史诗的主题就是在这些对比中得到了最有力的揭示，得到最普遍的理解。为了说明这一点，我们可以从荷马的提示入手，作一个简要的分析：

> 阿喀琉斯的愤怒是我的主题，只因这惹祸招灾的一怒，使宙斯遂心如意，却带给阿开亚人那么许多的苦难，并且把许多豪杰的英灵送进哈得斯，留下他们的尸体作为野狗和飞禽的肉食品。诗歌女神啊，让我们从人间王阿伽门农和珀琉斯之子伟大的阿喀琉斯的决裂开始吧。是哪一位神使得他们争吵的？

从这一怒，引起了一个相互消长的结构模式：希腊军由于内讧，导致了战场上的失利，阿喀琉斯恨不能特洛亚人得胜，好给阿伽门农一个教训，战事也确如他所愿，特洛亚人趁机反攻，一直打到希腊人的壁垒，不久又杀掉了阿喀琉斯的密友帕特洛克罗斯，阿喀琉斯经过痛苦的观战和丧友的悲哀，意识到了自己拒绝出战的错误，他和阿伽门农和解后重上战场，希腊军立即转败为胜，直到杀死了特洛亚统帅赫克托尔，为最后胜利奠定了基础。可见希腊军经历了一个由胜而败而再胜的落谷形过程；而特洛亚方面，则与此对应，经历了一个由败而胜而再败的过程，与希腊军互为消长。于是，一个制约这一模式的组织性因素——个人利益和集体利益、协作不力和凝聚有力的冲突——显现出来，希腊军先是陷入、后是克服了这个冲突，而特洛亚人则始终没有克服帕里斯带来的瓦解作用和松散联盟带来的作战失控，以致赫克托尔最后孤军对敌，死在枪下。所以最后的葬礼不啻是对特洛亚的失利之处的一曲挽歌。再者，由于特洛亚军存在上述一切不利之处，所以连神灵也显出了倾向，宙斯放弃了对特洛亚的保护，使得天平发生了倾斜。

由此可见，对比（主要是情节和人物的对比）的结构模式明确无误地显示出了他的主题：虽然存在着个人私欲的、厌战的、分裂的危机，但是如果能够克服它们而不是被它们所克服，就能够赢得战争的胜利，反之就将遭到失败（在木马计的情节上更能见出这个结论）。荷马正是在战争的场面里熔炼这一主题、塑造主宰沉浮的英雄并歌颂他们的美德和才能的。

　　总之，这种对比的描写展示了大战中双方进行的各种力量的较量，暗示了不仅是战争，更主要是英雄对于两个民族的生死攸关的意义。

　　其次，再来看看《奥德赛》的不同之处。它虽然总体上是顺叙，但是明显地采用了追叙手法，而且两个平行的线索——特勒马克斯寻父和奥德赛返乡——又是大半分开处理的，只是在史诗的尾部才合为一处，把两个主题——寻求生活的砥柱和维护创立的家业——合并为惩罚不义之徒，显示英雄禀赋的正义和智慧勇武。这两个分开处理的线索上，寻父的线索显然是为返乡的线索作铺垫的，它要显示出奥德赛的归返是多么的紧迫，命运的波折是多么作弄人，而英雄的智慧勇敢又是多么讨神的欢喜，在拯救家国的过程中又是多么重要。

　　这种重要性在奥德赛历险过程中得到了充分体现，我们看到，他所处的世界已经比《伊利亚特》的世界更复杂、更多彩，也更加险恶。除了自然的风险，还有显然是人类的威胁，独眼巨人的吞噬，忘忧果的诱惑，基

尔克的变幻术，海神和太阳神的愤怒，特别是莱斯特律戈涅斯人的无端赶
杀，都是部落冲突的表现，奥德赛的狡诈善变正是这种时代的产物。这样
的时代里的这样的冲突，无疑起因于争夺财富和资源，无疑要伴随着个人
利欲的盘算，于是如何维护住法度、纪律、权威和统一意志，就首先成了
生存的主题，于是我们看到，由于破坏这些价值，奥德赛的部下全部丧
生，他本人也吃尽苦头，而他回家后的复仇不仅正是为了维护这些价值，
而且正因为贯彻了这些价值才取得了胜利。至于这些价值的合理性如何，
马克思主义经典作家曾作出过评说，它既是残酷的，又是必然的。

　　可贵的是，史诗在精彩地描绘奥德赛历险的过程中，显示了希腊人在
当时的实践活动的深度和广度，使人们在意识到他们的历史进步的同时看
到了他们的朦胧的历史意识的成长——奥德赛召会亲友亡魂、谈论生死两
界的情节生动地表达了这种意识，它标志着希腊人已经来到了自觉的历史
进程的门槛前，未来的辉煌已经露出了熹微。特别具有暗示意义的一个细
节——更堪称"荷马式象征"的绝笔，我们不妨把它引在下面，作为本文
的结束，好让我们领略它独特地召唤着一个海上民族的历史回音：

> 待你到家后，你会报复他们的暴行。
> 当你把那些求婚人杀死在你的家里，
> 或是用计谋，或是公开地用锋利的铜器，
> 这时你要出游，背一把合用的船桨，
> 直到你找到这样的部族，那里的人们
> 未见过大海，不知道食用掺盐的食物，
> 也从未见过涂抹了枣红颜色的船只
> 和合用的船桨，那是船只飞行的翅膀。
> 我可以告诉你明显的征象，你不会错过。
> 当有一位行路人与你相遇于道途，
> 称你健壮的肩头的船桨是扬谷的大铲，
> 那时你要把合用的船桨插进地里，

向大神波赛冬敬献各种美好的祭品，

一头公羊、一头公牛和一头公猪，

然后返回家，奉献丰盛的百牲祭礼，

给执掌广阔天宇的全体不死的众神明，

一个个按照次序。死亡将会从海上

平静地降临于你，让你在安宁之中

享受高龄，了却残年，你的人民

也会享福祉，我说的这一切定会实现。

　　荷马的结构艺术，从以上的浏览已经可见一斑，从这一斑之中，我们似乎也可感觉到荷马以及和他一般的史诗艺人们在悠久的世代里，在高涨的热情推动下，逐渐积累起来的叙事吟唱的艺术手法，这种手法是当时的世代、当时的风俗和文化培育出来的，也是古代艺术家——西方历代艺术家的始祖集体智慧的结晶。而本文最后所引的一段歌唱，则更加令人惊诧于他们的深邃的历史洞见和高超的历史预见力，使我们几乎可以触摸到他们对于民族前景的沉思和判断，可以浸润到他们深沉的历史哲学意识的洪流。从希腊，特别是雅典社会在后来发展中经历过的一系列历史活动，从那些殖民、贸易、结盟、战争，特别是希波战争和伯罗奔尼撒战争等重大的历史事件中，我们不是正可以看出这段预言的英明和睿智吗？

22. 彪悍宽仁的阿喀琉斯
pīāo hàn kuān rén de ā kā liú sī

　　荷马史诗《伊利亚特》以简洁明快的笔触勾勒出一系列生动而鲜明的古代英雄形象。阿喀琉斯便是这样一个勇猛彪悍而又易怒、残酷高傲而又温顺宽仁的饱满形象。

　　阿喀琉斯是忒萨利亚国王珀琉斯和海神的女儿忒提斯之子，在希腊联军中是第一号的英雄。他百战百胜，勇猛善战。预言家卡尔卡斯曾经作过这样的预言："如果没有阿喀琉斯参战，希腊人不能征服特洛亚。"阿喀琉斯骁勇善战，暴烈任性，但对自己的部落有着强烈的责任心和荣誉感。

史诗开宗明义提出了全篇的"主题"："阿喀琉斯的愤怒是我的主题。"接着便说起了事情的起因。联军统帅阿伽门农拒绝交出阿波罗神庙祭司的女儿，引起这位射神的愤怒，向希腊人一连射了九天死亡之箭，造成一场大瘟疫。于是，阿喀琉斯召集各部落首领商讨对策，要求阿伽门农归还祭司的女儿。但阿伽门农却要求拥有阿喀琉斯心爱的女俘，最后抢走了美丽的布里塞伊斯。阿喀琉斯"天性骄傲，受不得一点委屈"，他受到阿伽门农的当众侮辱，大为恼火，一怒之下退出战场。他执意不肯和阿伽门农讲和，后来，阿伽门农也在战场上负伤，希腊人陷入绝境，任性的阿喀琉斯怒气未消，仍然拒绝参战。这时，他的朋友帕特洛克罗斯借了他的铠甲去应战，却战死沙场。朋友的阵亡使阿喀琉斯悲痛欲绝，他再次被激怒了，消除前怨与阿伽门农和好，重返战场，向特洛亚人复仇。他杀死了特洛亚最勇猛的大将、国王普里阿摩斯的儿子赫克托尔，为朋友举行了葬礼。特洛亚老王普里阿摩斯来到阿喀琉斯跟前，抱住杀死自己儿子的仇人，吻了他的双手，请求阿喀琉斯让他赎回儿子的尸体。阿喀琉斯想起了自己的父亲，心情万分激动，同意了老国王的请求。这样，史诗又以阿喀琉斯的息怒为终止。

阿喀琉斯是一位彪悍勇猛的英雄。这是史诗着力描写的他的性格的一个方面。作为古代的英雄，体魄的雄健和英勇善战是最受崇拜的人格特点。阿喀琉斯任性固执的结果，不仅造成了大批希腊人横尸战场，也导致了他最亲密的战友帕特洛克罗斯的阵亡，自己借给朋友的盔甲也被赫克托尔抢去。阿喀琉斯被激怒了，他来到了围墙上，"大叫一声，真是大有天崩地裂的气势，特洛亚人吓得魂飞魄散。他一连叫了三声，特洛亚人就退了三次，他们一路自相践踏，死伤无数，还损失了十二名大将"。甚至特洛亚的最勇敢的大将赫克托尔也胆怯了。阿喀琉斯一路追赶着特洛亚人，"他那身闪亮的铠甲就像一轮红日、一团火焰，老远就使人觉得心惊胆战。他那双腿像飞一样，眨眼间就来到了城下，刚才还雄心勃勃的统帅一下子

就胆怯了，刚才还想与阿喀琉斯决一死战的念头，在这个英雄出现的一刹那，便已经消失得无影无踪。现在赫克托尔只有一个想法：逃跑。"

要知道，正像阿喀琉斯是希腊联军的头号英雄，赫克托尔是特洛亚第一条好汉，然而赫克托尔被这位可怕的战神慑住了，他全身发抖，拔腿就逃，阿喀琉斯穷追不舍，犹如山鹰追鸽子、猎犬追小鹿一般，"逃的人固然英勇，追的人比他强得多"，他们绕着城墙跑了三圈，特洛亚国王夫妇的心也跟着跑了三圈，这一场追逐把众神都看呆了。赫克托尔几次想要躲进城门里，可每一次都被阿喀琉斯挡住去路，就连宙斯也不忍心看到这一骇世的场景了，他拿出金秤称了两人的命运，赫克托尔的命运一直下沉，而阿喀琉斯的一边却没有落下。最后，偏爱赫克托尔的宙斯也叹气了。尽管赫克托尔身穿着阿喀琉斯的坚硬的铠甲，可阿喀琉斯的长矛还是刺进了他的颈项。阿喀琉斯胜利了，他为朋友报了仇。阿喀琉斯是天生的勇士，他渴望战斗，渴望看见特洛亚人流血、倒下，他不停地发出雄狮般的怒吼声，那吼声让人"心惊胆战、四肢发软，不战自败"。他的兵刃所到之处，一路躺下无数的人。特洛亚人逃进了城内，阿喀琉斯追到城墙边，他的双手那么有力，特洛亚人仿佛感觉到城已在晃动，"都吓得闭上了眼睛"，即使是在阿波罗面前，阿喀琉斯仍然显示了英雄本色，他将那根致命的箭从脚踵上拔了出来，在生命的最后一息时就像一头发狂的猛狮，一边大叫，一边直奔向敌人，又有许多兵将死在了他的枪下，特洛亚人惊呆了，浑身颤抖着。全身的血液都流干了，阿喀琉斯仍然钢铁般地站着，他的嗓门仍然响如洪钟，那叫声让人不寒而栗，不战自败。希腊人的英雄连死都如此地威严，足以让敌人丧胆。

阿喀琉斯这个英雄形象的性格是多方面的，他的伟大不仅仅因为他的骁勇彪悍，也因为他怀着一颗宽仁、同情的心。他是希腊人心中神般的英雄，但他也是一个凡人，一个有血有肉、有感情的血肉之躯。他重视友情，虽然对阿伽门农的仇恨让他丧失了理智，拒绝了朋友们的和解请求，但是，他的心里是无法平静的。他的这种内心不安终于在友人的阵亡时刻爆发了。他悲痛欲绝，扑倒在地，撕扯着自己的头发，号啕大哭，那声音让所有听到的人都悲痛不已。他不顾母亲的告诫，誓死也要替朋友复仇。当他终于为朋友报了仇，他却没有了胜利后的喜悦和宽慰，而是怀着悲伤的心情睡着了。当老国王跪在了他的面前，吻着他那沾满赫克托尔鲜血的手时，他已无法拒绝这位老人了，老人的话让他想起了自己的父亲，动了恻隐之心，甚至陪着老人掉了眼泪。阿喀琉斯对于他的部落、对于城邦的安危也绝不是置之度外的，只不过天性骄傲的他，无法卸下高傲的架子。阿伽门农的当众侮辱使他盛怒之下放弃了自己的使命，他万分痛苦，一个人坐在海边流着泪；他拒绝出战，却时刻注意着战斗的进展，关心着陆续回来的受伤将领的情况，"他突然觉得他对希腊人有了一种怜悯之心"，他亲自为朋友穿上了他的盔甲，套上他的神马，又召集了他最得力的战士跟随帕特洛克罗斯出征，并向宙斯献上美酒祷告，祈求赐给朋友光荣与平安。他的再次参战一方面是为朋友报仇，另一方面也是为了自己一生的荣誉，为了对希腊人的责任。他伤心地哭诉着："我的朋友已经被杀了，我的铠甲也抢走了，可是，我却坐在这里无能为力，成为世上最多余的人！我曾经是这里最勇敢的战士，但是现在我却在此干什么啊！"正是他的荣誉之心鼓舞了士气，使特洛亚战争有了最后的转机。

同时，在这位"伟大的阿喀琉斯"身上，我们看到了软弱的孩子那对母亲的嘤嘤啜泣，毫无遮掩的痛哭倾诉；他咤叱沙场，如魔头般残忍；他杀人如麻，残暴如狂；他痛心流涕，哭声感天动地。他是英雄，也似恶魔；他是高傲的斗士，也似软弱的孩子。因此，阿喀琉斯不是某个概念的化身，而是个受希腊人崇敬的彪悍宽仁的英雄。

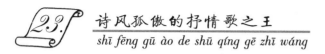

23. 诗风孤傲的抒情歌之王
shī fēng gū ào de shū qíng gē zhī wáng

品达在大约公元前 522 至 518 年间生于彼奥提亚的库诺塞法来城，是古希腊最伟大的抒情诗人，擅长作凯旋歌和合唱颂歌，用以庆贺在皮托、奥林匹亚、伊苏米安和尼米安四大竞技会上的优胜者的胜利。

　　品达生于贵族之家，祖上大概属于斯巴达世家阿尔盖兹。他的父母名戴凡图斯和克莱狄斯，生平不详。他的伯父斯克珀里努斯是一位造诣很高的笛手，他显然对品达早年的音乐素养起到了熏陶作用。他的家庭在底比斯城里有一座房宅，公元前335年该城遭亚历山大大帝的军队摧毁时，亚历山大大帝曾经急令部下保护这座名诗人的故居。

　　品达的出身和教养使他得以进入希腊各地的贵族社会，他的诗歌才华逐渐在彼奥提亚之外的地方赢得了广泛的赞誉。当时，在彼奥提亚出身的两位女诗人形成的诗风和品达全然不同，其中一位名叫克林娜的女诗人曾经批评品达说："要用手，而不是口袋播撒种子。"可见她们是不赞同品达的华彩高亢风格的。

　　据学者们估计，品达是在雅典受到过陶冶训练的，当时的雅典处于蓬勃向上、人心激昂之际，不能不对品达有所影响。彼奥提亚和阿提卡虽然一向有隙，但是贵族家族之间的交往却一直很频繁。

　　品达生当皮托庆典存在的时期，从小就和皮托的祭司们有着密切联系，他和他的后裔一直在特尔斐享有特权，那里也保留着对他的纪念活动，还有一把铁制的椅子也保存在那里，据说他曾经坐在上面歌唱他的赞歌。从品达的诗风来判断，他很可能研习过前代大诗人们的作品，故而接受了他们的影响，如荷马、赫希俄德、阿尔克曼、斯特西科罗斯、西摩尼得斯和拉苏斯等。当时在各城邦中兴起的戏剧化的酒神颂歌一定也对他的创作发生了不小的影响。品达的作品，古代时曾辑录为十七卷，涵盖了希腊抒情合唱歌的各种样式，遗憾的是只有四卷完整作品流传下来，这还很可能是在公元2世纪被当做教材使用的结果。从现有资料可以断定，品达的主要创作是在颂歌方面。

　　从生活和创作方式来看，品达无疑是当时游历各地的诗人之一，其情形与西摩尼得斯相仿，他们走遍希腊各地，从一个城邦到另一个城邦，将诗名远播地中海世界。从品达的诗作来看，他一定是经常流连在特尔斐和奥林匹亚，从盛况空前的竞技赛会上感受真切的氛围，汲取创作的昂扬情绪和灵感。

品达对家乡底比斯抱有强烈依恋之情，其观念立场也都深受当地传统的影响，这种情形在他一生的创作中很少发生变化。在希波战争中，底比斯像特尔斐一样，采取了亲波斯政策，被希腊人称为"通敌"。但是在希腊赢得战争胜利后，特尔斐很快就挽回了自己的声誉，而底比斯却长期得不到其他城邦国家的宽宥。战后的雅

品达与文艺女神

典俨然成了希腊世界的领袖，在与底比斯的关系上，雅典占尽上风。在公元前457年至前447年间，底比斯所在的彼奥提亚几乎成了雅典的附庸。这时期里，品达所向往的贵族化城邦生活和体制受到了严重的威胁，贵族家族垄断政治经济特权被打破了，贵族的生活方式，连同它的自私和傲慢，都被新时代的理性精神所取代了。合唱抒情诗也同样难以维持其独立的艺术领域。于是悲剧将抒情诗的精华吸收为己有，尽管品达对当时的政治和文化发展持蔑视的态度，但是他的诗歌艺术也由此失去了有力的继承者。

他早期创作的颂歌大体都与贵族生活有关，歌颂的都是在皮托竞技会上获得殊荣的人们，时间当在公元前498年至公元前490年间。

后来，波斯人的入侵打断了他与贵族交往的活动。此时的品达面临着一种两难的抉择，或者保持和彼奥提亚贵族社会的一致，或者站在雅典和斯巴达的积极抗战立场，因为彼奥提亚贵族是投靠波斯势力的，因而也是和希腊抗战势力水火不相容的。

品达作为底比斯人，对彼奥提亚的许多朋友持同情态度，而那些人很多都因为亲波斯的立场而遭到了杀身之祸。在这一时期，为希腊的胜利和

希腊人的光荣牺牲而写下赞美诗篇的，是西摩尼得斯，而不是品达。

品达在沉寂中经过了几年的光景，幸好他的一些住在埃基那的朋友们坚定地维护他，品达才从这个打击中振作起来，重新活跃在诗坛上。

公元前476至前474年，品达游历了西西里，在阿克拉加斯国王西戎和叙拉古国王希埃隆的宫廷里受到了款待。品达在这里写下了最负盛名的诗篇，名扬希腊世界。正是通过这些和贵族社会的接触，品达的声名才传扬开来，约请他前往创作的人也越来越多。但是，品达的个性中有一种贵族式的傲慢和坦率，因而他也时常惹得主人不悦，给自己带来一些危机，在这一点上，他显然不像西摩尼得斯或巴克基利得斯等那样机警而善于周旋。希埃隆在公元前468年庆祝奥林匹亚战车比赛胜利的颂歌就是由巴克基利得斯，而不是品达来完成的。由于这一缘故，品达的诗中常能听到怨刺之声或干政之意。

品达与萨福

公元前462年，品达受北非地中海沿岸城邦库瑞涅的君主阿刻西拉的邀请，为他在皮托赛会上夺得赛车胜利作歌庆贺。品达在庆祝宴会上引吭高歌库瑞涅的繁荣强盛，追怀库瑞涅的传说祖先，特别是歌颂了希腊大英雄、库瑞涅的第一代君主巴图斯，他曾经响应希腊东北部城邦伊奥尔科斯的王子、大英雄伊阿宋的号召，参加希腊英雄的集体远征，即驾驶阿尔戈航船，前往黑海岸边的科尔基斯夺取金羊毛，因为那是伊阿宋的家族灵物。

当时，伊阿宋凭借爱神阿芙洛蒂忒的力量，得到了科尔基斯公主美狄亚的爱情，从她那里得到了征服妖魔的秘诀，成功地夺得了金羊毛，并且将美狄亚带回了伊奥尔科斯成亲生子。再后来，伊阿宋和美狄亚的婚变导致了一场惊心动魄的大悲剧，也是后代作家常常引作创作题材的，暂且不提。

却说品达在宴会上尽情歌颂阿刻西拉的祖先业绩，歌颂他本人的光荣。然而在颂歌的尾声里，品达没有遗忘自己受友人达摩菲罗斯的委托，要说服阿刻西拉恩准他返回故国，因为达摩菲罗斯曾经在数年前参加库瑞涅城中的党争，反对阿刻西拉，因而被放逐在外。品达在颂歌行将结束时，先是引用荷马的名言，将自己比作信使，接着就对阿刻西拉美言起达摩菲罗斯来，说他如何谦逊正直，如何渴望返回家园，口吻中不免流露出对阿刻西拉的讽谏之意。可以想见，作为一代君主，常常是心高气盛、喜媚怒逆的，大概阿刻西拉对品达的代人说项和曲意讽谏听不顺耳，因此有所怀恨吧，所以在两年之后，即公元前 460 年，当阿刻西拉夺得奥林匹亚赛会胜利时，并没有再次延聘品达为其作歌庆贺。可见品达的秉性中毕竟保存着一些贵族的傲气，或者是恃才自傲，或者是阅历使然，也未可知。

品达对雅典给予他的培养熏陶也曾作了回报。他创作的一篇雅典颂歌（残篇七十六）是雅典人历来乐于传诵的。他按照古代诗人的传统，对养育他的底比斯也作了同样的回报。

品达的颂歌继赫希俄德之后，成为彼奥提亚的又一文学高峰。他的作品在晚近的时代愈益受到推重，尽管后人的沿袭多有讹误，但人们仍以"品达体颂歌"的说法认定其自成一家。品达的大量重要作品甚至连残篇也未留下，更不必说他自作的配诗之曲了。虽说他的抒情歌中词的分量居主导地位，就像希腊抒情歌中通常的情形那样，但是当年美妙的音乐变成了永不可知，毕竟令人遗憾。

品达的颂歌创作造就了希腊抒情合唱歌的顶峰，品达的创作成就至今还是一个有待认识的课题。即便是品达的同时代人，也认为他是一个孤高莫测的人物。作为一名贵族诗人，他更容易表现出诗歌艺术保护人的倾向，在这一点上甚至不亚于诗人的倾向。他出身于艺术并不繁荣的彼奥提亚，公元前4世纪或3世纪的传记作品又大多不可信赖，因此要了解品达的个性、经历和创作主张，就更加依赖对其作品本身和当时社会背景的认识了。

因而，有些学者提出，首先要认识希腊贵族社会的传统及其特征，然后才会理解为什么品达会将体育竞技和赛车的胜利作为自己的主题，并且充满严肃和深情地讴歌这一主题。品达并没有，也不可能直接沿用荷马的诗体，而是创造了自己的抒情诗体，比之以往更显复杂，其内容的华丽、高贵也是后世无法比拟的。

品达大约活到了八十岁高龄，但是在公元前446年以后，也就是他七十二岁以后，就没有作品篇目传下来了。

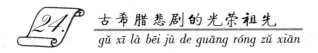

24. 古希腊悲剧的光荣祖先
gǔ xī là bēi jù de guāng róng zǔ xiān

在古代雅典，每年都要举行祭祀酒神狄奥尼索斯的祭祀宴饮活动。这种活动除了感谢神灵之外，最主要的就是祈祷死亡重新被生命所取代，也就是狄奥尼索斯的复活。仪式的目的也就是对这种决定一切的力量施加魔力和影响。

古希腊有很多宗教节日，但是古希腊人在这些节日里做些什么，已经不甚清楚了。人们知道较多的是帕特浓节，古希腊人在每年的仲夏庆祝这一节日，而且每四年就要举行一次大帕特浓节，其景象要比平时的年份隆重得多。庆祝这一节口的目的除了奉献祭品外，还要敬献雅典娜的木制雕像，将它立在"老寺"里，给它披上一件雅典妇女纺织成的披风。在大帕特浓节的庆祝仪式上，人们要举行游行，持火炬赛跑，体育竞技，战斗演习，游吟诗人的演唱等活动。在仪式结束时，狄奥尼索斯的神像将被护送到狄奥尼索斯剧场，主持在那里举行的戏剧比赛。这尊狄奥尼索斯神像由于是从乡村里的丰产仪式，特别是其中的偶像崇拜中发展出来的，所以，它实际上还代表了对男性生殖力量崇拜的意义。

关于悲剧的起源和成因，一直在吸引着历史学家、文献学家、考古学家以及人类学家等各界人士的探讨，但是结论多半是猜测性的。对悲剧所作的语源学研究也并未使问题变得更清楚些。

不过，学者们大致认为，"悲剧"一词源于希腊语的 tragoidia，意思是"山羊之歌"，是由 tragos（山羊）和 aeidein（歌唱）两字合成的。

为什么称为山羊之歌？学者们对具体的词义有几种推测性的解释。其一是指山羊作为奖品，被给予戏剧家，以奖励他的比赛胜利；其二是指表演者所穿的羊皮；其三是指在祭祀仪式上作为祭品的山羊，悲剧就是从这种仪式中发展出来的。

山羊之歌是在什么场合演唱的？是在播种和收获葡萄的季节里祭祀酒神的仪式上歌唱的。按照生产方式发生的顺序，应当是祈祷山羊的繁衍在先，具有巫术性质，或者说具有繁衍魔力的巫歌首先是用于畜牧活动中的。随着葡萄种植业的产生，自然将山羊巫歌和葡萄种植巫术联合了起来，因而山羊对掌管植物特别是葡萄的酒神来说是神圣的。

在这种酒神祭祀仪式上，按照各民族共同的先例，最先产生的也应当是祈祷丰产的歌舞，具有明显的巫术性质。学者们估计这种巫歌大约存在过很长的时期。后来，一个说话的人被引进到仪式中来，其作用相当于一个祭司，于是他和歌唱者之间便出现了对话，那歌舞者后来便演变成了悲剧中的歌唱队，那与之对话的祭司便发展成为演员了。当然，那些在仪式歌舞中穿戴的羊皮和涂抹的酒糟，以及各种人羊神的扮相后来就被面具以及道具所取代了。

从具体的过程来说，在公元前 7 世纪的希腊，每逢祭祀酒神狄奥尼索斯的节庆期间，参与庆典的人们都要在一个"被酒神赐予通神能力"的男子领导下高唱酒神祭歌，这种酒神祭歌和那种严肃庄严的阿波罗颂歌有很大的不同，它是即兴的、粗犷的、群众性的歌唱。从公元前 6 世纪起，酒神祭歌逐渐形成了独特的传统和群众基础，也有了比较杰出的创作者。一位名叫阿瑞翁的列斯保岛诗人在科林斯谱写这些庆典歌曲，并为之设计了不同的歌名，在科林斯的狄奥尼索斯庆典上进行正规的演唱。

演唱的具体情景是，在领头的开场人作了开场白后，由五十名男子和男孩组成的舞蹈者就一边歌唱，一边围绕着狄奥尼索斯的祭坛跳舞，同时有吹笛者在旁伴奏，场面颇为热烈。

到了公元前6世纪末时，酒神祭歌已经成为结构完美的文学样式了，其最著名的作者是赫尔米奥涅的拉苏斯（约活动于公元前548年前后），据说，他曾教导过抒情诗人品达。从时间上来说，希腊抒情诗的繁荣时期大致是和酒神祭歌的繁荣时期同时到来的。因而，品达、西蒙尼得斯和巴库里得斯等人都曾创作过酒神祭歌，而且，巴库里得斯的两首完整酒神祭歌和一些残篇还流传了下来，他的颂歌第十八首就反映着酒神祭歌的痕迹，其中有一段歌队和独唱者的对话，这种试图增强叙述内容的趣味性的倾向似乎在说明，为什么古老的酒神祭歌后来会逐渐让位给了更加生动感人的悲剧。

大约公元前450年以后，酒神祭歌诗人采用的语言和音乐形式逐渐流于浮夸臃肿，以至批评家们都承认它的地位在逐渐消失。

在此之前，与阿瑞翁同时或稍晚的诗人特斯庇斯也为悲剧的产生作出了贡献，大致可以认定的是，他首次把酒神祭歌和阿提卡的酒神祭典结合了起来，并将先前的领唱人转变成了一种演员的角色，使更接近于悲剧而不是酒神祭歌形式的表演活动成了公元前534年前后雅典酒神祭典上的保留节目。

特斯庇斯大约活动于公元前6世纪，他是雅典诗人，来自伊卡利亚区，传说他为酒神祭歌引进了第一个演员角色，为此，他通常也被看做是希腊悲剧的创始人。他的名字，作为第一位在大酒神节悲剧比赛的头奖获得者，记载在古代文献里，比赛的时间是公元前534年。从那以后，雅典的酒神节庆典上便增添了一项戏剧比赛活动。

关于特斯庇斯的事迹资料十分稀少，亚里士多德曾经转述修辞学家得米斯提乌斯的话，提到在特斯庇斯之前，悲剧通体都是由合唱构成的，是特斯庇斯第一次将开场白和对白引进了悲剧，故此特斯庇斯通常被当做第一个演员，是他同歌队的对话使悲剧第一次有了言辞的成分，从而最终将悲剧和酒神祭歌分离开来。

古希腊的剧场是露天的，其建筑包括三个部分，一个圆形的舞台，是表现事件的场所，舞台的中央有一座狄奥尼索斯祭坛；在圆形舞台的后面，是布景和化妆处，一座低矮的建筑物用来描绘背景，有的剧场还采用可以旋转的布景板；舞台周围，是依山坡而建的观众席，呈半圆形展开，起初坐席是木制的，后来改为石头或大理石制成。由于观众席的坡度较陡峭，因而观众的视线并无遮挡，最多的时候，这样的剧场可以容纳一万至二万人，声响效果良好。公元前 5 世纪时，剧场设施中加进了一种原始的起重装置，于是神灵就可自由地从天而降了。戏剧的雏形产生后，埃斯库罗斯通常被认为是首先意识到对话的作用的人，为了丰富剧情，他将合唱队之外的角色由一名增加到两名，这样一来，尽管他仍然把歌队置于悲剧的中心地位，但却创造出了可以称得上正式的悲剧的戏剧形式。

在四年一度的悲剧比赛中，三位参赛的戏剧家每人要拿出三部悲剧和一部萨提尔滑稽剧，而埃斯库罗斯和后来悲剧家们不同的是，他参赛的三部悲剧总是表现一个完整连贯的剧情，就像流传至今的《俄瑞斯特斯》一样。无论是从创作的内在契机来说，还是从创作的方式过程和作品的功能来说，在埃斯库罗斯这里，悲剧已经是一种完全不同于祭祀歌舞的活动，而是一种新的艺术创造了。在当时的认识能力和审美能力水平上，一位诗人竟能创造出如此大量（据信埃斯库罗斯创作了九十部左右的戏剧，该时期悲剧失传者更是数以百计）、如此复杂的艺术作品，实在令人赞叹。

关于悲剧产生的内在依据，学者们认为，无论悲剧的起源具有怎样的原始宗教背景，至少有两个要素是必然包含在起源过程中的。其一是仪式的严肃性，它必须遵循适当的程序和规范；其二是仪式的极端重要性，它决定着整个部落的生死存亡，受到全部落的关切。一旦这两种要素消退下去，一旦仪式的形式和讽刺性的喜剧因素或感情因素交织在一起，那生产的巫术功能就会转变为娱乐以及审美的功能，悲剧就会从宗教的高位上降下来，成为另外一种活动，成为艺术的而非宗教的文化现象。

当希腊人创造出了悲剧的形式，这形式本身就和一系列的问题——关于人的生存的疑惑联系起来了。人的尊严应该建立在怎样的历史活动的基础之上？人为什么遭受苦难？人为什么总是要在善恶之间、自由和责任之间、真实和欺骗之间受到纠缠和摆布？他的苦难来自外部力量，诸如命运、他人的恶意、神的仇视，还是来自他自身内部的高傲、愚蠢和过度行为？为什么正确的道路是如此难以选择？这一切都是新兴的戏剧形式将要作出艰难但却坚定的回答的。

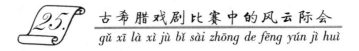

25. 古希腊戏剧比赛中的风云际会
gǔ xī là xì jù bǐ sài zhōng de fēng yún jì huì

古希腊悲剧现今仅存不过三十五部，除了一部之外，其余皆出自三大悲剧家。三人中最早的埃斯库罗斯曾十三次获得头奖，其剧作风格崇高，语言庄重。他创作了表现正义从原始复仇到文明理性的国家正义的演变历程的三联剧，靠了这部唯一幸存下来的古希腊三联剧，我们才得以认识这一戏剧样式的内在结构。

埃斯库罗斯首次参加戏剧比赛的时间大约是公元前499年，而他获得第一次头奖的时间则是在公元前484年的春季。

公元前480年，波斯大军再度入侵希腊，埃斯库罗斯于是再次入伍出征，参加了在阿特米斯和萨拉米进行的战役。他对城邦国家的忠诚和抗击波斯入侵的忠勇在他的悲剧《波斯人》中都得到了表现。这部戏是他最早的作品，他以此剧参加公元前472年的比赛，获得头奖。他的戏剧创作和他的保家卫国行动可以说是他的人生两大辉煌。

埃斯库罗斯在古希腊戏剧舞台上成功地保持了长久的霸主地位，不过，日出总有日落时，埃斯库罗斯也不免在戏剧比赛中被初出茅庐的索福克勒斯所击败，那是公元前468年的事，可是对于两位戏剧家当年参赛的剧目后人却不得而知了。

大约在此时，埃斯库罗斯将《波斯人》带到了西西里岛主要城邦叙拉古，在其君主希埃隆一世的宫廷里演出。

埃斯库罗斯虽然在公元前 468 年败在了舞台新秀索福克勒斯之手，但他很快就重新巩固了自己的地位。公元前 467 年，他以三联剧《俄狄浦斯王》一举夺得了头奖，重振了自己的艺术声威。如今，这部三联剧只有《七将攻忒拜》传了下来。公元前 458 年，埃斯库罗斯在创作了三联剧《俄瑞斯特斯》后，埃斯库罗斯再次来到了西西里岛，根据希腊年代纪的作者的记载，埃斯库罗斯是在公元前 456 年或 455 年在西西里岛南部海岸的城邦盖拉去世的，时年六十九岁。关于他的死，有一个听来荒谬的传说，说的是当时有一只鹰，将一只龟扔到了他的光头顶上，将他打死了。这一说法被怀疑为后代喜剧作者的虚构之词。在盖拉岛，曾经有着祭奠诗人的风俗，人们在他的墓前举行祭献和戏剧演出活动，后来诗人的墓地便逐渐成了历代文人的朝拜之地。

关于埃斯库罗斯和索福克勒斯争夺悲剧头奖的经过，普鲁塔克曾经作过记述，他在《希腊罗马名人传》中，描绘了希腊悲剧比赛中索福克勒斯第一次战胜埃斯库罗斯时的情景。当时的索福克勒斯还是初出茅庐的年轻人，参赛的剧目还是他的处女作。演出的结果令观众分作两派，争执不下。当时的执政官阿波塞弗昂本不想采取抽签的办法选择裁判者，恰好西蒙和其他将军们来到了剧场，他们在履行了例行的宗教仪式后，阿波塞弗昂已不可让他们退出剧场，于是，他走到他们面前，让他们按惯例举行了宣誓，（一共十个人，每人代表一个部落），然后让他们就座，担任比赛的裁判。十将军中的西蒙是倾向于贵族的政治家，他由于作战有功并从异地取回了雅典先王提修斯的遗骸（人们是这样相信）而声名鹊起，新近在雅典政治活动中占据了优势。裁判的结果是索福克勒斯获胜，埃斯库罗斯则对评判感到愤愤不平，事隔不久他就去了西西里，最后他竟然死在那里，埋葬在了盖拉城附近。

这段情节的叙述现已受到了质疑，如果说埃斯库罗斯因败在剧坛新秀手里，于心不平，愤而离国，而且不久便客死异乡的话，那么他还怎么能够在索福克勒斯初次获胜的十年后，创作出《俄瑞斯特斯》三联剧呢？埃斯库罗斯一生写了大约九十部戏剧，其中包括萨提洛斯剧，有八十篇左右的剧目传了下来，但是留下完整剧本的只有七部悲剧。据统计，他一共得头奖十三次，因为每次都有四部戏剧参赛，所以他实际得奖的作品已经超过了创作总量的一半。他的两个儿子，后来也继承了父亲的事业，其中一人曾经在公元前431年力克索福克勒斯和欧里庇得斯，夺得了头奖。

如上所述，索福克勒斯在公元前468年创作了自己的第一套三联剧，并一举演出成功，获得了当年的悲剧比赛头奖。

索福克勒斯的悲剧历来被称为古希腊典型形态的悲剧，他塑造的人物性格更加丰满真实，情节设计也更加复杂巧妙。他将埃斯库罗斯的两名演员增加到了三名，从而丰富了剧情而减弱了歌队的作用。他的《俄狄浦斯王》不仅在利用悬念结构戏剧方面达到了炉火纯青的境界，而且被人们公认为希腊悲剧的扛鼎之作。

在古希腊三大悲剧家中，索福克勒斯是当时最成功的剧作家。他在酒神节悲剧比赛中获得了十八次头奖，在勒那尔节悲剧比赛中获得了多次头奖，总计获得头奖的次数达到了二十次（据《索福克勒斯传》）或二十四次（据《苏达志》）。由此看来，他在悲剧比赛中获奖的次数是埃斯库罗斯的一倍半，是欧里庇得斯的五倍（埃斯库罗斯获得了十三次，而欧里庇得斯只获得四次）。尽管索福克勒斯的传世之作只有七部悲剧，但当年他总计为悲剧比赛创作了一百二十三部戏剧，参加悲剧比赛的次数大约达三十次。他的一生几乎跨越了整个公元前5世纪，他的创作时间更是悠久辉煌，据说他的最后一部悲剧《俄狄浦斯在科洛诺斯》是在他九十岁时创作的。

索福克勒斯的后人多有继承他的悲剧事业者，他的儿子伊俄丰是他和一位名叫尼克斯特拉特的女子生的，后来成了一位悲剧作家，像他的父亲一样。伊俄丰创作了五十部作品，在雅典剧坛上享有很高的声望。索福克勒斯的孙子阿里斯顿也曾在公元前401年创作了《俄狄浦斯在科洛诺斯》一剧，可见这位诗人对其子孙的积极影响。

索福克勒斯的最后一次见于记载的活动是率领一支歌队悼念他的对手欧里庇得斯的去世，那是在公元前406年酒神节的前夕，而他自己也在那一年仙逝而去了。

　　三位悲剧家中的最后一位欧里庇得斯留给今人的个性特征是对各种思想流派的浓厚兴趣，他曾广泛结交当时的思想家，这使得他的思想观念经常处于波动不定的状态，很少表现出观念的定性。他在自己的作品中也时常流露出怀疑主义的倾向。

　　关于他的私生活很少有资料留下来，据说他和妻子麦丽朵的婚姻很不和谐，这也许影响到了他对妇女的看法，并将其表现在剧作中。

　　他有三个儿子，其中一位也是诗人，他不仅创作了悲剧《酒神信徒》，还曾续完了他父亲生前未竟的一部悲剧《伊菲戈涅在奥里斯》。

　　古代文献记载欧里庇得斯创作了九十二部戏剧，包括一部有争议的作品在内，现存十九部。但是他只获得过四次头奖，其中最后一次还是在他死后获得的。和索福克勒斯相比，他的成就似乎很逊色，但是他的荣誉在诗坛上另有补偿，他曾经二十余次被选为最佳年度桂冠诗人，阿里斯托芬在喜剧中对他的滑稽模仿也间接地表明，他的作品是拥有大量观众的。据说他是由于雅典人对他的作品评价不高而在老年时离开祖邦的，事实上他的离国却是另有原因的。

　　欧里庇得斯在生前未得到前两位大师那样的荣耀和普遍好评，但他的身后名声却极为隆盛。他的悲剧更接近现实主义，他对神话、宗教和当代道德都提出了质疑和诘难，对女性的心理有独到的兴趣和理解，他的《美狄亚》就是以这方面的成就见长的。歌队的作用在他这里已经露出了与剧情配合失调的迹象，他的戏剧还常用序幕来交代先前发生的事件，用神的干预来解决尾声中似乎不合逻辑的冲突。

　　欧里庇得斯初次参加戏剧比赛是在公元前455年，当时他得了三等奖。他第一次得头奖是在公元前442年。亚历山大里亚的学者们在公元前3至公元前2世纪整理他的作品及其剧目时，发现有九十二种剧作归在他的名下，其中有四种可以确定为伪作，另有七十八种被亚历山大里亚学者辑录为作品集。如今见到的传世之作，一部分是从后来作为教科书的"选集本"传抄下来的，另一部分是作为亚历山大里亚的"字母顺序本"（剧目按字母顺序编排）传抄下来的，计有十八部之多。

在欧里庇得斯身上有一种很矛盾的现象，他在生前只得过四次头奖，死后得过一次头奖，但是自他死后，他的作品一直受到最广泛的欢迎，凡是有剧场的地方，总是一次次地上演他的戏剧。

在雅典，喜剧是从公元前 486 年开始正式引进酒神节的，最早的喜剧诗人是克拉提努斯，当时，克拉提努斯和尤波利斯、阿里斯托芬一道，被雅典人视为三大喜剧作家。他的作品留下来的只有残篇四百六十段，那是他已知的二十七部喜剧的遗留，他的剧作最早的写于公元前 450 年前后。在创作风格上，他和阿里斯托芬比较接近，都采用神话式的滑稽模仿和时事影射相结合的方式结构作品。正如阿里斯托芬常把矛头指向克瑞翁一样，克拉提努斯的攻击目标是雅典的战争领袖伯里克利。

克拉提努斯还曾经把其他喜剧作家的作品作为戏拟的对象，在他的喜剧《酒瓶》中，克拉提努斯运用了醉鬼的形象，以温和的讽刺戏拟了上一年上演的阿里斯托芬的《骑士》，显示出卓越的戏剧效果。就是这部喜剧使克拉提努斯在公元前 423 年的戏剧比赛中战胜了阿里斯托芬的《云》，夺得了头奖。

在克拉提努斯之后，大约又过了五十年，阿里斯托芬和尤波利斯的创作有力地克服了前代旧喜剧的粗糙之处，使旧喜剧成了精致的艺术形式。但即使如此，喜剧中的大胆戏谑、刻毒谩骂、撒野放泼和对时事政治的任意批评都在阿里斯托芬的喜剧中达到了高潮（实际上旧喜剧也只有他的作品流传了下来）。

阿里斯托芬生有两子，他们的名字是阿拉柔斯和菲利普斯，都是公元前 4 世纪中期的喜剧诗人。柏拉图在他的对话录中说，阿里斯托芬在雅典的社会精英和文化名流中混得很熟，不过柏拉图的描述有几分真实却不得而知。

阿里斯托芬的第一部喜剧作品创作于公元前 427 年，最后一部作品创作于公元前 386 年或更晚。当年亚历山大里亚的学者们掌握的阿里斯托芬喜剧剧目有四十四部，其中有四部被视为伪作。亚历山大里亚的学者们编辑了他的十一部完整的喜剧，以及一千段左右的剧本残篇遗文。在喜剧比赛中，阿里斯托芬共获得过至少六次头奖，四次次奖，二次末奖。

公元前 405 年，他的喜剧《蛙》获得头奖，公民们一致主张，颁给他圣橄榄枝做的冠冕，以表彰他对喜剧颂歌的贡献，并表示对他的敬意。雅典公民还决定该剧获得第二遍上演的殊荣。

阿里斯托芬的喜剧是不遗余力地干预现实的，其笔锋所指，从政治、道德到教育、艺术，都是雅典观众所关注的问题。政治家克瑞翁、哲学家苏格拉底、诗人欧里庇得斯都曾遭到他的不同程度的抨击和讽刺，就连雅典民主政治本身也在他的喜剧《鸟》中遭到了温和的批评。从旧喜剧到中期喜剧的演变发生在 4 世纪初期，这时期的喜剧没有流传下来，但它似乎以歌队的消失、公开的政治批评、社会讽刺的加强和不很成功的滑稽模仿形成了同旧喜剧的区别。安提范尼斯和埃莱克西斯是中期喜剧的代表作家。他们的喜剧业已出现了比较复杂的戏剧情节，这为后来的新戏剧的产生提供了创作基础。新喜剧的代表作家是米南德，他的唯一传世之作是喜剧《恨世者》。新喜剧的家庭生活题材和情节的巧妙设计使希腊喜剧更加接近现代的风俗喜剧了。

26. 古希腊悲剧赛会和悲剧三大家
gǔ xī là bēi jù sài huì hé bēi jù sān dà jiā

戏剧艺术的历史虽然较之诗的历史晚（因为它是更为综合的形式），但是其渊源却与诗同样古老，如果说诗的起源和巫术咒语、神话传说不无关系的话，那么戏剧的起源通常则和原始宗教的仪式巫歌或祭奠死者的挽歌有着密切关联。概括地说来，它们都是从原始文化的摇篮中孕育而生的。

古希腊有一种起源于农神崇拜的宗教节日——狂欢酒神节，又叫狄奥尼索斯节，它包括几个祭祀狄奥尼索斯的节日，皆起源于丰产神崇拜仪式。全希腊最重要的酒神节是在阿提卡地区举行的，它们包括乡村酒神节，也叫小酒神节，特点是只举行简单的古风的仪式。还有每年冬季举行的勒那尔节，它包括狂欢的节日游行和戏剧比赛。安特斯特里亚节主要活动是宴饮。城市酒神节，也叫大酒神节，每年春季举行，届时将在狄奥尼索斯剧场举行戏剧表演，这座剧场是全希腊剧场中最为显赫的。最后，和酒神祭祀有关的节日还有祈祷葡萄丰产的"抬葡萄节"。

大酒神节也叫城市狄奥尼索斯节，每年三月在雅典举行，公元前534年前后，雅典僭主庇西特拉图在恢复酒神节活动时，将酒神节上演唱的酒神祭歌引进到雅典城中，就是这种祭歌后来演化出了悲剧、喜剧和笑剧。

悲剧演出时，前来观看的除了雅典市民外，还有全希腊各地前来的游客。每届比赛演出三位参赛者的剧目，每位参赛的剧作家又要拿出三部主题连贯的悲剧和一部笑剧。

古希腊笑剧也称萨提剧、羊人剧或林神剧，它之所以有这些不同的名称，是因为组成歌队的演员（通常十几人）总是打扮成胆怯、淫荡又嗜酒的羊人模样，人称萨提，在养育过狄奥尼索斯的森林神西勒诺斯的率领下表演各种滑稽情节。

笑剧在古希腊悲剧比赛节目单上总是列为第四出剧目，接在前面三出悲剧之后上演，目的是给观众带来情绪上的放松和愉悦。它的结构与悲剧相仿，由创作三联剧的悲剧家创作，往往从前面的悲剧中选取一位被表现的英雄，让他与羊人歌队共同表现戏剧情节。笑剧的题材虽然取自严肃的神话传说，但是在表演形式上却是离奇古怪和滑稽可笑的，因而有滑稽模仿的倾向。据古代文献记载，笑剧也像悲剧一样，起源于酒神祭歌，经过了长期的发展后，在公元前6世纪，笑剧被引进到了雅典的大酒神节中，成为比赛的一个组成部分。流传至今的唯一完整笑剧，是欧里庇得斯创作的《独眼巨人》。

戏剧比赛由城邦政府支付演员薪水，演出的其他费用——歌队的薪水和排练费用、歌队和乐队的服装费用以及雇用临时演员的费用等，皆由轮番担任的赞助者承担。戏剧比赛的赞助者是以抽签方式被指派给各个剧作家的，抽签时间是在每年的7月，以便留出时间来训练将在冬季的勒那尔节和春季的大酒神节期间演出的歌队和乐队。由于此种比赛竞争激烈，投入很大，因此一位有钱同时又慷慨助人的赞助者会给剧作家带来很大的好处，所以一部戏剧在得到奖励时，通常都是由官方奖给赞助者。

比赛的评判人是抽签决定的，他们在比赛终结时要向优胜者颁奖。对于竞技运动和歌唱比赛的优胜者，古希腊人赋予他们以极大的荣耀。他们为优胜者建立塑像，以使其辉煌成就存之久远，为大众所仰慕效仿。现在人们唯一可看到的，是公元前334年建立的卢西克拉底纪念柱，也叫戴奥真尼之灯。它高达四米，上有六米多高的建筑物遮盖保护，六根科林斯式柱子支撑着这座建筑物。建筑物中设有展示奖品的位置，有神话题材的浮雕等。

克拉特斯活动于公元前449年至公元前424年前后的雅典舞台，他既是演员，又是剧作家，希腊喜剧在他的手里达到了形式完备的境地。根据亚里士多德的记载，他抛弃了传统喜剧中的粗野谩骂，更多地采用一般化的故事来组织剧情，因此他的喜剧去掉了个人攻击的色彩而代之以精心构思的复杂情节。据说他首先在喜剧舞台上扮演了醉鬼的形象，在独立创作剧本之前，他曾在克拉提努斯的喜剧中担任演员。

喜剧比赛是在公元前486年开始实行的，每次由五位剧作家角逐头奖，每位剧作家拿出一部喜剧。有趣的是，笑剧却总是由悲剧家来创作的。而且，每位剧作家从不兼写悲剧和喜剧。公元前440年，喜剧被引进到勒那尔节中，勒那尔节是较次要的酒神节，每年一月举行。公元前430年，悲剧也被引进到了这一节日中。

三位古希腊悲剧大师的完整传世剧作总计如下：

埃斯库罗斯：《波斯人》、《乞援人》、《七将攻忒拜》、《被缚的普罗米修斯》、《阿伽门农》、《奠酒人》和《复仇女神》（计七部，后三者合为《俄瑞斯特斯》三部曲）。索福克勒斯：《俄狄浦斯王》、《俄狄浦斯在科洛诺斯》、《安提戈涅》、《埃阿斯》、《俄勒克特拉》、《菲洛克特忒斯》和《特拉喀少女》（计七部）。欧里庇得斯：《美狄亚》、《阿尔刻提斯》、《赫拉克勒斯的儿女》、《希波吕托斯》、《安德洛玛克》、《赫卡柏》、《请愿的妇女》、《特洛亚妇女》、《海伦》、《伊菲戈涅在陶鲁斯人中》、《俄瑞斯特亚》、《伊翁》、《疯狂的赫拉克勒斯》、《俄勒克特拉》、《腓尼基妇女》、《伊菲戈涅在奥里斯》、《酒神的伴侣》和《独眼巨人》（计十八部）。

这三位悲剧大师的创作各有特色。以埃斯库罗斯来说，他通常总是以三联剧的形式表现一个故事，就像《俄瑞斯特斯》那样。他的创作并不注重戏剧趣味，也不刻意描绘人物个性，而是注意表现处于神的权威意志支配下的人的行动。

索福克勒斯作为继起的年轻作家，他抛弃了三联剧的写法，减少了歌队的作用，却在剧中加进了第三个演员，他的悲剧虽然仍采用神话题材，但是并不像埃斯库罗斯那样渲染神的意志对人的影响，而是着重表现人把神的意志当做既定的东西接受下来，却在传统道德原则所支配的环境下展示出自己生命的价值和意义。索福克勒斯在控制戏剧冲突的节奏、设计人物对话的效果方面造诣很深，对于烘托人物的悲剧性遭遇、揭示其英雄的也是普通人的性格起到了决定性作用。

三位悲剧大师的最后一位欧里庇得斯则显然已经是一种新类型的诗人了，他的思想形成于怀疑主义盛行的时代。传统的观念，特别是其宗教观念，受到了严重的挑战，整个社会的体制和价值观念也受到了置疑。这种破坏性的批判显然得到了欧里庇得斯共鸣。但是，他作为悲剧家，仍然要从神话传说中取材，只是神话意义已经被新的世俗的戏剧意义所取代了，它们成了讨论时事问题的容器而已，因为后者才是他的旨趣所在。他的许多悲剧都围绕着人物的内心冲突而展开，而他对悲剧人物所作的敏锐心理分析则远比别的诗人更加接近现代人的趣味。在悲剧《美狄亚》和《希波吕托斯》中，都显出了欧里庇得斯对貌似悖谬的人物行动的合情合理的深入揭示，在《酒神的伴侣》、《厄勒克特拉》、《海伦》等剧中，欧里庇得斯也都表达了背叛传统的主题。

27. 造福人类的普罗米修斯
zào fú rén lèi de pǔ luó mǐ xiū sī

埃斯库罗斯，被希腊人尊为"悲剧之父"的古希腊戏剧家，在人类戏剧史上占有一个无与伦比的地位。他的开创性艺术创造和卓越的艺术才华在古代世界独占鳌头，从这种首创意义上说，后世可与之相媲美者，也许只有莎士比亚了。

普罗米修斯遭受磨难

在他之前，古希腊戏剧还只限于一个演员，配合着歌队勉强可以演出戏剧情节。为此，歌队既要充当各种角色，又要陈述和评论剧情。唯一的演员也只有不断更换面具，扮演各种不同的角色，才有可能表现比较复杂的剧情。在这种情况下，演员不论如何变化身份，也只有和歌队进行对话。到了埃斯库罗斯，他创造性地为这种表演形式加进了第二个演员，这才使戏剧的对话在结构上极大地复杂起来，从而丰富了戏剧冲突，为戏剧情节的扩展提供了广阔的空间。

正因如此，亚里士多德在《诗学》中评论说，埃斯库罗斯减少了歌队的作用，使情节（或行动）成了主导因素。

当然，埃斯库罗斯的创新不止一端，他有力地发挥了布景和道具作用，创造了恢弘的戏剧场面。他还设计戏剧服装行头，训练歌队，也可能还像当年的习俗那样亲自在自己创作的戏剧中扮演角色。

普罗米修斯遭受磨难

不过这些还毕竟是外在的创造，他更主要的成就还在于戏剧内部。他的人物语言雄健且富于气势，却并不做作，戏剧情节跌宕起伏，严肃的戏剧主题具有普遍而持久的重要意义。这些不同的戏剧意义赋予了古希腊戏剧以高超的艺术性和精湛的艺术形式。然而，人们对这位西方戏剧创始者之一的生平情形却所知甚少，已有的资料仅仅勾勒出了他的人生轮廓。

他出生的年代正值雅典政治动荡时期，民主势力刚刚推翻了一代又一代的独裁统治，显示出坚定的政治倾向，那就是对内反对个人独裁，对外抵御强敌入侵。埃斯库罗斯曾经亲身参加了抗击波斯大军的战争，后来的希腊编年史家认为，他在参加公元前490年的第一次希波战争以及马拉松战役时三十五岁，他在这场战役中作战出色，很可能还受过伤。他的兄弟就战死在这次战役中，埃斯库罗斯在为自己写的墓志铭中也曾专门提到自己的这一壮举。这样说来，他应当出生在公元前525年。

埃斯库罗斯的父亲名叫尤福利昂，居住在雅典城西部的伊留希斯区。

埃斯库罗斯是大狄奥尼索斯节戏剧比赛的重要参赛者，也可以说他和这一盛大赛事之间有一种天作之合的关系。每年的狄奥尼索斯节期间，入选的三位参赛戏剧家每人都要写出三部悲剧，它们在情节和主题方面可以是各自独立的，也可以是相互关联的。这三部剧后面要有一部萨提尔，也就是林神剧来加以配合，为的是冲淡悲剧演出造成的沉重压抑氛围，因为它的演出效果是诙谐逗趣的。

关于埃斯库罗斯的艺术成就和艺术特征，前人已有诸多论述。从流传下来的剧目看，以《被缚的普罗米修斯》和《俄瑞斯特斯》三联剧为成就最高。这样说的原因在于，前者作为三联剧之一（其余两部分别为《被释放的普罗米修斯》和《盗火者》），并非以情节取胜，而是强烈地表达了众神之间惨烈的冲突，表达了人类的恩神普罗米修斯慷慨激昂、以身抗暴的行动和气节。

首先，普罗米修斯是因两桩罪过而受到宙斯的惩罚的。其一是因为他与宙斯为敌，盗取天上火种，交给了他所造成的人类，还教给人类各种技艺，使人类得以生存繁衍，但宙斯对人类却充满敌意，执意要把人类毁灭，普罗米修斯由于维护人类便得罪于宙斯；其二是因为他凭借自己的预见能力，窥到了威胁宙斯主宰地位的秘密，那就是，宙斯将和一位女神结合，生下一个将要取代他的统治地位的儿子。宙斯强迫普罗米修斯将这秘密说出来，但是没有得逞，于是便恼羞成怒，数罪并罚，将其押至荒僻阴森的高加索山，任风吹日晒，受拘禁之苦。最后，虽有河神的规劝，有神使赫尔墨斯奉宙斯旨意前来劝降，但是普罗米修斯仍不屈从，于是宙斯将其打入了深渊。

　　这部悲剧的情节虽然简单，意蕴却格外深刻。宙斯显然是城邦政治斗争中暴君的化身，依靠强权凌驾众神，摧残众生。他是受到一代新神拥护而战胜克洛诺斯等老辈神的，但是对帮助过他的普罗米修斯却反目成仇，严加迫害，大有城邦政治寡头的势头。他的残暴既体现在对人类的压迫上，也体现在对伊娥那样的无助女子的强暴上，就连前来探问的河神俄克阿诺斯也称其为暴君。可见这位得志便猖狂的君主已非传统上备受敬畏的宙斯主神，而是影射着民心丧尽、专横暴虐的专制寡头。

　　宙斯的对立面普罗米修斯在剧中则代表着人类的，或者相对于寡头的民众的利益。他不惜献身造福人类，不畏强暴反抗强权，在古希腊的万神殿中特立独行，实在体现了希腊人民对施恩于人的神灵的尊崇景仰之情。这样的神灵，我们能从中看到献身于城邦民主事业的志士的身影。

　　联系到三联剧的后两部，即普罗米修斯被宙斯重新钉在高加索山，每日有宙斯的神鹰前来叼啄他的肝脏，他躯体中流出的血染红了高加索山下的沃野（当地神话中的说法），但他仍旧矢志不悔。最后，是伊娥的第十三代后裔、大英雄赫拉克勒斯来到此地，射杀了神鹰，砸碎镣铐，解救了普罗米修斯。宙斯惮于王位的丧失，终于和普罗米修斯和解，才从这位倔强的提坦神口中得知了未来的厄运，那就是和海洋女神忒提斯结婚，将生出推翻他的统治的一代新神。当然，宙斯只得打消了这个主意，因而忒提斯后来和希腊英雄珀琉斯结婚，生了全希腊最骁勇的阿喀琉斯。

　　无论三联剧的后两部内容如何，我们从第一部中已可窥到一些端倪。神族内部的斗争最后是以普罗米修斯的胜利而告终的，这一胜利又是凭借了赫拉克勒斯的力量。赫拉克勒斯建立十二件大功的传说在希腊家喻户晓，这一英雄形象事实上已经成了希腊民族精神的化身。在埃斯库罗斯笔下，众神的争斗最后要靠人的力量加以解决，人的意志和力量竟可完成神所做不到的事情。宙斯虽然保住了自己在奥林帕斯山的众神之主地位，但是他的权威已经受到了普罗米修斯的打击，他的统治也不得不变得开明公允。这样的主题也许暗示着雅典城邦中专制寡头和民主派之间的较量及其结果吧。

埃斯库罗斯与普罗米修斯之间似乎也有一种密切的关系。剧中的普罗米修斯有力量的道白，有些甚至可以视为独白，这些内容犹如跳跃在戏剧中的不死的灵魂，充满了给人印象至深的与命运和邪恶抗争到底的气概。这种气概的来源，如果不是出于埃斯库罗斯的内心世界和亲身经历，就是雅典政治生活和希腊民族精神激励的结果。普罗米修斯将民生的根基——火，盗取给人类，埃斯库罗斯礼赞这一壮举，无疑是将这天上之火做了比喻，所喻的是什么，从三联剧的情节梗概中即可见出，那就是宁死不屈的抗暴意志，神明般预见未来的人的主体能力，以及人在苦难面前保持自己高贵尊严的精神。这种高昂的民族精神和强烈的主体意识正是他的悲剧充满崇高雄壮美学风格的根源，也是他创作出唯一取材于当代事件的悲剧《波斯人》的内在动力。

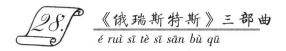

28. 《俄瑞斯特斯》三部曲
é ruì sī tè sī sān bù qū

提起源远流长的古希腊悲剧艺术，现代人心中往往会涌起一种景仰和悲壮之情。如繁星般闪烁的希腊悲剧诗人以他们不朽的成就率先支撑起了人类精神大厦中的悲剧圣殿。埃斯库罗斯便是希腊最杰出的悲剧诗人中的一位。

被恩格斯称为"悲剧之父"的埃斯库罗斯于公元前525年出生在雅典近郊的厄琉息斯。这个祭司的儿子分外看重作为一个雅典公民的荣誉，因此他义不容辞地参加了对抗波斯军的马拉松战役和萨拉米湾战役。在战场上，埃斯库罗斯以英勇善战而闻名。在雅典的狄奥尼索斯的庙中的一幅古画就描写了埃斯库罗斯及其兄弟库内格洛斯在马拉松战役中的英勇行为。据说埃斯库罗斯曾为自己写过一首墓志铭：

雅典人埃斯库罗斯·欧福罗翁之子。

躺在这里，……

马拉松平原称道他作战英勇无比，

头发飘扬的波斯人心里最明白。

可见，诗人对于这段叱咤风云的军事生涯是颇以为傲的，同时这一段战地生活的磨砺也暗示了埃斯库罗斯悲剧艺术雄伟、悲壮、崇高的风格。

作为祭司之子，埃斯库罗斯是信奉家族诅咒和因果报应的。他相信命运是一种人类所不能把握和洞察的力量，冥冥之中总有这样的力量在主宰着人的生死福祸，不管人的力量多么强大，也难于逃脱命运的摆布。而因果报应就是命运的特殊呈现方式。但人不应当在命运的面前无所作为，人应该选择自己的行为。在埃斯库罗斯的所有流传下来的作品中，我们都可以感觉到那神秘命运的悲壮之音。

埃斯库罗斯之死也是颇具戏剧性的，据说埃斯库罗斯是秃顶，公元前456年的一天，一只老鹰误把他的秃顶看成是闪亮的石头，为了砸碎刚刚捕获的乌龟，老鹰把乌龟向着埃斯库罗斯的头顶使劲掷去，结果埃斯库罗斯便一头栽倒了。于是有人把埃斯库罗斯之死，也说成是命运使然，这当然是毫不足信的。

埃斯库罗斯是属于大器晚成的作家，他二十五岁开始参加戏剧比赛，但直到四十岁时才获奖。与埃斯库罗斯同时代的人都认为他是有神附体的诗人，关于他还有一个美丽的传说，据说在埃斯库罗斯的童年时代，人们叫他在乡村看葡萄，他睡着了，在梦中他梦见酒神命令他从事悲剧写作，天亮时，他尝试一下，便很容易地成功了。凭借这种天才的灵性与热情，埃斯库罗斯共创作了七十个剧本，生前得过十三次奖，死后还得过四次。流传下七部完整的悲剧。分别为《乞援人》、《七将攻忒拜》、《波斯人》、《被缚的普罗米修斯》、《阿伽门农》、《奠酒人》、《报仇神》。其中后三部合称为"俄瑞斯特斯"三部曲，是埃斯库罗斯和全部希腊悲剧中仅存的完整三部曲。

《俄瑞斯特斯》三部曲于公元前458年上演，全部得头奖。全剧充满着阴森、血腥的气氛。《俄瑞斯特斯》取材于希腊传说。故事的背景是：

珀罗普斯之子阿特柔斯和堤厄斯忒斯兄弟结仇。堤厄斯忒斯诱奸了阿特柔斯的妻子，阿特柔斯为报仇，假意和解并款待对方。但他把堤厄斯忒斯的两个儿子暗中杀害，用他们的肉做成了筵席。后来堤厄斯忒斯的第三个儿子埃癸斯托斯替兄报仇杀死了阿特柔斯。阿特柔斯的长子阿伽门农为父报仇又杀死了篡位的叔父堤厄斯忒斯。三部曲的故事情节就在此基础上展开。一系列血腥的故事也由此开始。

《阿伽门农》的故事发生在英雄时代、阿耳戈斯的国王阿伽门农的宫前。

阿伽门农为夺回弟媳海伦，远征特洛亚已有十年了。守望人天天趴在宫顶上，翘首远望，等待报捷的烽火。这天，他突然看到了报告喜讯的焰火，急忙去报告王后克吕泰涅斯特拉。

祭坛点起了香火，长老们聚在宫门前议论阿伽门农出征前用亲生女儿伊斐格涅娅献祭一事。王后走过来告诉他们特洛亚传来的喜讯，长老们高兴得泪流满面，准备马上祈祷，感谢神灵。

传令官来到了，胜利的喜讯得到了证实。接着传令官又对他们倾诉了军队所经历的种种坎坷，种种磨难，长老们听后，纷纷诅咒害得人亡城毁的海伦，颂扬正义之神的灵光。

阿伽门农带着俘获的女奴卡珊德拉回来了，王后克吕泰涅斯特拉当众剖白，她对阿伽门农的爱情历久弥坚。自己的泪水因为思念而早已流干，她请阿伽门农下车，踏上绛红色的绣毯回宫。阿伽门农怕亵渎神灵，不愿在豪华的地毯上走过，但在妻子的坚持下，他让步了。

克吕泰涅斯特拉又喝令卡珊德拉下车，但卡珊德拉置之不理，她仿佛嗅到了血的气息，不祥的预感笼罩了她。阿伽门农和自己的命运已成定局，卡珊德拉为自己哀悼，向太阳祷祝，愿她的复仇人为她复仇。之后，她昂然进宫去接受自己的命运。

这时，宫内传来了阿伽门农的惨叫。长老们正在商量怎么办，王后走出来承认是她杀了国王。她是为了女儿复仇，把阿伽门农来献祭。她说她是无罪的。

最后，长老们告诉克吕泰涅斯特拉及其情夫埃癸斯托斯，"恶有恶报"的天理定不移，只要俄瑞斯特斯回来，他们就将付出代价。

第一部《阿伽门农》的剧情到此结束。埃斯库罗斯用心创造了王后克吕泰涅斯特拉这个形象。她有男人一样刚强的意志，她用花言巧语掩盖着内心的阴谋。虽然阴谋有时时暴露的危险，但她始终泰然自若，雍容自处。虽然她内心充满了压抑多年的仇恨，但她却伪装得未露丝毫破绽。当她杀了阿伽门农之后，她为自己开脱的理由是为爱女复仇，她不敢公开承认与埃癸斯托斯的奸情，因为她知道那是有罪的。她冷酷、傲慢、直率，她的艺术光彩是不逊于埃斯库罗斯笔下的任何一位英雄人物的。

《奠酒人》的故事发生在几年之后。

俄瑞斯特斯在斯特洛菲俄斯（福喀斯的国王）家中长大成人。一天他和好友皮拉德来到阿伽门农的墓前，他把一绺头发放在坟上，并向宙斯祈祷，要为死去的父亲复仇。

这时厄勒克特拉来到墓前，为父亲奠酒。俄瑞斯特斯赶紧躲藏了起来。厄勒克特拉向神灵祷告，保佑自己和俄瑞斯特斯，惩罚仇人。她发现了坟上的鬈发，猜出俄瑞斯特斯已回来。于是姐弟相认了。俄瑞斯特斯告诉姐姐，阿波罗命令他为父亲复仇，否则将遭受祸患，丧失生命。女奴们同情姐弟二人的不幸遭遇，女奴们告诉俄瑞斯特斯，如果想动手，时机已到。昨天夜里，王后梦见产下一蝮蛇，她为蛇哺乳，结果，蛇吸出了乳汁连同血块，王后从噩梦中惊醒。早晨就派人来献祭。

俄瑞斯特斯听后，和厄勒克特拉商定了行动的计划。他化装成行人，来到宫门前，求见男主人。出来的人却是克吕泰涅斯特拉，俄瑞斯特斯自称从福喀斯来给王后带信，她的儿子俄瑞斯特斯已死。

克吕泰涅斯特拉表面悲伤，内心却隐含喜悦，她派仆人通知埃癸斯托斯，让他去客人那里把消息打听得更清楚一点。埃癸斯托斯只身走进宫，被俄瑞斯特斯杀死，克吕泰涅斯特拉请求儿子原谅自己，阿波罗的神谕提醒了他，他鼓足勇气，杀死了母亲。

女仆们颂扬阿波罗的英明以及正义的胜利，俄瑞斯特斯相信自己是根据正义惩罚了母亲，他决定到皮托寻求阿波罗的庇护和净罪。这时，他看到复仇女神向他跑来，他急急忙忙向皮托跑去。

这又是一个血仇和报复的故事。俄瑞斯特斯在诅咒与复仇的欲望下杀死了自己的母亲，虽然他意识到别人并没有注意到他的罪行，但是复仇神是帮助他的母后的，按照母权社会的信念，他已犯了大罪，因此，他匆忙向阿波罗的神坛赶去。

三部曲结尾的《报仇神》，对俄瑞斯特斯杀母行为做了最终的裁决。这部悲剧开场时，地点是在皮托的阿波罗神庙。俄瑞斯特斯向阿波罗求援，阿波罗为他举行了净罪礼，指示他去求告雅典娜，以便摆脱复仇女神的迫害，俄瑞斯特斯在神使赫耳墨斯的引导下，前往雅典。复仇女神与阿波罗发生了争吵。她们认为妻子杀害丈夫并不是杀害血亲，是无罪的，有罪的是杀死生母的俄瑞斯特斯。复仇女神被阿波罗赶跑，她们又尾随俄瑞斯特斯而去，他们相继来到雅典。

复仇女神控告俄瑞斯特斯弑母，俄瑞斯特斯辩护说自己是遵从阿波罗的神谕，为父报仇。雅典娜挑选最正直的公民，组成了永恒的战神山法庭，审理此案。在法庭上，复仇女神坚持认为夫妻之间没有血缘关系，妻子杀死丈夫是无罪的，儿子杀死了母亲就应该被惩罚。阿波罗认为母亲对子女没有权利，母亲不是子女的缔造者，子女是属于父亲的，他以雅典娜的出生为例，说明人可以没有母亲。

陪审员开始投票表决，表决的结果是认为俄瑞斯特斯有罪和无罪的票数一样多。这时，雅典娜投下了关键性的一票，俄瑞斯特斯被判无罪。

复仇女神认为雅典娜和阿波罗践踏了古老的法律，非常恼怒。雅典娜安慰她们，劝她们改恶从善，答应她们以后有永远居留在雅典城邦之权。此后，复仇女神有了庙坛，成为善心女神——欧墨尼得斯。

复仇女神代表的是以母系为依据的氏族秩序，这种关系比婚姻结成的亲属关系更有约束性。阿波罗认为男性优越，这里体现出了当时时代的特点。父系开始代替母系了，俄瑞斯特斯被判无罪，宣告了一种新秩序的开端。

　　在这里雅典娜的演化是颇有意思的。传说，雅典娜和波赛冬争夺卫城，雅典娜得到女人的支持，波赛冬得到男人支持。从这里可以明白无误地看到这位女神在母系社会的作用。但后来父系渐渐取代了母系，雅典娜也变成了处女神，虽然她没法变成男的，但她具有了更多的男性特征，和宙斯联系在了一起。对于俄瑞斯特斯的审判，就可以看出时代的取向。雅典娜依据理性投下决定性的一票，父权战胜了母权，文明战胜了野蛮。

　　埃斯库罗斯通过神话的题材透露了希腊远古社会的生活痕迹，如母权制和血缘家庭的瓦解等，他以神秘的命运与个人追求自由的意态之间的冲突为主线，创造了一个宏伟壮丽的悲剧世界。

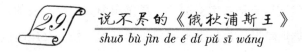

29. 说不尽的《俄狄浦斯王》
shuō bù jìn de é dí pǔ sī wáng

　　在古希腊有这样一部悲剧，它曾被亚里士多德认为是"十全十美的悲剧"。时至今日，它不时还在欧洲舞台上演出，它就是《俄狄浦斯王》，它的作者是古希腊三大悲剧家之一的索福克勒斯，人称"戏剧中的荷马"。

　　公元前497年，索福克勒斯出生在雅典近郊科洛诺斯。父亲是兵器厂主索菲罗斯，良好的家境条件使索福克勒斯从小就受到了良好而全面的教育。他喜爱音乐和体育，当时著名的音乐家兰普洛斯是他的音乐教师，天赋加上后天的训练，使他在音乐界崭露头角。他在音乐和体育比赛中都多次获得花冠奖。

　　艺术的熏陶、体育的锻炼使索福克勒斯的仪表显现出过人的优雅。大约在索福克勒斯十六岁时，希腊对波斯的萨拉米战役取得胜利。雅典人围着战利品开祝捷大会，索福克勒斯因其过人的魅力被选为领队。他赤裸着身体，抱着瑶琴，领着歌队唱凯旋歌。吸引了无数人的注意。索福克勒斯不但写剧，而且还亲自参加戏剧的演出。他曾在他的早期剧作《洗衣少女》中扮演打球的公主瑙西卡，还在他的悲剧《塔密剌斯》中扮演盲歌者，都很成功。

索福克勒斯不仅文学创作活跃，而且在政治上也相当活跃。他生逢盛世，与社会名流过从甚密。希腊历史之父希罗多德与他结成忘年交，民主派哲学家、政治活动家阿那克萨戈拉、普罗塔戈剌斯，土地贵族寡头派领袖客蒙都是他的莫逆之交。在希腊民主制度的黄金时代——伯里克利时期，索福克勒斯与伯里克利又成至交，在当时社会上享有崇高的社会威望。公元前443年他被选为税务委员会主席，主持征税事务。三年之后，索福

俄狄浦斯与斯芬克斯

克勒斯又被选为雅典十将军之一，据说是因为他的悲剧《安提戈涅》才获得了这一殊荣。

驰骋战场和官场的仕途生活为索福克勒斯的创作提供了用之不尽的素材。他一生共创作了一百二十个剧本，二十八岁时在戏剧比赛中击败埃斯库罗斯首次获奖。埃斯库罗斯为此愤愤不平，他说索福克勒斯是因政治的关系而获奖，因此，他远走西西里。此后，索福克勒斯一共得了二十四次头奖和二等奖，他从来没有得过三等奖。戏剧比赛的桂冠戴在他头上达二十七年之久。

晚年的索福克勒处于内外交困之中，八十三岁高龄的他对于政治还是热衷不减，他被人怂恿着加入了反民主政变，并被选入"十人委员会"的权力中心。两年后，民主势力翻身，索福克勒斯被推上了被告席。敏于言辞的索福克勒斯以"迫不得已"的答辩而被赦免。这时，家庭内部风雨又

起。索福克勒斯因为宠爱一个孙子，就打算把大笔财产给他。索福克勒斯的儿子对此事不满，说他精神失常。官司打到法官那里，索福克勒斯说："如果我是索福克勒斯，我就没有精神失常；如果我精神失常，我就不是索福克勒斯。"说完他又读了一页他的新作《俄狄浦斯在科罗诺斯》。法官马上把儿子的控诉驳回了。虽然如此，家庭的纠纷仍令晚年的索福克勒斯感到抑郁沉闷。

公元前 406 年，诗人去世，正值雅典和斯巴达交战方酣，得信后，斯巴达将军吕珊德洛斯下令停战，让雅典人将诗人埋葬在故乡，索福克勒斯以他的悲剧征服了希腊世界。

索福克勒斯是个多产的作家，但他的悲剧完整流传下来的只有七部。即《埃阿斯》、《安提戈涅》、《俄狄浦斯王》、《厄勒克特拉》、《特剌喀少女》、《菲罗克忒忒斯》、《俄狄浦斯在科罗诺斯》。这七个剧本都取材于特洛亚系统和底比斯系统的神话传说。其中《俄狄浦斯王》更是索福克勒斯不朽的杰作。

《俄狄浦斯王》讲述了一个离奇而悲壮的故事。故事用倒叙的结构展开。《开场》描写了城邦的灾难："这城邦，……正在血红的波浪里颠簸着，抬不起头来；田间的麦穗枯萎了，牧场上的牛瘟死了，妇人流产了；最可恨的带火的瘟神降临到这城邦……"人们向俄狄浦斯王求救。俄狄浦斯王宣布，他已派妻弟克瑞翁到皮托去求阿波罗的神谕了。正在这时克瑞翁回来了，根据神示，瘟疫猖獗是因为杀死老王拉伊俄斯的凶手留在了底比斯，应该严惩凶手。俄狄浦斯决定把这个案件查清，他发誓说，"我诅咒那没有被发现的凶手，不论他是单独行动，还是另有同谋，他这坏人定将过着悲惨不幸的生活。我发誓，假如他是我家里的人，我愿忍受我刚才加在别人身上的诅咒。"

长老们建议俄狄浦斯向先知忒瑞西阿斯询问凶手是谁，但先知执意不肯告诉俄狄浦斯。俄狄浦斯生气了，他诬说先知就是杀害老王的凶手，先知在激怒之下说出了真相："你就是你要寻找的杀人凶手。"先知临走时还预言，俄狄浦斯将由明眼人变成瞎子，将由富翁变成乞丐。俄狄浦斯哪里肯信，他怀疑先知同克瑞翁勾结起来谋害他。

俄狄浦斯回到宫中，向王后伊俄卡斯忒言及此事，王后想安慰他，便告诉他，神示说老王将死在儿子之手，结果却是在一个三岔路口被一伙强盗杀死的。俄狄浦斯听了心神更加不安，他预感到他可能就是杀害老王的凶手，只是他还不知道老王就是他的父亲。

俄狄浦斯疑虑重重，在担忧中度日如年。他在科林斯的国王波吕玻斯膝下长大，但他从阿波罗神谕中得知，他注定要杀父娶母，为逃避命运，他决定离家出走，结果在前往底比斯的路上，他因为争执而打死了一位老者和老者的随从，那些随从中只有一人逃脱厄运，逃回后向王后报告说遭遇了一伙强盗。当俄狄浦斯因除掉残害底比斯人的女妖斯芬克斯，并因此而被推举为王时，他便按惯例娶了王后，并和她生了两男两女。这时从科林斯来了一个报信人，说国王波吕玻斯去世，要俄狄浦斯回去继承王位，俄狄浦斯不肯，父王虽死，他仍怕娶母的预言会应验。报信人为了消除他的顾虑，便告诉他，他并非波吕玻斯夫妇的亲生子，并讲述了他是怎样到科林斯的。原来，底比斯国王拉伊俄斯原本无子，求神谕后才得知，他将和王后伊俄卡斯忒生育一子，但这孩子长大后将杀父娶母。拉伊俄斯最初不敢与妻同房，但年深日久，终得一子，想起神谕，他只得命人将婴儿钉住双脚，弃之荒山，不料仆人却未从命，只将这弃婴交给了科林斯的牧人，结果无嗣的科林斯王收养了他。真相大白了，俄狄浦斯就是拉伊俄斯和伊俄卡斯忒为逃避命运，让牧羊人抛到山里的那个孩子。

杀父娶母的神谕应验了，俄狄浦斯跑进宫中，发现他的母亲、妻子——伊俄卡斯忒已经自缢而死，他从她的身上摘下两只金别针，刺割了自己的眼睛，按照自己的诅咒，他让克瑞翁把他驱逐出忒拜。

目睹俄狄浦斯的悲剧，长老们得出了一个结论：一个人，没跨过生命的界限、没有得到痛苦的解脱之前，就不要说他是幸福的。

与埃斯库罗斯三部曲的家族式悲剧不同，索福克勒斯把悲剧的命运集中在了一个人身上。他不再把命运看做是具体的神灵，而是看做更抽象的东西，在个人与命运的尖锐冲突中，索福克勒斯着重表现的是个人在不可逆转的命运中积极抗争的精神，明知不可为而为之的勇气。俄狄浦斯王有理智，他猜出了困扰无数人的斯芬克斯之谜，但最后他反而对自己的出身之谜产生了迷惑。他有能力，聪明正直而又勇敢。从得知杀父娶母的神谕开始，他就开始顽强地同命运作斗争。然而命运的无情和强大，使俄狄浦斯在不幸中越陷越深，他越是想要摆脱命运的束缚，就越是深陷其中。他越是想要远离不幸的命运，命运就越是把他拉近罪恶的深渊。

俄狄浦斯是无辜的，他杀死老王，也是因为老王的无礼暴行，使年轻的勇士不能忍受。他所遭遇的莫大的苦难，并不是自身过失所带来的。相反，如果他不是那样聪明猜出斯芬克斯之谜，他就不会被立为底比斯国王。如果他不是那么爱自己的百姓，瘟疫之灾的原因也不会被拆穿。即使俄狄浦斯有这样多的美德，他也难逃命运的魔掌，"善有善报，恶有恶报"在这里是行不通的。命运难以捉摸，它也并不公正合理。在如许残酷的命运面前，俄狄浦斯勇于负责，自承其咎，他所表现出来的过人的勇气和惊人的毅力是令人惊叹的。

《俄狄浦斯在科罗诺斯》和《安提戈涅》是《俄狄浦斯王》情节的继续。在《俄狄浦斯在科罗诺斯》中，年老的俄狄浦斯被女儿安提戈涅扶持到科罗诺斯，受到了雅典王忒修斯的接待。克瑞翁要迫使俄狄浦斯回到底比斯，受到了雅典城邦的制止。这时俄狄浦斯的长子波吕涅克斯赶来，请老父助他夺回被兄弟夺走的王位。俄狄浦斯愤怒至极，当场诅咒两个儿子会自相残杀而死。不久后，受尽苦难的俄狄浦斯投入地母的怀抱，他终于得到了神的关怀。

《安提戈涅》是古希腊悲剧中绝无仅有的以爱情为主题的悲剧。波吕涅克斯两兄弟自相残杀而死。新王克瑞翁下令禁止埋葬波吕涅克斯的尸体。安提戈涅作为死者的亲人，她有埋葬死者的义务，但她又不能违反法律。在这种命运面前，她毅然埋葬了哥哥，最后自杀身死，她的未婚夫海蒙即克瑞翁的儿子也殉情而死。

在《俄狄浦斯王》情节的继续中，索福克勒斯强调了家庭的温情：俄狄浦斯父女之情，安提戈涅兄妹之情，海蒙忠贞的爱情。

索福克勒斯说，他是按人应该有的样子来描写人。他塑造的固然是理想化的人物形象，但比埃斯库罗斯更接近现实，也更富有人性。

《俄狄浦斯王》以它丰富的蕴意，吸引着世人的注意，正如弗洛伊德从心理学角度分析它而提出的"俄狄浦斯"情结一样，不同的人从不同的角度会得到一个不同的认识。

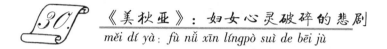

30. 《美狄亚》：妇女心灵破碎的悲剧

měi dí yà：fù nǚ xīn língpò suì de bēi jù

随着古希腊社会由野蛮走入文明，随着希腊社会民主制度的完善，妇女的地位却每况愈下。在荷马时代的社会中，妇女还没有被排除在社会生活之外，她们甚至可以对自己的丈夫施加影响。但到了公元前4世纪，只有在具有上古生活方式的斯巴达，妇女才保有一定的威望，而在政治最进步的国家——雅典，妇女的处境最坏。

虽然希腊实行一夫一妻的婚姻制度，然而所谓的"一夫一妻"不过是对妇女而言，并不是对男子。雅典妇女必须严守贞操、深居闺房，一般不得参加公共生活，更谈不上享有政治权利，其地位已近似奴隶，而男子却可以在外自由交往，不受任何婚姻道德的束缚。有的妇女不堪忍受，愤而反抗，结果便往往造成家庭悲剧。欧里庇得斯的《美狄亚》一剧就是这种现实的真实写照。

《美狄亚》取材于阿耳戈英雄探险取金羊毛的一组神话故事。剧中主人公之一的伊阿宋原是伊俄尔科斯国王埃宋的儿子。他被埃宋寄养在别处，等他长大成人回到故园时，王位已被同母异父的哥哥珀利阿斯篡夺。伊阿宋要求继承王位，珀利阿斯不敢拒绝，但条件是伊阿宋必须得到埃厄忒斯国王的金羊毛。这无异于让他去送死，因为那金羊毛不仅地处险境，而且有魔怪守卫。伊阿宋召集了一大批希腊著名的英雄，打造了一艘名叫"阿耳戈"的快船，出海探险，他们经历了无数艰难险阻，才来到了埃厄忒斯的宫殿。

　　美狄亚是埃厄忒斯的二女儿，掌握巫术。当她与伊阿宋会面时，爱神之箭就射中了她。国王埃厄忒斯设下陷阱要杀死伊阿宋，美狄亚知道后心如火燎，最终爱情战胜了亲情，她帮助伊阿宋制服了看守金羊毛的毒龙，拿到了金羊毛。美狄亚背叛了自己的祖国，抛弃一切，跟伊阿宋逃往希腊。美狄亚的弟弟率兵追来，被伊阿宋等人设计杀死。后来，由于伊阿宋要求王位未果，美狄亚便随丈夫来到了科林斯，过了十年幸福生活，生了两个孩子。但生活就在这时掀起了风暴。伊阿宋喜新厌旧，爱上了别人。

美狄亚杀子

　　《美狄亚》一剧从这里开始。美狄亚在深宫中得知伊阿宋要另娶科林斯的公主，心如刀绞，泪流不止。她诅咒孩子和孩子的父亲一起死掉。其他的妇女都来劝说美狄亚，她们认为丈夫另结新欢是件很平常的事，妻子不应因此恼怒。

　　美狄亚出来后对她们说："在一切有理智有灵性的生物当中，我们女人算最不幸的。首先，我们得用重金争购一个丈夫，他反会变成我们的主人；但是，如果不去购买丈夫，那又是最可恶的事，而最重要的后果还要看我们得到的，是一个好丈夫，还是一个坏家伙，因为离婚对于我们女人是不名誉的事，我们又不能把我们的丈夫轰出去……"

正说着，科林斯的国王偕侍从来到美狄亚跟前，他命令美狄亚立即带着两个儿子离开科林斯，因为伊阿宋要娶的就是科林斯的公主。美狄亚苦苦哀求只求得一天的宽限。伊阿宋走来，假惺惺地对美狄亚表示关心，他为自己辩白，表明他不是为了爱情而同公主结婚的，而是想扩大势力以保障他们的家庭。美狄亚以匕首般锋利的语言痛斥了伊阿宋的卑鄙无耻和忘恩负义。伊阿宋只得怏怏而去。

美狄亚精心制定了自己的复仇计划。她让保姆把伊阿宋请来，美狄亚假装向他认错，并让两个孩子捧着一件精致的袍子和一顶金冠作为礼物给公主送去。

公主果然喜不自禁地接受了，孩子走后她就高兴地试穿，但她很快就昏倒了，口吐白沫，头上起火，一会儿人就死了。原来这礼品是用毒液浸泡过的。国王闻讯赶来，抱着尸体痛哭，也染上毒气而死。

这时两个孩子已经回到了美狄亚的身边，美狄亚在感情上展开了激烈的斗争。弃妇的仇恨与慈母的爱的冲突造成了复杂的心理。美狄亚的内心独白被诗人以惊人的力量描写出来："孩子，你们为什么这样看我……我的心简直要碎了。让我以前的冲突滚开吧。……我这是怎么了，难道我想使自己的仇人仍旧不受惩罚，自己成为嘲笑的对象？更勇敢地去干吧！……"美狄亚几次三番下定决心，却又犹豫，迟疑不决。最后她下定决心，她绝不能给罪恶的人留下后路。美狄亚终于杀死了自己的两个儿子。

当伊阿宋带着仆人赶到时，美狄亚已经带着两个儿子的尸体乘龙车升到了空中。她对伊阿宋发出了诅咒，随即乘龙车飞去。

《美狄亚》于公元前431年上演，但当时仅得了三奖，几乎就等于完全失败了。但时间是最公正的，从古至今《美狄亚》都被公认为是最动人的希腊悲剧之一。欧里庇得斯以他出色的心理分析能力，描述了被弃妇女心灵破碎的悲剧。

美狄亚是一个异邦女子，她敢爱敢恨，为了爱情，她可以抛弃一切，因为爱，她"事事都顺从她的丈夫"，为了他们的幸福，她做出了多少牺

性，而竟落到如此下场。她倔强、狂热、激动的性格不允许她忍受。她决定要报复。身处异邦，作为妇女又没有社会地位，她无法借助社会力量来反抗、争取她在家庭中的合法权利。迫不得已，只好采取仇杀的办法。

美狄亚被满怀的激情所控制，理智、道德、正义、自然情感都被遗忘了，在这样的状态下，一切手段都成了可能的。心性强悍的美狄亚可以忍受女人地位的低下和生活的艰辛，但却不能忍受男性对她的情感戏弄、名誉侮辱和残酷抛弃，她以惊天动地的复仇举动，向男性敲响了警钟。

美狄亚不以纯洁和善良著称，欧里庇得斯曾在剧中通过美狄亚之口说：“我们生来是女人，好事全不会，但是做起坏事来却最精明不过。”有人据此说欧里庇得斯是仇视女人的人。这只是一种曲解，剧中之话不过是美狄亚一时气愤之言。欧里庇得斯在剧中表现了对受压迫妇女的深深的同情以及对社会现实深深的批判。他是在希腊文学中第一个发现女人的人。19 世纪的英美女权主义运动家们以为欧里庇得斯是妇女问题的最早的提出者，并把他悲剧中的诗句引到她们的宣传中。有趣的是，西方有个女权组织，就叫“美狄亚”。

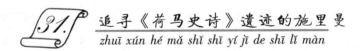

31. 追寻《荷马史诗》遗迹的施里曼
zhuī xún hé mǎ shǐ shī yí jì de shī lǐ màn

家喻户晓的《荷马史诗》描述了公元前 11 世纪到公元前 9 世纪的希腊社会。英雄们的丰功伟绩，希腊人所创造的灿烂的文明在历史绵延的岁月中，以神话传说的方式代代相传。很少有人相信这些古代传说的真实性，但它们的魅力不减，一直被人们津津乐道。岁月更增加了故事的神秘性。总有一些人相信在那些奇妙的传说背后隐藏着历史的真实。德国考古家施里曼（1822 — 1890）就是其中的一个。

施里曼出生在一个贫苦的牧师家庭，他从小就爱唱荷马史诗，史诗中那些令人心驰神往的故事常常令他陶醉不已。他对《伊利亚特》中所称颂的富丽的城市、坚固的城堡和激烈的战争深信不疑。寻找特洛亚成了他坚定不移的理想。为了实现这一理想，施里曼刻苦钻研，自学了英、法、俄、意、拉丁、阿拉伯和希腊等十三种语言。为了实现这一理想，他前半生努力筹集资金，在开发俄国的石油事业中发了大财。到 1863 年，施里曼已是当时一位大名鼎鼎的百万富翁了。童年的理想有了实现的可能。

1868 年，施里曼决定退出商界，全力去实现他的理想。第二年，四十岁的施里曼娶了一位对荷马作品非常熟悉的雅典姑娘索菲娅为妻，很难讲清施里曼娶索菲娅的动机，也许是对特洛亚古城狂热而虔诚的感情支配了他。新婚之后，施里曼就带着索菲娅出发了，他们按照荷马史诗中描述的希腊人渡海远征的路线，来到临近爱琴海的土耳其海岸，开始去实现他追寻特洛亚古城的梦想。

根据荷马史诗，有一点是确定无疑的，特洛亚在小亚细亚西北沿岸一带。施里曼又对早已不知读了多少遍的《荷马史诗》细加推敲，终于确定他要追寻的特洛亚就在希萨尔雷克山的山丘深处。

1871 年 9 月，施里曼夫妇得到了土耳其政府的批准，准许他们进行考古发掘，条件是自己承担全部费用，如果有所收获，则要向土耳其政府上交一半的出土文物。八十人组成的挖掘队开始了夜以继日的工作。两个月后，工人们从陡峭的斜坡上挖掘出了一些建筑用料和残存文物。接下来，越来越多的文物资料出土了。施里曼兴高采烈，他在致友人的信中说："我在特洛亚的发掘如能获得成功，与我一生中那些最幸运的经商成就比起来，我将感到高兴一千倍。"

1872 年 3 月，挖掘队增加到了一百五十人，进度大大加快了。施里曼在这座山下发现了一层又一层的城市废墟，他不是专业的考古者，层层叠叠的废墟令他手忙脚乱，只好全部捣毁，这不能不说是个遗憾。施里曼坚信特洛亚古城埋在山丘深处，他不断要求工人向下挖，在挖到大约四米深时，施里曼发现了一些房屋的遗址，同时还发现了大量的石器和陶器，有人面形的，有女人形的，千姿百态。施里曼迷惑了，为什么有这么多的石器和陶器，特洛亚战争中用的可都是青铜器呀，那么特洛亚城到底在哪呢？

1872 年 5 月，工人们又发掘出了一座由大块石灰石砌成的，精工筑造的城堡。施里曼不相信这座城堡建造的时间早于公元前 3 世纪，他下令把城堡拆毁了。但向下挖的结果却更加令他失望，特洛亚古城缥缈无踪。施里曼不得不承认，在荷马描绘的特洛亚之前，还有更早的居民在这里居住，施里曼将这一层的居民遗址称为"特洛亚 I"。

对梦想不懈的追寻使施里曼继续他的挖掘工作。他开始了更大范围的挖掘，坚固精致的城墙，塔楼，五米宽的街道，相继被挖掘出来。街面上覆盖着一层灰烬，混杂着烧透了的砖石碎片，施里曼相信这就是被希腊联军焚毁的特洛亚。

接下来一座由泥土与石块砌成的巨大建筑物也被发掘出来了，施里曼坚信这就是特洛亚国王普里阿摩斯的宫殿。1873 年 6 月 14 日，施里曼与几个工人站在"普里阿摩斯"宫殿前，他忽然注意到不远处围墙附近有什么东西在闪光，施里曼抑制住自己的兴奋走近一看，是一件小巧的青铜器，他禁不住内心一阵狂喜。施里曼遣散了几个工人，只留下妻子索菲娅，在强烈的日光照射下，施里曼开始从墙角挖出一件又一件的器物。青铜的箭头、匕首、斧子、金银制的瓶、酒杯……在这些器物中，最华丽的是两顶制作精巧的金冕。大的一项由一万六千多块金片金箔缀连而成，从冕上悬吊下十六根长链子七十四根短链子，链子由心形的金片组成，冕顶由小环重叠圆环和刀叶形金片合成。施里曼把金冕戴在了爱妻的额上，巨大的喜悦激动得他热泪盈眶。尽管后来的研究表明，施里曼所发现的并非荷马笔下的特洛亚城，但他为后来特洛亚古城的发掘作出了决定性的贡献。

对特洛亚考古的巨大发现使施里曼对《荷马史诗》更加痴迷。阿伽门农的首都多金的迈锡尼成为施里曼的又一个寻访目标。

1878 年 8 月，施里曼与爱妻索菲娅来到了希腊伯罗奔尼撒半岛东北部靠近爱琴海萨罗尼克湾的迈锡尼。施里曼初到迈锡尼，希腊考古学会对他戒备森严，最终当施里曼选定一块明显的荒坡准备开掘时，考古学家们暗暗发笑了，他们等着看施里曼的笑话。

　　1876 年 11 月，施里曼夫妇招募了六十三名工人开始了挖掘工作。很快，他们就挖掘出一个由竖立的石板围成的圆圈，直径约有三十米。施里曼的直觉告诉他，这块圈地内大有文章。果然，在开始挖掘这块地时，就发现了一块形状很像墓碑的直立的石板，虽然碑上的浮雕已经磨损得不能辨认，但随后挖掘出的几块一模一样的石板，证实了这些石板是墓碑。

　　再挖不久，一座圆形石祭台出现在施里曼面前，施里曼断定坟墓就在下面。激动人心的时刻终于到了，施里曼发现了一座坟墓。接下来又陆续发现了五座坟墓和数不胜数的金制品。这些坟墓都是长方形，彼此各不相同，每个坟墓中葬有两名死者，有男有女，还有小孩。大多数尸身完全严密地覆盖着黄金制品。男人罩着金面具，胸部压着金片。女人则戴着金制的饰品。孩子也用金叶片裹住全身，这些死者的身边放着各种金杯、刀剑、金制饰物和其他贵重器物。

　　每天晚上，施里曼都同索菲娅共同研究白天所发掘的宝贝，对他来说，这里就是《荷马史诗》中所描述的多金的迈锡尼。

　　第五个墓穴在继续发掘中出现了，墓穴里有三具男尸，都穿着黄金的铠甲，身旁摆着镶嵌金银的武器，脸上戴着金面具。施里曼小心翼翼地依次揭开他们的面具，第一具、第二具尸体的头盖骨因暴露在空气中早已溃烂了。当施里曼揭开第三具尸体的面具时，他看到了一张面部肌肉保存完整的男子面孔。施里曼一阵狂喜，他确信这具尸体就是阿伽门农。当天晚上，他发了一封电报给希腊国王，电文很简单：

　　我凝视着阿伽门农的脸膛。

　　但不幸的是，施里曼这一次又弄错了，后来的研究结果表明，坑墓中的东西是不属于阿伽门农的。但正如一切先驱者一样，虽然施里曼在追寻荷马笔下的迈锡尼的路途中迷了路。但他却为后来的考古指出了正确的方向。

　　施里曼的经历激起了一股探险、寻宝的热潮。《荷马史诗》中所描述的美丽的克里特岛更是引起了无数人的好奇心。传说在远古的时候，有一个叫米诺斯的国王统治着克里特岛，米诺斯的王宫壮丽宏伟，其中有无数的宫殿和纵横交错的通道。每一个走入王宫的陌生人都会迷失在宫中，再也别想出来，因此这个王宫被称为"迷宫"。

1878 年，一个叫卡罗凯里诺斯的克里特人挖掘出了"米诺斯"迷宫西翼的一小部分，并出土了大量的文物，虽然发掘活动在克里特地方议会的干预下停止了，因为当时克里特尚处于土耳其帝国的统治下，克里特议会担心土耳其政府会将出土文物转移到帝国博物馆中。但是这一消息引起了世界性的轰动。并直接打动了施里曼的心。

施里曼决定追寻米诺斯迷宫。1883 年 1 月 7 日，他写信给克里特的土耳其总督，请求批准发掘。但克里特人民族感情强烈，施里曼遇到了阻碍。克里特议会不打算征用米诺斯遗址的土地，地主们也不打算仅仅出售占有遗址的那块地产，他们要施里曼买下全部地产，包括附近的耕地和数以千计的橄榄树，出价十万法郎。

施里曼和业主们进行了激烈的谈判，最后以四万法郎成交，但施里曼以商人的敏感怀疑其中有诈，于是去克里特实地勘察，他发现，地产减少了三分之一，橄榄树已不足千棵。而且岛上党派斗争严重，将会给挖掘工作带来难以想象的困难。

施里曼断然废止了合同。他本想迫使业主们让步，降低要价，然而事与愿违，价钱反倒被抬高到无法想象的程度。施里曼只得忍痛放弃了发掘米诺斯的打算。

1890 年，施里曼因心脏病突发客死意大利。施里曼十多年的考古发掘以不容置疑的事实，证明了荷马史诗与古代希腊的必然联系。对于世界重新认识荷马史诗有重要的意义。

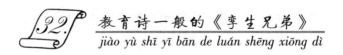

32. 教育诗一般的《孪生兄弟》

jiào yù shī yī bān de luán shēng xiōng dì

《孪生兄弟》是普劳图斯另一部著名的剧作，主要根据米南德的原作改编而成。剧中记述一对幼年失散的孪生兄弟，在寻亲的过程中，因相貌酷似而被人误会，从而引起种种笑谈逸事。

在希腊的埃皮丹努斯城，主人公之一富商拉·墨奈赫穆斯与其妻不和，气势汹汹地斥责着妻子。之后他匆匆忙忙地走出家门，手里拿着妻子的披衫，准备赠给情人埃罗提乌姆。门客佩罗库斯也随其一同前往，小坐片刻他们即离开埃罗提乌姆家。与此同时，一个名叫墨奈赫穆斯·索西克利斯的男子为寻找幼年失散的孪生兄弟也来到此地，奴隶墨森尼奥与其相伴。凑巧的是，他们也路过埃罗提乌姆家，厨师热情地向他们招手致意，女主人更是柔情似水地挽着索·墨奈赫穆斯的手臂，留其进屋用餐，还提及门客和披衫。索·墨奈赫穆斯推说他不知晓什么门客，更未曾拿过妻子的披衫，女主人想必认错人了。但女主人却清楚他的一切情况，称其来自叙拉古，名叫墨奈赫穆斯，父亲为莫斯库斯。索·墨奈赫穆斯听得一头雾水，但仍是顺水推舟，饱餐一顿。饭后，他拿起埃罗提乌姆想要缝补的披衫和手镯，走出门去。

门客佩罗库斯与拉·墨奈赫穆斯在广场失散，以为其有意甩掉他。又目睹索·墨奈赫穆斯酒足饭饱地离开埃罗提乌姆家，心生怨恨，报复之心遂起。他将拉·墨奈赫穆斯的所作所为告知其妻。其妻问及此事，拉·墨奈赫穆斯只得一味搪塞。妻子走出家门，碰上了手中拿着披衫手镯的索·墨奈赫穆斯，可索·墨奈赫穆斯却说未曾见过她。妻子和岳父以为他神经错乱，请来医生诊治，但医生诊治的却是拉·墨奈赫穆斯，拉·墨奈赫穆斯暴怒不已，被当成疯子绑住。墨森尼奥以为自己的主人被捆，前去帮助主人，并借机要求解除奴籍。拉·墨奈赫穆斯随口应允。可片刻之后，主人却又断言否定此事。墨森尼奥觉得事有古怪，恰在此时，他看到了主人的翻版，两人同时出现，容貌相同。墨森尼奥仔细查问，事情终于水落石出。他俩均为叙拉古人，父母都叫同一名字。原来拉·墨奈赫穆斯七岁时失踪，祖父为纪念他，将其名给了他兄弟。两人终于得以团圆，聪明的奴隶墨森尼奥也终获自由。

普劳图斯善于描绘人物，尤其是聪明的奴隶墨森尼奥感人至深。他的

《孪生兄弟》情节活跃，非常富有喜剧性，深受文学巨匠莎士比亚的推崇，将其重新加工搬上舞台，定名为《错误的喜剧》。在仿效《孪生兄弟》基本格局的同时，莎士比亚也吸收了普劳图斯另一部剧作《安菲特律昂》的情节。阿尔库俄涅（安菲特律昂的妻子）将朱庇特留于屋里，却让自己的丈夫吃闭门羹。同样的情节也发生于《错误的喜剧》中。而且莎士比亚在剧中又增加了一对相貌酷似的仆人，使情节更为复杂生动。

主人公伊勒与其妻爱米利亚育有一对孪生兄弟，一家原本生活美满，后来因乘船外出，遭遇海难，伊勒、大儿子安提福勒斯、仆人卓米欧与爱米利亚、小儿子安提福勒斯、另一个仆人卓米欧离散。这两对孪生兄弟不仅长相不分彼此，姓名也相同，因而趣事迭起。

伊勒苦苦寻找失散的妻儿，一直未能如愿，只得带着大儿子辛苦度日。后来大安提福勒斯长大了，日益思念母亲和兄弟，决定外出找寻他们。一去五年，再无音讯。父亲思念儿子，又出去寻找儿子和仆人，四处漂泊，最后来到以弗所。此时大儿子安提福勒斯与其仆也在此地，但双方却未曾会面。寻亲未成，却又偏遭灾祸。以弗所与叙拉古关系不睦，因而以弗所立法规定：凡是进入其领土的叙拉古人均要交罚金一千马克，否则就要丧生。不幸的伊勒被缚，他无力交罚款，只得等待被处决的命运，慨叹造物弄人，一家离散。他的离奇故事打动了以弗所的公爵，公爵虽无权释放伊勒，但宽限了他筹款的时间，故事就此展开。

由于两对孪生兄弟长相酷似而引起种种误会。来自叙拉古的大安提福勒斯偶遇小安提福勒斯的妻妹露西安娜，对其一见倾心，用火热的言语向她求爱，却遭拒绝；小安提福勒斯的妻子将大安提福勒斯留于家里吃饭，却将丈夫关于门外；钱被错交给一个卓米欧，另一个卓米欧却为之受过；珠宝被错交给叙拉古的大安提福勒斯，以弗所的小安提福勒斯却因诈骗被官差拘押，一切都源于张冠李戴。

为了逃脱众人的追寻，叙拉古的大安提福勒斯隐藏到尼庵，得到尼庵住持的庇护，但小安提福勒斯的妻子阿德丽安娜等人也跟随至此。苦命的伊勒，也被差役押解路过这里。大家请公爵公断是非。此时两个安提福勒斯、两个卓米欧同时现身，而且他们的生母爱米利亚也出现了，她正是尼庵的住持。原来当初海难时，爱米利亚、小儿子安提福勒斯与仆人卓米欧被农人救起，然而几个凶恶的科林多渔人将仆人与小安提福勒斯掳走，无依无靠的爱米利亚不得已出家为尼。一切真相大白，全家团聚。

《错误的喜剧》基本沿袭了《孪生兄弟》的故事格局。但不同的时代，也造就了两位作家不同的思想倾向与艺术手法。

在普劳图斯的笔下，孪生兄弟之一已娶妻，却仍与妓女交往。但他们的关系合情合理，是对婚姻的补充。而莎士比亚笔下的主人公之一以弗所的小安提福勒斯，虽也去妓女家，但仅此一次，而且是由于与妻子发生口角，无法回家吃饭。他此举仅是为了畅饮一番，发泄心中的苦闷与怒气。

而且《孪生兄弟》中孪生兄弟中的另一个已由父亲为其定亲。但莎士比亚加以删改，取消了他的婚姻，使得他可以大胆地追求美貌的露西安娜。这样剧中便增添了一段美丽的恋曲。大安提福勒斯向露西安娜求爱的场面，其言辞如此甜蜜，感情如此炽热，为剧作平添了几分浪漫的情调。

作为文艺复兴时期的人文主义者，莎士比亚在一定程度上认识到了妇女的地位，因而在剧作中也抒写了两个性格各异的姐妹：阿德丽安娜和露西安娜。妹妹露西安娜是贤妻良母的典范，认为女人应屈从于男人，但其姐阿德丽安娜则富有一点反抗的精神，要求妻子的权利。"为什么男人的自由要比女人多呢。"然而她虽抱怨丈夫，却仍挚爱着他。当她得知丈夫精神失常时，马上来到尼庵，打算接其回家。她说："我要待候我的丈夫，做他的护士，喂他吃病人的饭，这是我的责任。"然而对于普劳图斯和其他一些罗马作家而言，妇女是毫无地位可言的。

普劳图斯的《孪生兄弟》作为一出滑稽戏，主人公的性格在一定程度上略有粗鄙。孪生兄弟之一，当别人将其误认为其弟，交给其物品时，他安之若素地据为己有。而莎士比亚的剧作则大大超出了低俗的滑稽戏的水准，赋予了人物更为高尚的品格，人物也更为正派。

总之，与普劳图斯相比，文学大师莎士比亚的手法更为高明，情节更为跌宕起伏。不过莎士比亚之所以能创作出这部脍炙人口的作品，很大程

度上还要归功于普劳图斯的《孪生兄弟》。如《错误的喜剧》一样，《孪生兄弟》在戏剧史上也占有一席之地，为后人所推崇。

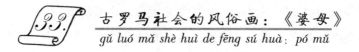

33. 古罗马社会的风俗画：《婆母》
gǔ luó mǎ shè huì de fēng sú huà：pó mǔ

　　《婆母》是古罗马著名喜剧作家泰伦提乌斯的代表作，创作于公元前 165 年，是最能体现泰伦提乌斯喜剧的严肃风格的作品。剧作家通过一对年轻夫妇之间的误会而引起的一系列家庭纠葛来展开戏剧冲突，剧情严肃感人。

　　青年潘菲卢斯非常喜欢艺妓巴克基斯，许诺与之永生相好。潘菲卢斯的父亲眼见自己年老力衰，便竭力劝说儿子娶邻居的女儿菲卢墨娜为妻。潘菲卢斯的内心非常矛盾，后来经过父亲的再三劝说，勉强依从父命，与菲卢墨娜结百年之好。但此时他正沉醉于巴克基斯的石榴裙下，碰也不想碰自己的妻子，想以此让妻子主动离开。但善良的妻子对此无丝毫怨言，依旧对其关怀备至，体贴有加。日子一久，妻子的温顺贤淑打动了他，他也逐渐地把感情转移到妻子身上，两人情投意合。可是在他外出办事以后，家中风云再起。

　　菲卢墨娜本来和婆婆相处融洽，现在却厌恶婆婆，后来干脆托辞回家祭祀，住在娘家一去不返。婆婆派人去叫她归来，媳妇不予理会。婆婆亲自去探望，也被拒之门外。公公长期住在乡下，不知内情，反而责怪妻子不是，认为所有的婆婆都一般邪恶，专好和媳妇作对。善良的婆婆觉得自己无错，但有口难辩。菲卢墨娜的父亲劝说女儿回去，但女儿无动于衷。无奈大家只得等潘菲卢斯回来处理。潘菲卢斯闻知此事，一回来就急切地去看妻子。他一进门，就听见妻子的哀叫声，他闯了进去，简直不敢相信自己的眼睛，他看见妻子正在分娩。原来在结婚前，一个醉汉夺去了菲卢墨娜的贞操，她因而怀孕。当时在黑暗中无法看清对方的脸，那人还强行扒下了她手上的戒指。

　　岳母趴在女婿的脚下，苦苦哀求他不要把事情张扬出去，潘菲卢斯和岳母商量，决定隐瞒此事。后来菲卢墨娜的父亲终于知道女儿生了孩子，他认为这是一件好事，责怪妻子不该把此事隐瞒，尤其是当他看到妻子要把孩子扔掉时，更为生气。与此同时，潘菲卢斯的父亲也知道有了孙子，非常高兴。他们一再催他领回妻子和孩子。潘菲卢斯左右为难，他虽同情妻子的遭遇，但内心却也无法接受这样残酷的事实。因而他一再搪塞，说既然妻子不能尊重婆婆，他就不能接妻子回家。母亲感动于儿子的一片孝心，既然自己是小夫妻团圆的障碍，便决定打点行李，搬到乡下去。看到母亲温顺地收拾行李，潘菲卢斯急忙又托辞说妻子把生孩子的事瞒着他，他无法原谅她。父亲怀疑儿子旧情复燃，与巴克基斯厮混。于是找来巴克基斯当面责问，请求她别再缠住儿子。巴克基斯声明两人早已断绝来往，并且亲自去向菲卢墨娜辩解。菲卢墨娜的母亲偶然看到巴克基斯手上戴的正是女儿失身时丢失的戒指，而这戒指又是潘菲卢斯赠给她的。一切真相大白，孩子正是潘菲卢斯的亲生骨肉，全家皆大欢喜。

《婆母》的作者擅长对人物做心理描写，因而剧中人物性格鲜明，言辞优美。它以严肃的喜剧形式，通过剧中妻子的温柔贤惠，丈夫的怜妻敬母，婆母的委曲求全、宽宏大量，赞扬了互敬互让的仁爱思想和助人为乐、自我牺牲的精神。作者的这种思想倾向是与当时颇有影响的斯奇比奥集团的温和政治主张一脉相承的。以小斯奇比奥为代表的开明贵族主张对希腊文化进行模仿和吸收，这无疑给泰伦提乌斯的喜剧创作打下了深刻的烙印。

作为希腊新喜剧的继承者，泰伦提乌斯的喜剧主要取材于米南德。《婆母》的演出纪要中称，它是根据米南德的《公断》改编的，但后世有人认为它取材于希腊剧作家阿波洛多斯的同名剧本。阿波洛多斯的剧本多已失传，我们无从判定婆母溯源何处。但就情节而言，《婆母》和《公断》确有诸多相似之处。

《公断》是米南德成熟时期的代表作品，但迄今残缺不全，只流传下了三分之二。故事发生在滔罗波里亚妇女节的晚上，潘菲拉被查里修斯玷污了，不过在黑暗中她无法辨出他的面孔，但她得到了这小伙子的一个图章指环。这对年轻人彼此都不认识，不久他们喜结连理，快乐地生活在阿提卡郊区。可是在他们结婚以后五个月，当查里修斯外出的时候，潘菲拉生下一个孩子。这孩子一出生，就被潘菲拉的老保姆抛在田野里。婴儿脖子上戴着一个项圈，身边还放着其他的小饰物，包括这个不知名的父亲的图章指环。一月以后，查里修斯返家，从奴隶奥涅西玛斯处得知了此事，不禁勃然大怒。他因此拒绝和妻子再同居，可是又不愿与她离婚。他搬到相邻一间屋子，包下竖琴女哈布罗托诺，慷慨地供养她。潘菲拉的父亲不知女儿生子之事，只听说查理修斯与歌女厮混，行为放荡。他赶去调停，但调解无效。

那婴儿被遗弃以后，被牧羊人达乌斯发现，但达乌斯不愿意抚养这孩子，便把他送给了烧炭的西里斯克斯，西里斯克斯的孩子夭折，因而乐于抱养这婴儿，但达乌斯私留了婴儿的物品。西里斯克斯从别的牧羊人处得知此事，作为婴儿的监护人，他要求那些物品应归他所有，却遭到达乌斯的拒绝，不过两人同意请司法部门公断这件事，剧名便因此而来。潘菲拉的父亲碰巧路过这里，两人都要求他作公断。他判决，戒指是属于婴儿的，因此应该把它给婴儿的监护人。正当西里斯克斯和其妻查点婴儿的物品时，奥涅息玛斯恰巧打旁边经过，认出了他主人的指环。因而达乌斯将指环交其保管，以便归还其主人。可奥涅西玛斯不敢给主人看，因为指环是在婴儿身上发现的，就证明主人是婴儿的生身父亲。此时查里修斯正为其妻之事心烦，因而奥涅西玛斯担心自己受责骂。他同哈布罗托诺提起此事，哈布罗托诺也知晓孩子的母亲。妇女节的晚上，她注意到了蓬头垢面的潘菲拉，只是当时不知道她姓甚名谁。因而她提议自己戴上指环，假装是孩子的母亲，以便引起查里修斯的注意，进而找寻婴儿的生母。哈布罗托诺的计划非常成功，查里修斯打算为其赎身，潘菲拉的父亲听说了他的所作所为，十分生气：满城都晓得他的胡作非为，跟歌女同居，败坏我的名誉。现在还要为其赎身，我女儿的嫁妆岂不落入别人手里。因而便给查里修斯定下了行为失检的罪名。因为根据阿提卡的法律，如果丈夫行为失检，妻子在离婚时岳父可以追回女儿的嫁妆。故事因而变得更为错综复杂。后来哈布罗托诺从这只戒指查明，藩菲拉就是婚前曾被查里修斯醉后恣意玩弄的姑娘，弃婴则是他们的共同后代，使这对年轻夫妇重归于好。她自己也赎得了自由。

米南德的整出戏就如同一所精巧的建筑，将相互联结的动机和行为组织得异常巧妙，人物刻画也栩栩如生。查里修斯对妻子爱恨交织的心理极为生动，几个奴隶也性格各异。他的情节由于交织着误解和纠葛而别具特色，令人惊叹。

相比而言，泰伦提乌斯虽力求在思想倾向和艺术风格上接近原作，但技巧上稍有逊色。盖乌斯、恺撒就曾公允地对此作过评价："你，半个米南德，你是最纯正文体的爱好者，但愿你优雅的诗行也有如此巨大的力量，这样你的喜剧就可以取得与希腊喜剧同等的力量，你就不会受到藐视和忽略。但是，泰伦提乌斯啊，你缺乏这种素质，这使我伤心流泪。"

同米南德一样，泰伦提乌斯的《婆母》属于希腊式喜剧，严肃有余而风趣不足，因而不似普劳图斯的喜剧那样受罗马观众欢迎，曾经两度演出失败，第三次才终获成功。但在中世纪和文艺复兴时期颇为流行，被看做是伤感喜剧的雏形，可见其不朽的艺术魅力。

34. 《两兄弟》描述的爱情纠葛
liǎng xiōng dì miáo shù de ài qíng jiū gé

泰伦斯是古罗马杰出的剧作家，他一生共创作了六部剧作，而其中以反映兄弟两人爱情纠葛的《两兄弟》为其比较优秀的代表。

据该剧演出纪要称，《两兄弟》是在公元前160年昆·法比乌斯·马克西穆斯与普·科尔涅利乌斯·阿非利加努斯为卢·埃弥利乌斯·鲍鲁斯举办的丧葬赛会上演出的。在古代罗马，戏剧并不单独上演，通常在固定的国家节日与拳击等同台竞技。有时如有重大的活动或事件，如凯旋式、名人的葬礼等，也举行戏剧演出。埃弥利乌斯·鲍鲁斯是罗马的知名人物，历任高官显职，而且他骁勇善战，曾在公元前168年皮德那一役中，大败马其顿国王珀尔修斯，被尊为"马其顿的征服者"。公元前160年，他亡故了，由于其两幼子先于他离世，因而丧葬会由其长子昆·法比乌斯·马克西穆斯和次子普·科尔涅利乌斯·阿非利加努斯即小斯奇比奥举办。

《两兄弟》主要描述了两兄弟的爱情纠葛，反映了两种不同的教育思想。

主人公得梅亚住在乡间，性情暴虐，但勤劳、节俭，其兄弥克昂则独居城中，性情温和。得梅亚与妻子育有两子，将长子埃斯希努斯过继给弥克昂，次子克泰西丰则留在身边养育，得梅亚与弥克昂性情及生活均不同，因而在教育子女上也大不相同。仁厚的弥克昂主张宽松教育，给予年轻人自由的空间。而保守的得梅亚则主张严格管教子女。生活在不同的环境下，埃斯希努斯和克泰西丰也养成了不同的性格，但两人感情甚笃。

在得梅亚的严厉管束下，克泰西丰个性怯懦。他爱上了一个美丽的竖琴女，苦于无钱为心上人赎身，但又不敢向父亲坦白，唯恐遭致父亲的责骂，万分无奈之下，克泰西丰向其兄埃斯希努斯求助。为了使有情人终成眷属，埃斯希努斯强行将竖琴女从妓馆抢出来，藏于自己家里。这一行径，引得人人交口议论，其未婚妻潘菲拉一家不明就里，也对他产生了误会。潘菲拉是埃斯希努斯的邻居，与母亲相依为伴，家境贫寒。埃斯希努斯因一次酒后乱性，玷污了她的清白，许诺以后将其明媒正娶。

对于埃斯希努斯的所作所为，得梅亚深感不满，责怪其兄过分放纵儿子，而弥克昂不同意他的说法。

得梅亚担心幼子与其厮混学坏，因而四处寻找，埃斯希努斯的奴隶叙鲁斯聪慧过人，胡乱指了一个去处让得梅亚去找寻儿子。累得得梅亚气喘吁吁，筋疲力尽。最后他才得知，克泰西丰正在弥克昂家与竖琴女幽会，埃斯希努斯抢走竖琴女之举也正是为了他。

真相大白，弥克昂虽不满于儿子处事的鲁莽，但仍能谅解他的苦衷，冷静地加以考虑。他拿出一笔钱，让埃斯希努斯去赎出竖琴女，而且答允了埃斯希努斯的婚事，同意不要嫁妆就将潘菲拉迎娶过门（在当时，无嫁妆的女子在家庭里和在社会上是要受到歧视的）。弥克昂此举深得人心，此时得梅亚也不得不同意克泰西丰与竖琴女结为夫妻。

　　经历了种种事端，得梅亚思绪万千，感到自己的教育方法行不通，因而一改往日的严厉，面带温和地拉上儿子埃斯希努斯，劝说其兄弥克昂迎娶潘菲拉的寡母，弥克昂装作无奈，只得点头应允。最后两兄弟也表示愿意听从得梅亚的教诲与劝阻。

　　剧中弥克昂主张教育子女宽仁以待，受到年轻人的尊敬与爱戴。而得梅亚因循守旧，主张教子从严，却遭致儿子的厌恶。作者借此阐发了自己的教育思想，教育子女过严不好，过宽无益，而且在剧中作者表扬了和睦、忍让、仁爱的精神，这是与当时的罗马社会密切相关的。

　　在对外扩张的过程中，罗马人更多地接触了先进的希腊文化，深受其熏陶。奥古斯都时代的一位作家说道："希腊被罗马征服，但反过来它又用自己发达的文化征服了罗马。"由此可见希腊文化影响之深。

　　泰伦斯生活的时代，希腊文化的大潮已经强烈地冲击了罗马，冲击了罗马社会的传统，因而在如何对待希腊文化的问题上，两派斗争日趋激烈。一些思想保守的人打着维护传统的旗帜，敌视希腊文化在罗马的传播。当时有名的政治家与演说家加图（公元前234—公元前149）就是一例。由于对外战争的胜利，带来大量的奴隶与财产，导致社会财产急剧分化。少数富有的奴隶主竞相仿效希腊的生活方式，奢侈无度，社会风气腐化，加图认为希腊的文化和生活方式传入罗马，严重败坏了罗马的文化传统和道德规范。因而他竭力抵制希腊文化与生活方式的传播。而以小斯奇皮奥为代表的开明贵族则倡导希腊文化，主张对其模仿和吸收，以使罗马文化上升到其他希腊化国家的水平。泰伦斯与小斯奇皮奥有着非比寻常的关系，自然难免深受这种思想的启发熏陶。但由于罗马元老贵族权高位重，压制民主，因而作者在戏剧中很少涉及当时的重大政治问题。罗马的戏剧前辈奈维乌斯就因攻击时政，而遭到监禁与流放。

　　泰伦斯的喜剧主要取材于以家庭生活为题材的希腊新喜剧，尤以米南德之剧作为主。这部《两兄弟》主要源自米南德的同名剧作。泰伦斯的声名遭致对手们的嫉恨，因而他们指责泰伦斯的作品有剽窃之嫌。在这部剧作上演之前，对手们已密切注意着它的创作，企图诋毁作者的声名。因而

在此剧的开场词中，诗人进行自我披露，以驳斥对手们的无稽之谈："狄菲洛斯（是新喜剧的重要作家之一）有出喜剧叫《双双殉情》，普劳图斯将其改编为同名拉丁剧作，但在改编时，普劳图斯删去了这样的情节，一个青年从妓馆老板那里抢走了一个妓女。诗人把它拿来放在《两兄弟》里，逐字逐句地进行了翻译，我们即将上演的就是这部新剧，请你们看后加以评判，诗人是剽窃还是利用了被人有意抛弃了的情节。"

这纯粹是对手们对他的毁谤，泰伦斯虽模仿了米南德的原剧，但却调动自己的艺术手段，以生花妙笔将原剧加以改动，尤其在第五幕中得梅亚假意作出和蔼可亲的样子，要其兄弥克昂放弃独居生活，与亲家母结婚，弥克昂激烈反动，但经不住得梅亚与儿子的极力要求，只得答应。得梅亚以子之矛攻子之盾，以此来嘲弄弥克昂的宽厚、仁爱的性格。据古代诠释家多那图斯说，在米南德的原剧中，对这一要求弥克昂并未感到太过为难，进一步反映了他温顺仁爱的性格。相比而言，泰伦斯这一改动，映射了当时罗马新的经济条件下，两种思想的尖锐对立，也反映了作者的矛盾心理，新的思想难以全盘接受，而传统的教育思想又备受冲击。

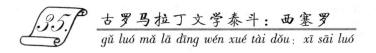

35. 古罗马拉丁文学泰斗：西塞罗
gǔ luó mǎ lā dīng wén xué tài dǒu：xī sāi luó

马尔库斯·图得乌斯·西塞罗（公元前106—前43）是古罗马著名的政治家、雄辩教育家，也是杰出的散文作家。西塞罗生于意大利的阿皮努，自幼便受到了良好的教育，十六岁到罗马求学，研读法律和哲学；随后到雅典的哲学学校学习两年，回国后便步入政界。公元前76年之后，历任罗马重要官职，并于公元前63年担任罗马执政官。

他和恺撒是同时代人，政治上他们站在两大敌对阵营，在散文写作方面，他们是异曲同工，各领风骚。西塞罗的散文博大精深、兼收并蓄，是他作为"拉丁散文泰斗"的看家本领，但在此之外，他还有清逸爽快、平易近人的特点，为罗马人自封为民族天职的统治世界的抱负披上一层人道主义的光环。西塞罗在后世对西方文明有着广泛的影响，这不仅是由于他的散文精妙，古今独步，更在于他本人对民主、共和、人性、开明等等的不懈追求。

据说西塞罗生于公元前 106 年元月 3 日，这是罗马官员为皇帝祈祷和祭神的日子，他母亲在分娩时，完全没有痛楚的感觉；他的乳母则看到一个幽灵，预言她所哺乳的这个婴儿日后将做出一番轰轰烈烈的事业，造福罗马。在一般人看来，他的乳母的预言只是一些不切实际的幻想和无稽之谈而已，可是西塞罗本人在不久之后，却用事实来表明其并非虚言。因为他一到入学的年龄，便显得才华出众，成为同辈中之佼佼者，闻名全校。许多同学的父亲都亲自到那个学校去，为的是一睹幼小的西塞罗的风采，并且对他那种出名的聪明才智亲自观察一番，作为谈资。

西塞罗的母亲海尔维亚出身名门，生活高雅，但是关于他的父亲的身世，则是众说纷纭。有的人说他的父亲以浆洗布疋为业，但很多人把他的世系追溯到图里乌斯·阿特秀斯，这个人是一个显赫的国王，曾经同罗马人作战，而且有杰出的表现。但无论如何，这个家族第一个以西塞罗为姓的人，一定是个相当了不起的人，因为后代的子孙们不但不反对，而且很喜欢这个姓氏，尽管人们常把这个姓氏作为嘲弄的对象。因为在拉丁文中，西塞的意思是山藜豆，大概那位祖先的鼻头上有一个微凹，很像山藜豆上的裂口，因而得了西塞罗这个姓氏。

西塞罗在首次竞选公职的时候，有的朋友建议他更改一个姓氏，他却意气风发地说，他将努力使西塞罗这个姓氏比史考鲁斯和凯图拉斯等姓氏更为荣耀。他在西西里担任财务官的时候，曾向众神奉献一个银盘，他命工匠把他的前两个名字马尔库斯和图里乌斯都刻在上面，至于他的姓，他则以玩笑的态度命令工匠刻上一个山藜豆的圆形，用来代表"西塞罗"。

西塞罗生活在政治风云飘摇不定的共和国末期，共和制度是他心目中最完美的体制。在政治上，他倾向于当时的元老贵族派，竭力维护已趋灭亡的共和制度，并为此献出了自己的生命。

西塞罗的才华，在青年时代就锋芒毕露，公元前 81 年开始发表诉讼演说，从此开始了他的政治生涯。公元前80年他为受苏拉独裁迫害的骑士到法庭辩护，他在法庭上慷慨陈词，语惊四座，这就是他的著名演说辞《为塞克斯都·罗斯奇奥·阿美里诺辩护》。他最初发表的几篇演说触及苏拉专政，具有一定的民主倾向。此后他因害怕报复，到希腊学习了二年，除了在雅典遍访名师，还像恺撒那样，专门到罗得岛求教于著名修辞学家莫隆，吸收了以莫隆为代表的介于亚细亚派和雅典派之间的罗得岛演说长处，形成了自己的独特风格，"讲究细心加工与自然流畅的结合，为文结构匀称，词汇优美，句法严谨，音韵铿锵"。他返回罗马后凭借其非凡的辩论才能，为自己打开了政治生涯的大门。他于公元前75年任财务官，公元前69年当选为高级行政官，公元前66年任裁判官，并于公元前63年出任共和国的最高官阶——执政官。

西塞罗的著作包括诉讼演说和政治演说，他总共发表过一百多篇演说词，流传下来的有五十七篇。这些演说词有的是政治演说，也有的是为别人打官司的讼诉词，他的演说词比较著名的有《为阿墨利亚城的罗斯基乌斯的辩护词》、《控告维勒斯词》、《控告卡提利那词》以及《反腓力词》。这些演说词都极尽雄辩之能事，同时也是一篇篇极富感染力的散文。

其中《控告维勒斯辞》为西塞罗赢得了崇高的荣誉。维勒斯是罗马行政长官，他于公元前73年任西西里总督。此人在管理西西里期间大肆滥用职权，贪赃枉法，激起西西里人民的强烈不满。西塞罗在人民的强烈要求下，向当时的立法、执法机关——元老院提出控诉，要求严惩维勒斯。西塞罗在法庭上作了多次辩论，最后元老院定维勒斯死罪。

西塞罗在法庭上慷慨陈词，呼吁正义，抨击丑恶。他的激情洋溢的演说，打动了无数听众的心，也使得西塞罗本人深得人心。他的控告辞，往往是一气呵成，具有强烈的感染力和不可抗拒的说服力。对维勒斯的控告辞成为演说的杰作和控告公职人员为了私利利用公务管理权力造成管理不善和腐败的诉状的典范。

《控告卡提利那辞》是一组政治演说，由四篇组成。路提乌斯·卡提利那是破落贵族出身，具有非凡的智力和体力，但禀性却是邪恶和堕落的。从年轻的时候起，他便喜欢内战、杀戮、抢劫以及政治上的相互倾轧，他的青年时期便在这样的事情中度过。他有超人的毅力，经受得住常人不能忍受的饥饿、寒冷和不眠。他为人胆大妄为，不讲信义，翻云覆雨，无论什么都装得出、瞒得住。

自从苏拉确立了统治地位之后，此人便很想夺取最高权力，而并不顾忌采取什么手段能达到这一目的，只要他能身居众人之上就行。他多次竞选执政官未果，最后两次碰到的死敌便是西塞罗。公元前63年西塞罗任执政官的后一半时间主要花在他和卡提利那的斗争上。在西塞罗走马上任、大权在握以后，卡提利那仍不甘心自己的失败，又再度出山竞选公元前62年的执政官，结果可想而知，在西塞罗的权势和影响下，卡提利那当选执政官的美梦最终破灭了，于是他便铤而走险，企图依靠暴力武装夺取政权。

西塞罗密切注视着卡提利那的动向，当他秘密得知阴谋分子准备行动时，急忙在元老院召开紧急会议，发表第一篇演说辞，此后，西塞罗又接连发表第二篇、第三篇、第四篇演说辞，及时揭露和粉碎了卡提利那的暴乱阴谋。在演说中，西塞罗高举共和国的大旗，以极富感染力的语言打动人心，事态平息后，西塞罗被授予"国父"的荣衔，以感谢他挽救了共和国，西塞罗也成了名传千古的共和斗士；阴谋分子被宣布为"国家敌人"，暴乱分子首领被处死，卡提利那本人则于公元前62年1月5日死于阴谋者军队与元老院军队的决战中。四篇演说辞中，以第一篇最为精彩，整篇演说洋溢着饱满的激情，包含着丰富的修辞技巧，被后代欧洲许多政治家奉为政治演说的楷模。

公元前44年，恺撒被刺杀，西塞罗再次看到共和的曙光，他连续发表了十四篇演说，抨击恺撒派的安东尼，通称"反腓力辞"。这也是模仿德谟斯提尼批斥马斯顿国王腓力二世的演说，西塞罗援用其名，既有反专制也有比附德谟斯提尼之意。这时是他作为共和斗士最活跃的时期，他发挥演说的巨大威力，把政敌安东尼攻击得体无完肤，甚至不惜丑化、中伤对手。而当安东尼和屋大维、雷必达组成后三头同盟之后，在安东尼的强烈要求下，西塞罗被列入"后三巨头"拟订的公敌名单。他再次逃亡马其顿，公元前43年12月3日被安东尼的追兵杀死，他的头和手悬挂于罗马广场的演讲台示众。《反腓力辞》便是他反专制、反暴政的最强音，为他的共和斗士形象增添了殉道者的悲壮。

对于西塞罗这样的罗马上层人士，优雅的别墅、丰富的藏书、精美的希腊雕像，便可组成理想的住所了。他在致友人的信中曾感慨地说："我唯一的愿望就是能在和平环境中，在一个稳定的、哪怕是不很好的政治治理下，从事我们的研究。"西塞罗作为哲学家是缺少创见的，但他的重大贡献在于他以通俗流畅的拉丁语向罗马人介绍希腊的哲学，传播希腊人的哲学思想。

西塞罗的哲学著述也是优美的散文作品，它们基本用对话形式写成，模仿的是柏拉图晚年的对话风格。对话开始时一般花不多的篇幅介绍谈话环境、参加者和论题，然后由一人主讲，中间只作一些插话，论述自然、集中，语言朴素、流畅。《论友谊》、《论老年》、《论目的》、《论共和国》、《论神的本性》、《论义务》便是探讨哲理的学术文章。其中《论老年》一文写于公元前44年，虽说是哲学著作，但书中主要不是谈抽象的哲学问题，而是从斯多噶派哲学的恬淡寡欲的伦理观点出发，以安度老年为题，进行道德劝说，风格轻松愉快，与作者的其他哲学著作相比更具有文学趣味。篇末论灵魂不死的部分反映了毕达哥拉斯—柏拉图的唯心论，但从对灵魂问题的争论中我们可以看出两千多年前的古人在当时的物质条件下对这一问题的大胆探索。

总之，西塞罗是位多才多艺的作家，文、史、哲无所不通，就连深奥的哲理亦是以自然流畅的散文阐明的，是拉丁文学当之无愧的"泰斗"。

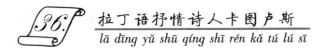

拉丁语抒情诗人卡图卢斯
lā dīng yǔ shū qíng shī rén kǎ tú lú sī

盖乌斯·瓦莱里乌斯·卡图卢斯（公元前84 —?）是古罗马杰出的拉

丁语抒情诗人，对其生平，我们知之甚少，只能从其诗中所述推之一二。公元前84年卡图卢斯出生于意大利北部维罗纳的一个富裕的骑士家庭，其父是朱里乌斯·恺撒的朋友，曾作为北部高卢的贵族，得宠于恺撒。苏维托尼乌斯记载恺撒曾去拜望过卡图卢斯的父亲，但卡图卢斯并不喜欢他，不但嘲讽这位未来的统治者，而且对其婿庞培也同样待之。尽管后来他请恺撒共进晚餐，以此来向其谢罪，但恺撒仍视之为永生难以磨灭的耻辱。

卡图卢斯年少时，在其兄的鼓励下已开始创作诗歌。公元前62年，为了追逐名望和财富，卡图卢斯来到了首都罗马。在那儿，他结交了一些文人雅士，很快成了卓越的抒情诗人，声名鹊起。卡图卢斯属于以瓦莱里乌斯、加图为首的新诗人。"新诗人"摒弃了恩尼乌斯的古老风格，反对只局限于有关战争、历史和神话的题材，对拉丁语言进行了改革，在希腊诗歌，尤其是萨福、阿基洛科乌斯、古希腊

卡图卢斯

后期诗人们的影响下，他们开始用希腊诗歌韵律来进行创作，而卡图卢斯是新诗人中的佼佼者，因而他也深受希腊诗人的启发，尤其萨福情歌的韵律为他多次采用。

卡图卢斯一生共传下一百一十六首诗歌，题材广泛，包括时评诗、爱情诗、赠友诗以及各种内容的幽默小诗。卡图卢斯的诗歌大约有二十五首以不同形式歌唱了友谊，笔触细腻，情感真挚，《悼亡友》即是其中杰出的一首。"我们追忆着旧日的友爱，卡尔乌斯啊，泣诉着往昔的情谊，惟愿我们的哀戚能透进静寂的墓穴，给你捎去一丝慰藉，昆提利平（卡尔乌斯的妻子）便不会为你早逝而悲伤，如同你的爱使她那样欢喜……"（王焕生译文）。同时卡图卢斯也以其炽烈的感情，抨击了上层社会的腐败。诗人生活的年代，正是激烈的国内战争时期，战乱不断，因而诗人对现实深感不满，他尤其不喜欢朱利乌斯·恺撒，曾在诗中将其痛骂一顿。然

而，后来他的思想转变，反而去赞扬恺撒的毋庸置疑的个人魅力与卓著才能。

卡图卢斯还创作了几部长诗，多是模仿古希腊后期诗人而作的，最著名的为两首婚礼赞美诗。其中一首为《珀琉斯和忒提斯的婚礼》，诗中叙述了忒修斯与阿里阿德涅的故事，另一首则译自卡利马科斯的《柏勒尼克的头发》，后来成为亚历山大·蒲柏的《夺发记》的原型。

讽刺诗在卡图卢斯的诗歌中占据着最大的分量，大约有四十六首之多，言辞激烈尖刻，令人惊叹。但是真正令卡图卢斯扬名于世的并非在此，他的不朽与魅力来自他对爱情和激情的表白，他以爱情诗扬名诗坛。

卡图卢斯初到罗马时约二十多岁，感情炽烈，不可自拔地坠入情网，他陶醉于他在诗中称为莉丝比亚的女人。后经学者们考证，她就是克洛狄亚，执政官昆图斯·凯基利乌斯·梅特卢斯的妻子，保民官克劳狄乌斯的妹妹。卡图卢斯在诗中之所以将其取名为莉丝比亚，一是为了隐瞒克洛狄亚有夫之妇的身份，同时也意指着希腊女诗人萨福，或许暗示着他的罗马情人也有着文学天赋，但西塞罗对此嗤之以鼻。克洛狄亚美貌绝伦，既性感，又有满腹才情。她喜好交际，以许多风流艳史闻名罗马。卡图卢斯初识她时，她已经三十岁，而且她的丈夫尚在，但卡图卢斯仍一见倾心，他一看到她，就呆若木鸡，惊叹于她的倾国倾城之貌，并且为她赋诗一首，表达了自己的心仪与相识的快乐："他幸福如神明，但愿此话不渎神，我看他比神明更有福分，长久地坐在你的面前，凝视着，倾听你笑语绵绵。你可知道啊，亲爱的莉丝比亚，你那甜蜜的笑容使我顿时麻木，我只要一看见你，便口干舌燥，发不出一丝声音……耳内只觉嗡嗡不断鸣响，两只眼睛也像被东西蒙住如暗夜朦胧不清。"卡图卢斯的这首诗歌主要源于萨福的情诗，萨福曾在诗中写道："在我看来那人有如天神，他能坐在你的面前，靠得很近，倾听你甜蜜的话语和迷人的笑声。我一听到，心就在胸中砰砰跳动，我只要看你一眼，就会一句话说不出来。我的舌头像是断了，眼睛再也看不见，耳朵也在轰鸣。"（水建馥译文）卡图卢斯深受萨福的启发，将这首诗歌更为优雅地表现出来。

《卡图卢斯诗集》封面

之后他以一个声名显赫的抒情诗人的身份向她求爱，并送给她惹人喜爱的麻雀。克洛狄亚接受了他的礼物，却拒绝了他的爱情，诗人悲哀于求爱的失败，忌羡这只幸福的小鸟，竟为其写了一首诗，"可爱的麻雀，多希望我能像我所爱的人那样，与你一起玩耍，以减轻我心头的郁闷"。

功夫不负苦心人，诗人的努力终于赢得了克洛狄亚的芳心，他在诗中表达了自己爱情成功的喜悦："生活吧，莉丝比亚，爱吧……给我一千个吻，再给一百，凑成千千万万。"但正在此时卡图卢斯的哥哥，一名驻小亚细亚的外交官去世了，于是诗人于公元前60年返回故乡为其兄奔丧，深深地沉浸于对亡兄的哀痛之中，以至于诗人在给朋友的信中倾述道："尽管我曾写了情诗无数，但随着兄长的故去，我的情诗与我所有的快乐都随之烟消云散。"

回到罗马以后，卡图卢斯与克洛狄亚也着实恩爱了一段时间。克洛狄亚许诺说她会与诗人相爱到永久。公元前59年，克洛狄亚的丈夫突然亡故。作为自由之身，克洛狄亚声称非卡图卢斯不嫁，然而不久诗人即意识到，女人的誓言如水中花一般转瞬即灭，生性风流的克洛狄亚不甘寂寞，不到一年即移情别恋卡图卢斯的密友凯利乌斯。诗人痛斥了朋友的不忠与克洛狄亚的放荡，诗人内心满是愤恨与矛盾。"我又恨又爱。你会问，那怎么可能？我知道不可能，但还要为它苦恼。"

公元前57年，为了忘却心中的伤痛及谋取一些财富，卡图卢斯来到北非的比塞尼亚，担任司令官明米佑的幕僚。（明米佑正是卢克莱修致献《物性论》之人）。然而令诗人失望的是，比塞尼亚是一个贫困的行省，而且他的顶头上司明米佑贪婪而吝啬，侵占了所有珍奇品与黄金，而诗人除了一只小艇外，别无所获。他写道："陌生人，你看到那小船在你面前，她是一只可爱的小船，能够行驶得最快，能战胜所有对手，用桨，用帆。"

随后一年，乘着这只船，诗人巡游了小亚细亚的名城。在特洛亚遗址附近，诗人停下为哥哥扫墓，并写出最优美的一首哀歌，表达了自己的无限哀思。"路迢迢，水茫茫，哥哥，我来到你哀伤的墓旁，把最后的礼品呈上。你遗骨无语，我空诉衷肠。……捧起它，浸透兄弟泪千行。哥哥，别了，愿你长眠，地久天长。"

与此同时，克洛狄亚因不满于凯利乌斯对她的日益淡漠，竭尽全力诋毁他，企图毁坏他的政治前程。她声称凯利乌斯掠夺她的财产，并且企图毒害她。凯利乌斯求助于当时最伟大的演说家西塞罗，西塞罗与克洛狄亚的哥哥积怨颇深，因而他举行演说为凯利乌斯辩护，使得克洛狄亚声名狼藉，臭名远扬。但是归来的卡图卢斯不仅不能忘却克洛狄亚，反而觉得其昔日魅力不减，并再次为她写了充满深情的诗歌。后来无情的克洛狄亚抛弃了他，诗人在其诗歌中充满了爱情的憎恨，"女魔，我诅咒你，生活给你留下了什么？……你将亲吻谁，谁会再亲吻你的皓齿？止步吧，卡图卢斯。"

爱之深，责之切。离开克洛狄亚后，他请几位朋友送信给她，转告其临别赠言，饱含幽怨与心酸。"恕我用语不太友善，让她和那些浪子厮混，伸开双臂一次拥抱数百人，她对他们无一丝情意，却惹得他们魂飞魄散。……她使我像一朵凋零的野花，枝断叶残累累伤痕"。

爱情失败的重创以及兄长的辞世，无不令诗人伤心欲绝。公元前54年，卡图卢斯英年早逝，死时仅三十岁，其死因不得而知。

卡图卢斯的一百一十六首诗，侥幸得以留存。诗卷曾一度丢失。直到

14 世纪，他的诗卷才在其故城再度出现。此后诗卷就永远地丢失了。但是通过两部手抄本，世人得以欣赏到卡图卢斯的抒情天才。彼特拉克幸运地拥有其中的一本，此后卡图卢斯的作品才广泛流传开来。

卡图卢斯的诗歌对罗马抒情诗的发展有很大贡献，也深受后世欧洲诗人的推崇，他们时常翻译并改写卡图卢斯的情诗。奥古斯都时代的诗人维吉尔、奥维德等就从中吸收了大量的创作素材。罗伯特·赫里克（公元1591—1674）模仿卡图卢斯的风格，被称之为英国的卡图卢斯，但他只得其形而未获其神，缺乏卡图卢斯深沉的激情。而约翰·多恩（公元 1572—1631）在精神上则更接近卡图卢斯。他评价说，在一千四百个作家中，唯一被英国诗人分析研究过的即是卡图卢斯。

许多诗人热情地赞颂了卡图卢斯。费奈隆用两个词高度赞扬了他的伟大——淳朴和激情。此后，他为后人视作最杰出的爱情诗人之一，用极度真诚而质朴的形式咏唱热烈而真挚的情感的歌手。那些极富灵感的哀歌，虽仅仅几首，却足以使丁尼生将卡图卢斯称为最温柔的拉丁语抒情诗人。

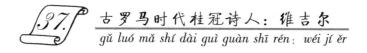

古罗马时代桂冠诗人：维吉尔
gǔ luó mǎ shí dài guì guàn shī rén：wéi jí ěr

普布利乌斯·维吉利乌斯·马罗（公元前 70 —前 19），通称维吉尔，古罗马诗人。在维吉尔生活的时代，罗马人仅仅把他看做是"诗人"，到了中世纪人们称他为"异教徒的先知"，神秘的预言之源；而但丁则把他称为"甜美的大师"，引导人们通向人间乐园。事实上不只但丁，许多西方诗人的作品都受过他的影响，并都试图超越他。

公元前 70 年 10 月 15 日，维吉尔出生在北意大利曼图亚附近的安德斯村，这里和历史学家李维的出生地相距不远。他的青年时代也是在恺撒就任高卢总督并统治这一地区的形势下度过的。他的父亲是一个农场主，拥有一定的财产和地位，因而他的儿子能够接受第一流的教育。维吉尔曾到北意大利的米兰等地读书求学，后到罗马攻读修辞学。他还曾向亚历山大派哀歌诗人学希腊文，跟希罗学伊壁鸠鲁哲学。但也有人说他的父亲是陶匠，或是一个小官吏的仆人，因工作得非常出色，主人便将自己的女儿许配给了他。

关于诗人的诞生，曾有一个美丽的传说。他母亲在怀他的时候，有一日梦见自己生了一株月桂树，小树落地之后马上长成了一株参天大树，树上结满了丰硕的果实和缤纷的花朵。第二天，他们可爱的宝贝就在父母去附近一个农庄的路上迫不及待地降生了。据说，婴儿没有像普通的新生儿那样，用哭声宣告自己的到来，孩子并没有哭，而且生就一副温和的容貌，父母当时就断定这孩子将来一定会有出息。按照当地高卢人的风俗习惯，小孩出生地要种一株小白杨，不料树种下去后就长得有如一年树龄的大树，当地人就把这棵树叫做"维吉尔树"。人们把它视作圣树，大凡怀孕的妇女和婴孩的妈妈，都来向它祈祷以求吉祥。这个故事只是一个古老神话而已，但可以看出人们对维吉尔的仰慕。

据维吉尔的传记作家描述，诗人身材修长，面色黝黑，如同一个地地道道的庄稼汉。但实际上诗人身体不佳，常患有喉疼、胃病和头痛症。他还非常羞怯，性格内向，年轻时他学过法律，并亲自出庭做过一次辩护，但由于拙于言辞，像个没有文化的人，而不得已放弃了法律。后来诗人回到意大利北部美丽的家园，从事诗歌创作，兼营农事。正是诗人这种孤僻的性格，才能够获得写作所必需的运思和空闲时间，创作了三部重要的诗歌《牧歌》、《农事诗》和《埃涅阿斯纪》。

公元前43年维吉尔回到曼图亚田庄，开始创作《牧歌》。牧歌带有浓烈的乡土气息和时代感，一经问世即在罗马诗坛引起强烈反响，并受到屋大维的喜爱。公元前41年，屋大维犒劳退伍老兵，把阿尔卑斯南高卢地区的农民土地充公。不少农户为此倾家荡产，甚至维吉尔本人的祖产也被夺走。据说他在两首诗中曾提到曼图亚一带农村遭到的苦难。屋大维知道后，便叫手下把维吉尔的财产返还。这不仅说明诗人已得到当局的赏识，从中也可以看出诗人的作品确实能针砭时弊、反映民间疾苦。但作为"牧歌"，这些诗最吸引人的地方仍是它所歌咏的田园生活的宁静优美与人们对太平景象的渴望。公元前 37 年《牧歌》出版，共收十首。

公元前 37 年至前 33 年间他创作了《农事诗》，这是维吉尔的另一部力作。顾名思义，它是一部有关农业生活的诗歌。发表在公元前 29 年，正当屋大维已平定天下、着手建设之际，维吉尔发表了他的《农事诗》四卷与屋大维的振兴农业、休养生息的政策可谓不谋而合。据说这首诗是他应其赞助

维吉尔起居图

人麦凯纳斯的要求而作的，后者希望他用诗歌配合屋大维的农业政策。麦凯纳斯是屋大维的亲友，故而积极为屋大维网罗人才，为帝国歌功颂德。维吉尔创作《农事诗》，也是与罗马人重视农业和农业知识的质朴务实的文化传统分不开的，再则诗人自幼生活在农村，有着丰富的农村生活经历，作诗之余兼习农事，所有这一切都对维吉尔的创作产生了最为直接的影响。正因有这样的感情，在诗中，作家可以把简单枯燥的农事写得生动而有趣，歌颂农民劳作的辛劳和田园风光的优美。屋大维十分喜爱《农事诗》，公元前 31 年在从阿克提乌姆返回罗马途中，曾连续四天听人朗诵这首诗。

创作田园诗以后，维吉尔和屋大维、麦凯纳斯的交往更见密切，等到屋大维成为奥古斯都、建立元首制以后，维吉尔成为桂冠诗人的地位也就为世人公认了。早在他写《牧歌》时，他就曾动念要写史诗，到写《农事

诗》时，他已决定要写这部耗尽他毕生心血的作品，并以屋大维为中心人物。这同时也是第一部"人工制造的史诗"。首先，诗人有鲜明的创作目的，再者有强烈的历史使命感，诗人经过深刻的思考，吸收前人优秀的文化传统，才得以创作出如此鸿篇巨著。公元前30年以后，维吉尔开始创作他的伟大诗篇《埃涅阿斯纪》。

《埃涅阿斯纪》前半部分模仿荷马的《伊利亚特》，描写特洛亚王子埃涅阿斯在特洛亚灭亡后到意大利建国的英雄传说。很显然，英雄埃涅阿斯身上隐现着现实生活中的屋大维的影子，因为在某种程度上，这也是一部讴歌罗马帝国艰苦创业的诗篇。公元前26与25年，屋大维在西班牙出巡时曾两次写信给诗人，索阅已写成部分，但维吉尔都未首肯。公元前23年，诗人曾向屋大维和屋大维娅朗诵过一部分。经过十年的潜心创作，史诗初稿基本完成。这首先是一部民族的史诗、爱国的史诗，然后才是一部文学成就可和希腊史诗相比拟的罗马史诗。奥古斯都器重它的也正是这一点。由于这是一部"文人史诗"，写作的时候就不必亦步亦趋追随于荷马，反而能广采博收，更见综合开阔之效。对奥古斯都时代的罗马人来说，这样庄严的创作意图足以反映罗马帝国统御天下的雄姿，这已基本上决定了它在文学上的成功，更何况维吉尔有着天生的诗才呢。

诗稿基本完成后，诗人还准备用整整三年时间进行修改。为此，诗人于公元前19年亲自去希腊、小亚细亚进行考察和学习。临行之前，他嘱咐友人，如果他发生什么意外，就把这部史诗焚毁。到雅典后，他会见了屋大维，屋大维正从东部出巡回来，准备回国，因而劝其同归。维吉尔也准备启程回国，但回国前他到科林斯游览，正值酷暑难当，诗人不幸身染热病，在渡海抵意大利的布伦迪西姆后，9月21日去世，享年五十一岁，葬在那不勒斯。

诗人终身未婚，这与他天生的腼腆性格有关。他的财产一半留给了异父兄弟，四分之一献给屋大维，其余留给了朋友。他在遗嘱中要求朋友把史稿全部焚毁，由此可见诗人对待创作的极端严肃认真态度。屋大维知道消息后，马上采取保护措施。所以在处理他的遗稿时，并没按照遗嘱烧毁，而是执行屋大维的命令，把诗歌编辑整理后公布于世。《埃涅阿斯纪》现存十二卷，是一部首尾俱全的完整的史诗。

在《埃涅阿斯纪》还在创作的阶段，罗马抒情诗人，麦凯纳斯文化圈子的普洛佩提乌斯便在他的《哀歌》中写道：

> 罗马的诗人们，还有希腊的，你们让路；
> 一部比《伊利亚特》更伟大的作品正在创造。

维吉尔与最高当权者屋大维的友谊贯穿于诗人的一生。他创作的《埃涅阿斯纪》，民族英雄埃涅阿斯似乎就是屋大维的化身，诗人在诗中极力宣扬的也是屋大维所倡导的品行，在这一点上，他的史诗也可以说是遵命文学。诗人讴歌屋大维，颂扬他给罗马带来和平，以及和平带来的幸福生活。但诗人最终对屋大维也是有所保留，作为一名富于思考的诗人，他对屋大维的事业，对罗马帝国也心存一些怀疑成分。基于这些，一种隐约的忧郁情绪始终贯穿于整部史诗，这也是维吉尔独有的风格。

维吉尔也与罗马其他著名的文人一样，早年师从希罗，学习伊壁鸠鲁哲学。伊壁鸠鲁派哲学在罗马的最杰出代表是共和晚期的卢克莱修，他的《物性论》既是一首技艺超群的长诗，也是一部博大精深的哲学专著。他继承了古希腊唯物主义哲学家伊壁鸠鲁的哲学，并在继承的基础上有所发展与创新。他认为原子是构成世界万物的基础，虚空是存在着的，是原子运动的场所，独立存在的整个自然界只有原子和虚空，除此之外，不可能有第三种东西，神在自然中是不存在的。他还主张一切行动都应以是否给个人带来快乐或痛苦为准。快乐就是一种宁静的精神状态，无忧，无痛，无欲的状态。他反对奢侈，主张简朴，并从大自然中获取快乐。他主张的无神论，并不是绝对否认神的存在，而是把神灵世界同现实世界区分开来，但他动摇了民众对天神的信仰，充分体现了他的战斗的无神论者的精神。维吉尔很佩服他的哲学，他在《农事诗》中写到："幸福啊，能够知道物因的人，能把一切恐惧、无情的命运和贪婪的阴河的嚎叫踩在脚下的人！"

维吉尔后期又倾向于斯多噶派哲学。斯多噶派哲学宣扬世界是神主宰的，神左右一切；人有自由意志，人运用自由意志来服从上帝，这就是使人生幸福的最高道德标准。这种信仰的转变，可能是与屋大维有一定关系的。屋大维为了维护自己的统治，钳制人们的思想，提倡斯多噶派哲学和复兴宗教的政策。因为只有复兴宗教，才能从思想上达到统一，从而稳固自己的统治。

维吉尔的哲学思想，在他的作品中也有体现。他歌颂美丽的家园，歌颂和平，歌颂和平带来的幸福生活，歌颂带来和平的屋大维；同时也讴歌罗马民族坚忍不拔的开拓、进取精神。但他的作品中最感人的仍是他的一种无限忧郁的情调，也是诗人特有的情调。忧郁是最富有诗意的情调，这种情调是维吉尔独有的，也是为人们喜爱的。

19 世纪一位英国批评家盛赞维吉尔和莎士比亚是两个最能给人带来"甜蜜与光明"的诗人。把他们说成"灵魂里最突出的是甜蜜与光明和人性中最具人情的一切"。正是这种浓厚的人情味，才使维吉尔的史诗可读性很强，受到人们的普遍喜爱。

维吉尔的文字简洁、精炼，读起来像格言警句一样朗朗上口，诗人善于把丰富的人生经验用极少的文字概括起来。他的名句历来常被文人援引，如"被征服的人只有一条活路，那就是不要希望有活路"，表达了一种极端绝望的情绪；卡尔·马克思在办《莱茵报》时，为了同检查制度作斗争，反其意而用他的一行诗——"我警惕希腊人，尽管他们是带着礼物来的"等等。

维吉尔的诗作，堪与当时的希腊杰作相媲美。他的作品在黑暗的中世纪也未被打入另册，而是广为流传。文艺复兴时期意大利著名诗人但丁曾被恩格斯誉为"中世纪的最后一位诗人，同时又是新时代的最初一位诗人"，他特别崇拜维吉尔，把维吉尔当做自己的精神导师。他创作的《神曲》就是以自己在精神导师维吉尔带领下游历地狱和炼狱为题材的。维吉尔作为世界文学史上的伟大诗人之一，不仅是屋大维文学黄金时期最具才华的诗人，而且也是彪炳罗马文学成就、昭示后代欧洲文学道路的伟大先行者。

埃涅阿斯：寻找梦中的家园

āi niè ā sī：xún zhǎo mèng zhōng de jiā yuán

　　埃涅阿斯是维吉尔长篇史诗《埃涅阿斯纪》的主人公，罗马民族英雄。《埃涅阿斯纪》是所有纪念罗马光荣业绩的伟大诗篇中最出色的拉丁文史诗，这部作者历时十余年的呕心沥血之作，是献给罗马最高统治者屋大维的。在这部史诗初稿刚刚完成，还没来得及修改和润色时，作者便匆匆离世了。

　　据传说，埃涅阿斯是特洛亚王子，在特洛亚城陷落后，来到意大利，并且通过其后裔罗慕路斯成了罗马的祖先。维吉尔的史诗便取材于这一英雄传说，同时借用荷马史诗的结构，创作成了这一叙事诗。全诗共十二卷，近万行。全诗分为两部分，前六卷模仿荷马史诗《奥德修斯》，写主人公的漂泊生活，后六卷模仿《伊利亚特》，写主人公征服意大利拉丁姆地区的经过。

　　埃涅阿斯是爱与美神维纳斯的儿子，特洛亚失陷后，他带着家人逃出，被暴风刮到北非的迦太基。史诗一开始，特洛亚人已经过七年的海上漂泊，正往北向意大利进发。但埃涅阿斯的神敌朱诺同他们作对，命令风神刮起大风，把他们吹到了南面的迦太基。迦太基是朱诺喜欢的城市，女神维纳斯为了保护儿子不受伤害，命令儿子小爱神丘比特促使女王狄多对埃涅阿斯产生爱情，并希望儿子留在迦太基。在迦太基，埃涅阿斯受到女王狄多的热情款待，在宴席上，埃涅阿斯向狄多讲述了特洛亚失陷的经过，以及与家人的七年海上漂泊生活。

　　卷二卷三都是采用倒叙的方式，埃涅阿斯讲述特洛亚失陷到抵达迦太基的经过。卷二是全书叙述得最为有声有色的部分，描写特洛亚的沦陷，希腊人用木马计进入了特洛亚，一场血战，老王被杀，埃涅阿斯背着老父，携妻带子，逃出城去。中途妻子失散死亡。这卷写的是一夜间发生的事情。

卷四，是全书情节最缠绵的部分，埃涅阿斯和狄多的爱情故事是最为脍炙人口的。受到这位英雄历险故事感染的女王，对这位特洛亚英雄产生了敬佩和爱慕之心。在一次王族打猎时，一阵大暴雨使狄多和埃涅阿斯一同躲进了一个山洞。在那里，他们被爱情之火所征服。埃涅阿斯在迦太基度过了冬天，并享受着女王的爱情。但到了春天，神的提醒却警告他不要忘记建立家国的伟大使命，他感到有必要继续自己命定的航程。狄多再三想设法把他留住，都未能成功。当他开船时，极度悲伤的女王伏刃自杀，火葬她的柴火之光，映红了天际，在远处的海上都可以看到。狄多之死，引出了历代读者的一掬同情之泪。

卷五，到达西西里海岸后，埃涅阿斯吩咐他的人吃饱喝足，进行各种比赛。一起流亡的特洛亚妇女，再也不想过漂泊生活，绝望之中，在朱诺的煽动下，他们焚烧了船只。受神支持的埃涅阿斯吩咐他的人修复了被烧坏的船只，并决定让不愿流亡的人留下，其余的人再次起航，继续寻找意大利。

卷六，特洛亚人终于到达了意大利海岸的库麦，埃涅阿斯在女巫的帮助下，得以游历地府，见到了他所认识的许多人的幽灵，其中包括苦命的狄多。然后他们到了一个岔路口，一条道路通往地府受罚区，另一条道路通往天国享福地。他们顺着后一条道路最终到了安喀塞斯（埃涅阿斯之父）处，他给埃涅阿斯展示了罗马所有未来沿革的美丽图景，指点给他看他的后裔——罗马国家的一系列缔造者，并吩咐儿子在某个飨宴的地方创立自己的王国。

卷七，特洛亚人再次沿着意大利海岸线航行，到了由拉丁努斯统治的古国拉丁姆。他们在海滩做饭，把面包放在肉下面。当他们吃饭时，有人开玩笑说他们吃的面包就是神圣的飨食。这句话提醒埃涅阿斯，这里就是安喀塞斯预言的地方。拉丁努斯王热烈欢迎他们，他认出埃涅阿斯就是神所说的，注定要和他女儿结婚的外邦人，于是答应了婚事。但他的女儿已同图尔努斯有婚约，朱诺又从中挑拨，挑起了战争。图尔努斯是拉丁族的英雄，他非常妒忌埃涅阿斯。

卷八，在梦中，埃涅阿斯被告知去寻找厄尔德尔的帮助，厄尔德尔建在七丘的王国会成为强大罗马的城址。维纳斯请求丈夫武尔坎为埃涅阿斯造一面最好的盾牌，上面要镂刻着罗马历代大事直至屋大维时代，目的在鼓励埃涅阿斯作战。

卷九，图尔努斯获悉埃涅阿斯去求援，他和他的军队便包围了特洛亚人的营帐。两名特洛亚武士突围去找埃涅阿斯，半路牺牲了。图尔努斯把特洛亚人打得四处逃奔，但一想到埃涅阿斯，特洛亚人就激发了勇敢精神，结果图尔努斯反胜为败，跳河逃跑。

卷十，埃涅阿斯由厄尔德尔的爱子帕拉斯陪同返回营寨，在双方交战中，图尔努斯杀死了帕拉斯。埃涅阿斯在盛怒之下杀死了许多敌人，图尔努斯在朱诺的帮助下得以逃跑。

卷十一，双方休战，准备帕拉斯的葬礼。这时拉丁阵营有反战情绪，图尔努斯表示要和埃涅阿斯单独决战，双方战事又起。众神在远处观看了这一冲突。这时的朱诺在朱庇特的命令下变得温和起来，但她坚持认为特洛亚人必须说拉丁人的话和穿拉丁人的服装，这样他们的城池才能对世界进行统治。

卷十二，埃涅阿斯终于杀死了敌人图尔努斯，并且顺理成章娶了公主拉维尼亚，建立了他的长期繁荣的新国家，这就是在古代称霸世界的罗马。

在这个故事里，我们不能说埃涅阿斯就是屋大维的化身，但可以肯定，他是"奥古斯都"屋大维的先辈的化身，是朱理亚家族的远祖。因为埃涅阿斯是女神维纳斯和安塞喀斯的儿子，而恺撒和屋大维出身的朱理亚家族，更是把维纳斯作为本家族的始祖，屋大维便是神的后裔，屋大维建立帝制和统治罗马便是天经地义之事了。看来，维吉尔写这部史诗确实是歌颂皇帝家族，同时在无形当中向人们灌输了拥护帝制和崇拜屋大维的思想。这一点，诗人给自己写的墓志铭上也可以证实："曼图阿生我，卡拉布利亚夺去我的生命，如今那不勒斯保有我；我歌唱过放牧、农田和领袖。"

那么，埃涅阿斯和罗马建城英雄罗慕路斯又是怎样的关系呢？关于罗马建城的传说流传很广，可谓家喻户晓。即使在今天的罗马市，在市中心的市政厅广场（卡彼托林广场）边，仍放着一个兽笼，那里永远饲养着一只母狼。可以肯定，母狼和罗马的历史息息相关，并且对罗马有着养育之恩，正是母狼用自己的乳汁哺育了罗马建城英雄罗慕路斯。

早在公元前2000年，罗马城所在的台伯河畔的沿岸山丘就有人居住。拉丁人在公元前2000年中期到1000年初期进入了台伯河边，但他们的聚集地主要在台伯河东南广阔的拉丁姆平原。据传说，在拉丁姆平原，有一座亚尔巴——隆伽城，它的国王努米托被他的弟弟阿木略篡夺了王位。国

维纳斯在天界迎接埃涅阿斯

王的儿子都被杀了，只剩下一个叫西尔维亚的女儿。为防西尔维亚的子孙后代复仇，阿木略强迫西尔维尔担任女祭司，侍奉灶神维斯塔，因为女祭司是不允许婚配的，必须保持童贞的身体。即使这样，阿木略仍不放心，他把西尔维亚囚禁在一个孤塔之中，与世隔绝。有一天，西尔维亚在河畔小憩，战神马尔斯从天而降，意外地来到塔边，并和西尔维亚相爱，生下孪生子罗慕路斯和勒摩。阿木略知晓后，非常恼怒，不仅迫害西尔维亚，还残

忍地将在襁褓中的双胞胎兄弟放进篮里，投入台伯河水中。战神马尔斯救了西尔维亚，而且还派来一头母狼，把飘浮到岸边的双胞胎叼走，并用狼乳哺育长大。他们成人后，杀死了阿木略，帮助努米托重登王位。但他们再也不愿在隆伽城生活下去，于是来到母狼哺育他们长大的台伯河边，建立了一座新的城市，并以罗慕路斯的名字命名，称为罗马城。这便是罗马建城的美丽传说。

我们知道，埃涅阿斯背夫携子逃出失陷的城池后，历经艰险，终于到达意大利。埃涅阿斯娶意大利王拉丁努斯之女拉维尼亚，建立拉维尼亚城，这就是拉丁族的起源。埃涅阿斯死后，他的儿子阿斯卡尼俄斯（又名朱理乌斯）在拉丁姆建立了隆伽城，开始了罗马人所属拉丁支系的嫡派的统治，而朱理乌斯又是罗马历史最悠久、门第最高的氏族的名字，恺撒即出自此族。隆伽城的隆伽王历经数代传至努米托王，努米托生女西尔维亚，西尔维亚生子罗慕路斯，罗慕路斯建立罗马城，这便是整个罗马民族的由来了。这一传说日后一直被奉为罗马民族历史的正式开端。

维吉尔创作《埃涅阿斯纪》就是要在家谱上把埃涅阿斯和罗慕路斯联结起来，通过女神维纳斯——埃涅阿斯——罗慕路斯这条线，罗马人不仅和希腊人攀了亲，而且还是希腊天神的后裔。这样恺撒和屋大维也就是天神的后裔，而且他们通过自己的政治活动为这一头衔倍增荣耀。诗人创作这一作品，一方面是出于和屋大维的私人关系，他感谢屋大维给罗马带来和平，赐给他本人土地和家宅；另一方面也是诗人的爱国之情，赤子之心，正因如此，他才倾十余年的心血，精心用史诗这一庄严的体裁，追述罗马民族艰辛的创业史，讴歌罗马民族的光辉业绩。

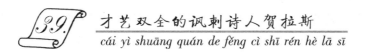

39. 才艺双全的讽刺诗人贺拉斯
cái yì shuāng quán de fěng cì shī rén hè lā sī

贺拉斯全名昆图斯·贺拉提乌斯·弗拉库斯（公元前 65 —前 8）是古罗马著名讽刺诗人、文艺理论家，早于罗马皇帝奥古斯都两年出生，和维吉尔一起并列为奥古斯都时期诗坛的主要代表。维吉尔是一位博大精深、文采飞扬、民族意识浓厚的诗人，贺拉斯则是一位恬静隽永、才思敏捷、为人平易随和的诗人，维吉尔比贺拉斯大五岁，他们相互辉映，构成罗马帝国"文学黄金时期"诗坛上的双璧。公元前19年维吉尔去世后，贺拉斯就成了罗马最享盛誉的诗人。

贺拉斯

贺拉斯公元前65年12月8日生于意大利南部的维努西亚一个获释的奴隶家庭，他的父亲当过税务官，略具资财。按照罗马法律，富有的被释奴隶及其子女可以获得公民身份，贺拉斯的家庭便是如此。他曾被送到罗马去接受他在意大利维努西亚根本无法受到的良好教育。公元前44年，他二十岁的时候到雅典进一步深造，受到了深厚的希腊文化熏陶。他对父亲终身感戴，而且从不讳言自己的卑微出身。在希腊学习的时候，他遇到了已谋杀恺撒的布鲁图斯，并被委任为共和派军队的军官。公元前42年，布鲁图斯共和派军队被屋大维击败后，他趁大赦又返回罗马，谋得一文书职位。他连遭理想破灭，财物被没收以及父亲去世的打击，但并未消沉下去，而是开始了写诗生涯。

他的诗歌首先得到了维吉尔的赏识，被他的诗歌所吸引的维吉尔又把他引见给奥古斯都的一位有文化素养的大臣麦凯纳斯，并使他加入到麦凯纳斯的文学集团，认识了屋大维，转而拥护"奥古斯都"屋大维的元首制，从此他便以诗歌写作为业。公元前31年，麦凯纳斯送给他一座位于罗马近郊萨宾乡间的农庄和别墅，于是他就终生在此定居。据说奥古斯都曾想聘他为自己的私人秘书，可是贺拉斯却无意做官，没有受命。他的诗才极受当时人的推崇，公元17年，奥古斯都举行"盛世大祭典"时，主祭的大颂诗即由他执笔。

贺拉斯曾明智地烧毁了自己早期的愤怒诗。公元前35年，他第一次出版的诗选是《讽刺诗》，接着是《长短句》。之后，当创作更为成熟时，他于公元前23年发表了《颂歌》的前三卷。在生命的最后几年里，他又发表了《书简》二卷。在《颂歌》第三卷第十七首诗歌里，他在闻悉自己的恩人麦凯纳斯身患重病后，他哀泣道："假如病魔过早夺走你的生命，那你就是我生命的一半……那一天将使我们都归西天。"真的如他所愿，他逝世于公元前8年11月27日，仅在他的恩人死后的几个星期，他追随友人一同魂归西天，因而人们把他们的骨灰都埋藏在埃斯奎林山边，希望他们永远互相照应。

贺拉斯早期的诗仍缺乏自信心，但是《颂歌》的出版使他产生了自信。公元前19年维吉尔死后，罗马皇帝奥古斯都委托他编撰并朗读了一首在帝国祭典时使用的颂歌。后来，皇帝又请求他再创作颂歌，用来庆祝自己妻子与前夫所生的儿子在军事上的胜利。

在贺拉斯的诗歌中，尤其是在《讽刺诗》中，他以炽烈然而却宽容而幽默的作风，对他所处的时代进行了指斥评说。他抨击了人类的虚荣追求，然而也强调了人间同样需要适度的享乐。尽管他声称主张享乐主义哲学，但自己实行的还是禁欲主义哲学。他赞颂过饮酒行乐，可他自己却由于身体虚弱而从不贪杯。他献给妇女的诗歌永远是陈规老调，而且他只对一名叫西娜拉的女人的的确确表达了自己真正感情。他把自己的情感都献给了认识自己的男人们，而他超越诗行所显示出的真诚和友善，使他赢得了跨越时空界限的无数朋友。

讽刺诗是罗马民族的首创，多少年来罗马民族一直是希腊文化的继承者，因而贺拉斯感慨道："这种形式没有受过希腊人的影响"。它的名称也是来自"多种原料拼成的一道菜"。贺拉斯共写了十八首讽刺诗，编成两卷。与他前辈诗歌的尖刻讽刺比起来，贺拉斯的诗增添了一种恳切的味道。

第一卷包括了十首讽刺诗，并未按年代排序。该卷完成于公元前38年（他被推荐给麦凯纳斯那年）至讽刺诗发表的三年间。其中第一首诗是写给他的保护人的，用了他喜爱的主题——悻悻不满者的愚蠢，幻想得到其没有的东西。"啊，幸福的商人！"那个士兵喊道，而在被南风猛吹着的船里，商人却特别妒忌这个士兵。诗人把蠢人的痴心妄想发展成一种最疯狂的表现形式——敛聚钱财。诗人并不主张挥霍无度，也不主张悭吝自私，他的理解是，一个人应该这样活着：当他告别这个世界时就像离开宴会时一样心满意足。

在第四首讽刺诗里，贺拉斯对自己为何采用这样一种讽刺的表现形式作了说明：他父亲为了他正当地活着，把那些不正派的人作为坏榜样教育给他看。而且，这种方式使他从"微笑里看出真理"。第五首是描述了诗人和他的保护人麦凯纳斯的一次结伴旅行，他对那些指控他为了私利而与麦凯纳斯交往的人作了答复。他的第九首讽刺诗同样采用了这一主题，第十首描述了他与麦凯纳斯这位显贵政治家的交往情况，并略微揭露了那种渴望谋取超越自己能力的高位的劣行。

他的第二卷《讽刺诗》在五年之后发表，这八首讽刺诗的形制较以前略长些，并且都采用对话形式。在其中一首诗中，特斯塔律师为诗人驳斥了对他在第一卷里用语太尖刻的指控。还有二首以似是而非的怪论作了主题：除智者外，都是疯子；除智者外，都是奴隶。还有三首表达了贺拉斯喜欢俭朴生活以及在宴会上偶尔听到枯燥无味的话题时感到的厌烦。最后一首诗，他表达了对一位叫做卡妮迪阿的女人的强烈情感，这个女子在他后来的作品中也出现过。

贺拉斯抒情诗的最早形式也就是语法学家们称作的"长短句"。他自己称之为"爱姆比"，这是一种长短句交替使用的格式，是阿基洛宾斯为了骂人而设计出来的。贺拉斯这些诗都带有某种强烈的厌恶情绪，有时是带点幽默感的，如第三首诗所表达的那样，他把放在麦凯纳斯餐桌上的食物中的大蒜大骂了一通。第五首和第十七首长短句中，他又提到了卡妮迪阿，并第一次把她说成是用符咒迷惑男人的巫婆，后又把她形容成利用色相来勾引他的卑鄙之人。

贺拉斯的第一首长短句，描写的是麦凯纳斯前往参加阿克蒂姆的战斗和他恳请这位恩人保重自己的情景。最出色的一首是《比塔斯·伊尔》，由于其出其不意的讽刺性的结局，它历来被当做长短句的典范：

> 他地位低微多快乐，
>
> 穷困卑贱多富裕，
>
> 他过着恬静的乡村生活，
>
> 避免了争吵，
>
> 抛却了忙碌。

《颂歌》是贺拉斯作品中的精华，虽以颂为名，主题却很多样，涉及的内容也相当广泛，上至神明、下及时事，也讲到皇帝屋大维和恩人麦凯纳斯等人，但最吸引人的则是他那些歌咏田园乡村的优美风光、风土人情的甜美和谐、道义精神的质朴崇高的篇章，被公认为最能体现古典文明精神的抒情诗杰作。

对诗歌爱好者来说，贺拉斯最大的魅力也许就体现在他的《颂歌集》中，因为它是成熟作家的艺术作品。他的这些抒情诗达到了一种庄严华贵的境界，可以与希腊抒情诗相媲美，贺拉斯也自认为达到了并驾古代典范的目的。

《颂歌》的第——三卷发表于公元前 23 年，即屋大维建立元首制的第五年，其时社会安定，经济繁荣，作家正好住在麦凯纳斯送给他的萨宾别墅之中，享受到了太平时期的幸福生活；而此时的作家已是不惑之年，作品更见成熟和清淡。以往的古典抒情诗通常是青年人抒发青春激情之作，而贺拉斯的抒情诗却把人带入一种安逸恬静之中，在风光秀丽的意大利田园风光中吟唱其乐天知命的哲理，为罗马抒情诗开辟了一片新天地。

《颂歌》中吟诵的是一些普通事情，诗中所蕴含的思想也是最普通的，可它们都经受住了时间的检验，因为它们表达了一种所有人都喜爱的情感。如《颂歌》第三首便是一首流传千古的名句"为祖国献身便是死得愉快，死得其所。"千百年来，它的立意被许多优秀的以及低劣的诗人竞相模仿，并翻译成他们自己的本国语言。

《颂歌》是作者用了近十年时间完成的。诗人成功地把希腊抒情诗的各种格律运用到拉丁语诗歌的创作中，无论节奏还是音韵都很完美。他的抒情诗的特点是议论多于激情，气魄宏伟，意境深远。

贺拉斯作为一名公众人物，皇帝的臣民，也是宫廷文化圈中的一员，他的诗歌也分为公私两种类型。为公者，他替帝国歌功颂德，为私者，是他个人性格和感情的自然流露。其实，这种公私情感的不同，是专制政体下诗人贤哲最常见的心理。用我们中国的语言形容，那就是既有"致君尧舜上，再使风俗淳"的政治理想，也有"采菊东篱下，悠然见南山"的闲情雅致。

诗人的哲学思想，由此也必然是斯多噶派和伊壁鸠鲁派的混合体，他用自己清新的语言，把自己的理想和信念表达出来。一些落入俗套的道理，经他隽永的诗句，平淡的语气点染一番，读后便发人深省。他的一首劝勉青年人保持心态平静的诗这样写道：

> 正直的人心胸坦荡，
>
> 无私无惧，
>
> 既不为一切邪念左右，
>
> 也不会去花天酒地。
>
> 只有他能用无畏的两眼，
>
> 面对变幻的万千，
>
> 既不怕莫测的深渊，
>
> 也不怕高空的闪电。

他在《颂歌》的第二卷，第十首歌里，对自己的友人进行了一番规劝，就是我们通常所说的中庸之道，以诗人委婉的语气道来，立即可见其态度的诚恳，估计这也是诗人遵循的做人原则：

> 李锡尼乌斯啊！你要正直地生活，
>
> 切勿轻易远航

漂泊于深森的海洋，

也不要太靠近岸边的礁岩，

既然你知道狂风会把船只撞烂。

在暴风雨中

高大的松树被摇撼得最凶，

从高塔摔下，

总是摔得更重，

何处最常遭闪电，

那是群山巅顶之尖。

贺拉斯诗才的最高表现形式是《诗札》。贺拉斯对他的赞助人麦凯纳斯有着极为深厚的感情，他在采用这一形式的开始便说："麦凯纳斯，你是我最早的艺术灵感，也必定是我最后的灵感。"贺拉斯的文艺理论思想散见于他的史诗体书札，其中一封致青年诗人福勒普斯的信，谈论诗的风格，他劝诗人挑选庄严而生动的词汇，精心写作，而且要把自己的艺术技巧遮掩起来。另一封致屋大维的信，谈论诗的教化作用，有益于社会，应受到国家的资助。还有一封是写给皮索氏父子三人的信，没有标题，发表后不到百年，即被罗马修辞学家、演说学家昆体良称之为《诗艺》，以后也一直以此名著称。当时姓皮索氏的人很多，不知确指何人。

《诗艺》是贺拉斯的经验之谈，作者对写诗的艺术提出一系列原则和规律。他肯定诗能给人以教育，启迪智慧，指出诗人的写作愿望在于既给人以快感又对生活有所帮助，他主张诗人应二者并重。这就是他的著名的"寓教于乐"主张。他认为诗应遵循现实生活，规劝诗人深入生活，从中寻找原型，汲取活生生的语言。他主张以古希腊悲剧为典范，借用其中的题材，但在细节上要有创新。这是他对文艺理论的最重大的贡献。

贺拉斯在写完《诗札》的第二十二首诗后，冥冥之中一种预感使他写道："你玩够了，吃饱了，喝足了。现在该是你离开舞台的时候了。"简简单单几句话，可以看出作者始终把自己看成一个普通人，并和普通人一样

静悄悄地辞别这个世界，享年五十七岁。但我们可以肯定地说，贺拉斯是当年写下不朽诗篇的诗人中最具人格魅力、最富有天才、最具吸引力的一个。

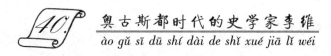

奥古斯都时代的史学家李维
ào gǔ sī dū shí dài de shǐ xué jiā lǐ wéi

提图斯·李维（公元前59—公元17）是奥古斯都时代杰出的史学家，及卓越的拉丁文作家。

公元前59年，李维生于意大利的帕塔维乌姆城（现帕多瓦），那是一个古老繁华、道德严肃的城市，以羊毛产品著称于世。内战时期，帕塔维乌姆饱受战乱创伤，直至公元前44年恺撒遇刺后，仍战乱不定。受战乱影响，青年时代的李维未能像罗马的贵族子弟一样，留学希腊，因而尽管李维广博地阅读了希腊名作，但有时在翻译时仍错误频出，而这对于其他曾留学希腊的人则是较为少见的。李维的父亲与家世均不详，可能不属于元老阶层，不过在帕塔维乌姆仍属名门望族，因而李维年轻时受到良好教育，学习了文学、修辞学、演说术等。三十岁以前，李维一直生活于故乡帕塔维乌姆，既未参军打仗，也未曾担任罗马官职，每日主要是潜心修学，可能也教过学。

公元前31年，屋大维（即后来的皇帝奥古斯都）击败政敌安东尼，结束了长期的分裂局面，和平曙光重现罗马。社会的稳定也为文学创作提供了发展的土壤，因而许多致力于著述的文人雅士云集罗马，其中就包括与李维不相伯仲，用希腊文撰写罗马史的狄奥尼索斯（他于公元前30年左右在罗马定居）。从李维自己的著作中可以推断，在公元前29年或此前不久，李维就已构想著述罗马史。为了寻找和平舒适的创作环境，广泛搜集创作素材，李维从故乡迁居到了帝都罗马。

迁居罗马后不久，李维就赢得了皇帝奥古斯都的赏识，两人交情甚笃。据苏维托尼乌斯记载，李维曾受奥古斯都之邀教导他的外孙、后来的皇帝克劳狄乌斯学习文学写作，但是李维与当时盛名远扬的麦凯纳斯的文学圈子并无什么往来，这个圈子在热衷文艺的麦凯纳斯的庇护下，网罗了许多杰出的诗人，包括贺拉斯、维吉尔和奥维德等。可见李维拥有足够资财，不必依靠富人的庇护来维持生计。

李维与奥古斯都结谊很深，他顺从于奥古斯都的元首制，但就其本身而言，李维是一个保守派，拥护贵族的共和制，从这他对恺撒以及谋刺恺撒者布鲁图斯和卡西乌斯的评价就可体现出来，而且他还为庞培大唱颂歌。因而塔西佗在《编年史》中曾记载，奥古斯都曾直自言不讳地称他为庞培派，但并未因政见不同而迁怒于他。因为李维的著作，颂扬罗马人的丰功伟绩以激发他们的爱国热情，正适应了奥古斯都统治的需要。

李维以毕生的精力呕心沥血地著述史学巨著《建城以来罗马史》。初到罗马后不久他就开始提笔写作，直至公元14年奥古斯都去世才辍笔，共计四十多年，平均每年著述三卷。工作的繁重使得李维一度心力交瘁，在致小普林尼的信中，他一度表示要放弃这项事业。但这项工作如此诱人，以致不忍割舍，而且他也提到，曾有一个自由民千里迢迢地来到罗马，仅是为了看他这个最伟大的罗马历史学家。这部罗马史的内容始自公元前753年罗马建城，终于公元前9年奥古斯都的养子德鲁苏战死沙场，历时七百四十四年。全书卷帙浩繁，内容丰富，共有一百四十二卷，但流传至今的仅有三十五卷（一至十卷，二十一至四十五卷），其余各卷均已散佚。这部著作一经问世便出现了简本，但未能保存下来。公元3世纪在埃及纸草上发现了三十七卷至四十卷、四十八卷至五十五卷的摘要，到了4世纪又出现了全书的摘要，并且提及第一百二十卷发表于公元14年奥古斯都逝后。这暗指着记载从阿克兴之战至公元前9年历史的后二十卷书是作者原构想的补记。由于有了这个摘要，我们得以推知《建城以来罗马史》的概貌：

1—5卷，罗马建城至高卢洗劫罗马；

6—10卷，萨莫奈战争至公元前290年；

11—15卷，征服意大利；

16 — 20 卷，第一次布匿战争（公元前 218 —前 201 年）；

31 — 45 卷，马其顿和叙利亚战争（至公元前 167 年）；

46 — 70 卷，内战至同盟战争（公元前 91 年）

71 — 80 卷，内战至马略之死（公元前 86 年）

87 — 90 卷，内战至苏拉之死（公元前 78 年）

91 — 103 卷，内战至庞培在东方的胜利（公元前 62 年）

104 — 108 卷，共和末叶；

109 — 116 卷，内战至恺撒遇刺身亡（公元前 44 年）

117 — 133 卷，内战至阿克兴之役（公元前 30 年）

134 — 142 卷，奥古斯都时代（公元前 29 — 9 年）

在罗马的历史学家中，李维独占鳌头，但他并不热衷政治。而此前的史家法比乌斯·皮克托曾担任过财务官，老加图曾当过执政官和监察官，苏拉、恺撒虽也著述历史，但更是声名显赫的政治家。只是政治生涯的空白，也导致了李维历史创作的局限。

政治、军事知识浅薄，而且不能积累到许多第一手的官方材料，使李维只能从自我与道德的角度看待历史，而不是从政治角度分析。在其所著的序言中，李维陈述了撰史的宗旨："我想启迪读者严肃认真地思考我们祖先的生活模式，无论在政治还是在战争上，罗马的国势因何发展壮大；追溯道德沉沦的历程，让他们知道旧的传统废弃，道德根基开始动摇，终会导致整个道德大厦的崩塌；现今时代的黑暗，我们既无法忍受我们自身的恶习，又无力去面对根治它的良方。这是历史研究最有利可图之处。"李维的这种道德视角，与其自身的经历有关。其家乡帕塔维乌姆严肃的道德风尚的熏陶，使得他强烈地感受到当代道德的败坏。李维曾意味深长地说："幸而在那些日子，权威（宗教的和世俗的）仍是行动的指南。然而时至今日，何处你能寻到这样的人，谦逊而又道德高尚，尽管这在那些时代人人皆是。"在道德问题上，许多同时代者也持有此见。皇帝奥古斯都就试图通过立法与宣传灌输道德理念。贺拉斯和维吉尔在他们的诗文中也强调了同样的寓意："正是道德品质塑造并且能够保持罗马的繁盛与伟大"。

但创作如此卷帙浩繁的史著，就李维的知识和阅历而言，远远不够，因而作者广泛地吸取了前人的成果。不过因为其撰史的目的是宣扬爱国主义和进行道德说教，缺乏希腊史家的严谨和准确，因而他对各个史家的作品不加以分析，不去分辨其史料价值的高低，不加批判地采用远古的历史。他吸取了法比乌斯·皮克托尔、比索等的年代记，同时引用了同代作家杜别罗等的材料，其中二十卷至三十一卷，则几乎完全取自波里比阿的著作。

李维的爱国情绪使得他在史著中为罗马人大唱颂歌。如老斯奇皮奥和攻克叙拉古的马尔凯路斯对当地人民血腥屠杀，李维却将他们视作高尚的将领。此外波里比阿记载第二次布匿战争中特拉西美湖一役战败后，元老院与人民惶惶不可终日。李维则声称广大人民慌作一团，元老院则沉着冷静，从容应对。

然而由于李维的《建城以来罗马史》保存了丰富珍贵的史料，仍在罗马史坛上独占鳌头，而且李维重塑的历史生动而意味深长，据说听其讲诵的听众深深铭记着他的高尚品格及雄辩之才。

除作为著名的史学家外，李维也不愧为一个卓越的拉丁文作家。他与西塞罗、塔西佗齐名，共创拉丁文风。西塞罗清新流畅，塔西佗精美典雅，而李维则是雅俗结合，灵活多变。古代评论家昆提良评论他的生动灵活"如牛奶般富足"。李维也自称："当我写作古代之事时，我的思想也莫名其妙地思古。"

李维晚年时还乡，死于公元前 77 年。考古学家在帕多瓦进行考古发掘时，曾发现一个墓碑，纪念奥古斯都时代的一个名叫提图斯·李维的人，可能即是历史家李维。从碑文上推断，李维有二子，提图斯·李维·普利斯库斯和提图斯·李维·朗古斯，二人也致力于学术研究。

李维的著作，在其生前已扬名于世，死后更是影响深远。瓦利里乌斯、马克西穆斯、鲁福斯等都曾从中索求素材。但丁、马基雅弗里也研习过他的作品，他的史籍深刻影响了直至 18 世纪的史学写作。

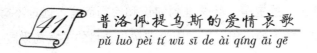

11. 普洛佩提乌斯的爱情哀歌
pǔ luò pèi tí wū sī de ài qíng āi gē

塞克斯图斯·普洛佩提乌斯（公元前54—公元2年前）是罗马著名的爱情哀歌诗人。生于意大利的翁布里亚区，父亲是当地比较有名的人物，但不幸的是，在他还是个小孩子的时候，他的父亲就去世了。他家的土地也因为屋大维的土地充公政策（没收一些城市的土地分给老兵）而缩小了很多，经济状况自然也急转直下，但还勉强维持作者的生活。普洛佩提乌斯年轻时开始学习法律，但是不久就放弃法律而改学诗了。

普洛佩提乌斯在他的第一卷诗集的最后两首诗中，明显地站在被屋大维征服的佩鲁西亚地区的立场上，这种政治上独立的观点一直贯穿于他的一生，尽管以后他也加入了麦凯纳斯的文化圈子。随着屋大维的统治政策日益变得强硬和专制，诗人的不敬情绪也变得更加拐弯抹角，但他对政府不敬的态度却自始至终没有改变。

普洛佩提乌斯所写的诗歌体裁被后人称为爱情哀歌。这种爱情哀歌的形式也经过了一个发展阶段。它的开创者是加卢斯，但他的作品保存下来的只有一行，经过提布卢斯、奥维德和普洛佩提乌斯几个人的改进，这种诗歌形式才发展壮大起来并为人们所接受和喜爱。

爱情哀歌是以六音步和五音步诗行相交替写成的。这种体裁运用了一种能抓住读者心灵的格调，这种格调常常是用来描述个人的情绪的，并且是热情的，它的特点就是以第一人称的语气哀叹一位受了挫折的，或者是一位伤心的情人，间或也掺杂着一些性爱的喜悦。罗马爱情哀歌体现了一种失意、忧伤的心情，使读者能深切体会到"哀歌"的真正含义，并为之伤心落泪。

提布卢斯、奥维德、普洛佩提乌斯这三位早期爱情哀歌的代表或多或少可以说是同一时代的人，并且都有部分作品保留了下来，都具有一定的影响力。提布卢斯是一位多情的诗人，因为敏感而易受伤害，并且为之忍受痛苦。奥维德是一位公认的伟大的爱情诗人，诗的内容大胆而且轻佻，他本人也视爱情为游戏。著有《爱的艺术》三卷，《恋歌》三卷，《女英雄》二十一篇和一首叙事诗《爱情的药剂》，这些作品专注于爱情这个永恒的话题，对爱情心理，尤其是女性心理刻画入微，从而为爱情诗的创作开辟了一个新的境界。尤其是他的最优秀作品《变形记》在神话题材中穿插爱情故事，成为罗马文学作品中最受欢迎的作品。普洛佩提乌斯则是一位狂热暴烈的情人，在爱情中既有得意洋洋的时候，也有失魂落魄的时候。他的诗的风格，有时表露了太多的学识，但总的来说是活泼、生动和流畅的，并且爱情也不是普洛佩提乌斯保存下来的四卷哀歌的唯一题材，因为哀歌的体裁不仅仅是表现爱情，还能表达其他内容。但普洛佩提乌斯最吸引人的，仍是他作品中的爱情诗。

普洛佩提乌斯作为一位著名的爱情诗人，他的诗的主题便是他对肯提亚（她的真名是贺斯蒂亚）的强烈的爱。肯提亚是一位风流放荡的女子，确切一点说，她不是一名普通的妓女，而是靠取悦富人为生的高级妓女。普洛佩提乌斯与她的所谓爱情，最突出的表现是诗人的痴情，与肯提亚的不忠诚。诗人陷入了一场盲目的爱情不能自拔，而肯提亚的风流使诗人常常极度悲哀和愤怒，但他是一个固执的人，为了对付极有主见的肯提亚而说尽了甜言蜜语和使尽花招。

普洛佩提乌斯的第一卷诗集出版于公元前 28 年 10 月，第二、三卷分别发表于公元前 26 年和 23 年，最后的第四卷的完成时间是公元前 16 年。第一卷包含了二十三首诗。开卷第一首便介绍了他的爱情，而最后一首是他的简明的个人传记式小品。关于作者最重要的传记资料是第四卷的第一首诗。

第一卷的第一首诗对他和肯提亚的爱情作了全面介绍，描写他和肯提亚关系的特殊性，并叙述了肯提亚如何使诗人懂得了爱情。诗人提到了他以前与一位叫莱钦娜的女子曾经有过关系，曾为爱情痛苦了整整一年，并为此决定对诚实的女人也不感兴趣。肯提亚的出现使他再一次燃烧起爱情的火焰，可是肯提亚拒绝了他的爱。但肯提亚最终毕竟让步了。第二首诗便描写了肯提亚的魅力。诗人指出肯提亚的美是完美的，没有一丝缺憾。告诉人们她不需要任何无益的装束，即使赤身裸体，也像爱神一样美丽绝伦。

第三首诗使读者对这个女人有了一个真正的认识。诗人因为参加一个宴会，归来较晚，他对自己已经睡着的情人说话，而她醒来后的第一反应是责骂他搅了她的好梦。第四、五、六首诗讲述的是诗人企图与肯提亚分开的主题，他先是与一位劝他与肯提亚分开的朋友争辩，极力为他倾心的女人辩护，接着就是警告另外一位朋友不要对肯提亚调情。接着，诗人要与一位朋友一道出国旅行，可有着强烈占有欲的肯提亚坚决反对，诗人非常遗憾，充满热情的诗人被情人的这一做法激怒了。从这一桩桩艳事中，人们可以看到他们感情上的自相矛盾，这一对个性鲜明、各有主见的恋人刚开始便吸引了读者的视线。

第七首诗是他与史诗诗人庞提库斯谈论爱情，诗人告诉庞提库斯一旦他开始了恋爱，就会对自己和史诗的风格感到不满意。第八首诗中，危机产生了。肯提亚要随诗人的情敌到国外去旅行，诗人的悲伤和愤怒是可以想象得到的。他唯一的办法是祈求上帝来一场狂风暴雨，使她不能成行，而诗人的内心深处是深爱着肯提亚的，假如她一定要去的话，又祝愿她旅途平安。紧接着，诗人欣喜若狂地告诉大家，肯提亚已决定不去了。

第十首诗中的普洛佩提乌斯表现得非常快乐，他似乎战胜了一个情敌，并把他驱逐出场。第十一首诗表现得很忧郁，肯提亚已经到了海边胜地，诗人天真地担心她会做出丢脸的事，有损她的好"名声"；他哀求她赶快回来。第十二首诗人处于爱情的折磨中，他已离不开肯提亚这个女人，肯提亚的远走使他夜不成寐，无法进行工作。第十三首诗，诗人对谴责他被这样一个女人迷惑的朋友说，不要对他的爱情幸灾乐祸。第十四首诗，他们的爱情又花好月圆。诗人宣称，爱情的快乐高于财富的享受。但是，第十五首诗中，普洛佩提乌斯与肯提亚的关系再次出现危机，肯提亚对诗人面临的危险漠不关心，并且又寻找到了一个新的情人。可痴情的诗人，仍在口口声声宣布他仍忠实于肯提亚一个人。

第十六、十七、十八首诗歌是普洛佩提乌斯这位情种的悲叹。第十六首诗描述他被肯提亚这个无情的女子拒于门外；第十七首诗虽说是描述海上的暴风雨，其实是诗人自己的心灵正在承受暴风雨的洗礼；第十八首诗是一篇比较有影响的诗歌，一开始的背景便是一片荒凉而寂寞的森林。很明显他的悲伤情绪对景物的选择起了一定的作用，第十九首诗似乎是两位情人重归于好了。在这首诗里，多情的诗人一度想为爱情而自杀，并力劝有情人一定要在相爱的时候互相珍惜相爱，以免徒生悲伤。后面几首都是传记式诗歌，与爱情无关。

普洛佩提乌斯的第一卷爱情哀歌的发表，在罗马社会引起一片反响，并引起了麦凯纳斯这位政治家兼文学爱好者的注意。普洛佩提乌斯由此加入了麦凯纳斯的文化圈子。

第二卷哀歌仍是以描述爱情为主。哀歌的第一首就是写给麦凯纳斯的。但普洛佩提乌斯是否也像维吉尔、贺拉斯那样接受这位伟大的赞助人的经济支持，我们尚不知道。但在这首诗里，作者仍然强调，他只能写爱情诗，并且心甘情愿接受肯提亚的支配，他自己也是为肯提亚而存在的。从第二首到第九首，都是他们的爱情描写。他对肯提亚的美貌进行了更为全面的赞美，对她的虚伪和堕落也作了描述。在第十三首诗里，普洛佩提乌斯强调他并不单单留心妇女的美貌，并对其情人的聪明才智和文学欣赏力赞不绝口。诗人最大的快乐便是躺在情人温暖的怀抱里，为她朗诵那些深为她赞赏的诗句，并得到她的肯定的评价。从这些诗中，可以看到诗人对自己的情人处于一种不能自拔的迷恋当中，并一再把爱情描述为比士兵凯旋的光荣更为奇妙；同时可以看到这场恋爱的一些有趣事情，情郎为讨好情人使用的一些小把戏。但是随着情节的展开，诗人对肯提亚的指责变得更频繁和更激烈了；这段爱情也在向坏的方面发展着。

第三卷描述的主题比起前两卷来更是多种多样的，也是在这一卷里，普洛佩提乌斯第一次夸耀地宣称他是"罗马的凯利马科斯（希腊诗人和学者）"。一些学者认为这个宣称并不是特别公正的：正如贺拉斯曾宣称他是"罗马的阿西奥斯（希腊的抒情诗人）"，带有一些幽默的普洛佩提乌斯对贺拉斯的回答是，他是采纳其他希腊诗人风格的第一位罗马人。

第三卷第十首诗是一首优美的哀歌，描写肯提亚的生日。作者的描写给人以视觉的美感，肯提亚从睡梦中醒来的朦胧美，以及精心准备的丰盛而愉快的宴会；他们在这种快乐的气氛中喝了很多酒，在醉意中，诗人建议他们应该回卧室进行由维纳斯所指定的那种仪式，从而完美地结束她的生日。第十五首哀歌之所以吸引读者，是他描述了初恋情人莱钦娜。诗人向读者展示了他初恋的一些美好细节，并说明了肯提亚为何取代了他心目中的莱钦娜。

第二十四、二十五首诗歌中的诗人绝望地宣布他与肯提亚的爱情破灭了。在第二十四首诗中，普洛佩提乌斯终于愤怒地指责骄傲的肯提亚，她过分地相信了自己的美貌的功效，多情的诗人最终从情海的惊涛骇浪中逃出。他宣称时间已治愈了他的痴迷，从此以后，他将重新振作自我。紧接着的一首诗，诗人已完全恢复了自我，他不再相信肯提亚这个女子的虚假眼泪，并责骂她已人老珠黄，从此将忍受孤独和寂寞。

普洛佩提乌斯的第四卷诗歌比第三卷更为成功，这次普洛佩提乌斯可以有更多、更充足的理由宣称自己是"罗马的凯利马科斯"。它的部分诗歌便是继承凯利马科斯的诗歌的，但它是罗马的而非希腊人诗歌，这在他的诗里有很好的体现。第六首诗也是他后期表达不敬情绪比较巧妙的最好例子，诗里大部分描述的是当时的阿克兴战争，但对这些战争发表议论的却是希腊诗人凯利马科斯，似乎文不对题，但这正是诗人的精明之处，借他人之口表达自己的思想。虽然第七、第八首里重又提到肯提亚，但这是两首杰出的诗歌，它描述的是诗人与肯提亚的幽灵动人而又惊心的会面。

第四卷是以庄严的葬礼诗结束全部的，这种做法对于以写爱情诗出名的诗人来说是荒唐的，但对于普洛佩提乌斯来说却是最伟大的独一无二的爱情哀歌。

一些罗马人，不仅仅是昆提良，认为普洛佩提乌斯是最"精致和高雅"的第一流罗马哀歌诗人。这些称号对于他的很多首诗都是名副其实的，但有些诗对于现代读者来说却是晦涩的和带有缺陷的，这是诗人的美中不足。

普洛佩提乌斯与肯提亚之间热烈而大胆的爱情，以及他在文学上的造诣，再加上诗人政治立场的独立、鲜明，使他成了最迷人和最具魅力的拉丁诗人。

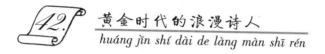

42. 黄金时代的浪漫诗人
huáng jīn shí dài de làng màn shī rén

奥古斯都统治时期，和平光耀罗马，因而也孕育了文学创作的硕果，文学进入了发展的黄金时代。此时名家辈出，其中以无数爱情诗扬名诗坛的奥维德（公元前43—公元18）堪称浪漫诗人之首。

奥维德，全名波字利乌思·奥维提乌斯·纳索，公元前43年3月20日（即恺撒遇刺后第二年），生于罗马城东九十里的苏尔莫（现称苏尔莫纳），那是一个山清水秀、景致优雅的地区。那里气候宜人，牧野葱葱，物产丰富，因而激发了诗人的灵感和创作欲望，诗人多次在其诗歌中赞誉那儿的秀美。

奥维德的生平记述主要见于其自传体诗歌《哀歌》之中，他出身于外省古老的骑士家庭，家境富裕，父亲希望儿子仕途显贵，因而在其少年时期，即将他和其兄送往罗马求学。奥维德跟随当时最负盛名的两位学者亚雷利乌斯·傅思古思和包尔修·拉脱洛学习修辞学。奥维德时期的罗马，伟大政治演说家的时代已经一去不复返了。罗马史学家塔西佗在其《论演说家的对话录》中就记载："其时承平已久，民生安宁，皇帝执法严明，元老院中鸦雀无声，以致雄辩之学，日趋沉寂。"但演讲术，仍为罗马市民所推崇。奥维德的哥哥路奇乌斯潜心于此，而自幼爱诗的奥维德则与之背道而驰。但为了不辜负其父的殷殷期望，奥维德竭力遵从父亲的训谕，只是成效不甚显著。老塞内加就记载过这样的故事，他曾听过奥维德在老师傅思古思面前发表演讲，其言辞的精美超越于论辩力，可说是一首无韵的诗歌。从此可见奥维德诗人的天赋。奥维德自己也曾说，当他听从父命

用散文朗诵时，却无意中出口成诗。

　　之后，奥维德前往雅典深造，当时希腊文化是高等教育的标志。在那儿，奥维德广泛阅读了荷马、索福克勒斯等的诗作，深受启发。根据罗马的制度，青年人在完成正规教育以后，必须服兵役一年，然后才能担任国家官职。但门第显赫的青年，可用游学来代替服兵役。因而奥维德与同道中人、另一位青年诗人作了一番壮游。他们在西西里和一些希腊城市游历三年，领略了希腊地中海的无限旖旎风光，得到了许多逸闻趣事，大大激发了诗人自然奔放的情感。

　　回到罗马以后，其兄已经英年早逝，父亲转而希望他从政，求取功名。奥维德虽曾担任一些低级官职，但官场生涯终不合己性情。最初，他当了警官之类的差使，不久即离职。之后他干了一阵子法官，但也为期不长，尽管此前在他面前展示着升任财务官，并以此跻身元老院的仕宦宏途，但他还是毅然弃官从文。其父对此很不满，但还怀着最后的希望，指望他成为一个散文家，以后还可作修辞学教授。可奥维德不以父命为然，他与诗人结交，情投意合，立志于诗歌创作，这大大惹恼了其父，将其臭骂一通说："你即便能成为荷马，也是一个不名一文的穷鬼。"

　　奥维德早在少年时就依父愿娶妻，但前两个妻子皆早逝。而且父母之命、媒妁之言的婚姻使他享受不到爱情的甘甜，因而那段时光，他沉迷于情妇的温柔乡里，他在诗中称其为科琳娜，并为其写出自己的处女作《爱情诗》。科琳娜一直占据着诗人的心扉，直到诗人第三次成婚。那时夫妻相敬如宾，一直携手到老。奥维德的妻子出身名门，同奥古斯都家族过从甚密，奥维德因而得以出入上层社会，衣食无忧，寄情于文学创作。

　　奥维德的早期作品以爱情诗为主。他运用华丽的辞藻和炽热的情感，写出了许多脍炙人口的诗篇，很快在诗人圈中崭露头角。奥维德是爱情哀歌诗人的杰出代表，正是他将爱情哀歌的发展推向鼎盛。最早的一部哀歌体诗集《爱情诗》诉说了他与情人科琳娜的罗曼史，公元前 20 年一发表，即广受关注。他的《列女志》共二十一篇，以书信形式表达了古代传说中的女子珀涅罗珀、狄多、美狄亚等对情人、丈夫的哀怨，当时受到极大的赞誉。甚至皇帝奥古斯都也对此大加夸奖，并赠给他一匹骏马。随后他又相继写出《爱的艺术》、《论容饰》、《爱的医疗》等，多是反映诗人对爱情、诗作的看法。《爱的艺术》分三卷传授爱的技巧。《论容饰》则专述脂粉一类装饰用品，现仅存一百多行。可能为了平息奥古斯都对《爱的艺术》的愤怒，奥维德创作了《爱的医疗》。奥维德的爱情诗歌技巧娴熟，语言优美，深受罗马妇女的欢迎。诗人生活的时期正是奥古斯都统治的巩固时期，奴隶主阶级生活穷奢极欲，罗马道德颓废，奥古斯都为恢复古老传统风尚，整顿道德，采取了许多措施，但一切皆不尽如人意。奥维德这一时期的爱情诗就言语轻浮地宣扬不要虚度青春华年。这一时期诗人还创作了悲剧《美狄亚》，颇受欢迎，只是未能流传下来。

虽然已经在诗坛占据一席之地，但也可能意识到奥古斯都反感他的爱情诗歌，他便转而构思歌颂奥古斯都的大型诗作《变形记》和《岁时历》。《变形记》是古代希腊罗马神话的汇编，故事以时间为序，以变形为主线，溯及由宇宙建立、人类形成直至罗马建立，恺撒遇刺变为星辰，奥古斯都建立统治。这是奥维德最伟大的作品。《岁时历》则按月记述了罗马的宗教节日、历史事件、天象和风俗等，原计划十二卷，但因奥古斯都的放逐令下，只完成了六卷。

公元 8 年，正当奥维德满腹豪情地抒写诗篇时，奥古斯都发布饬令，将其流放托米，那是帝国边陲多瑙河口的一个小城（现罗马尼亚康斯坦萨），原因不详。奥维德自己也从未言明，只说是由于诗和错误，诗可能指《爱的艺术》，诗中描绘的谈情说爱之术与奥古斯都道德改革的要求背道而驰，错误可能指小朱丽亚与西拉努斯私通之事，奥维德是有干系的。小朱丽亚是奥古斯都之女朱丽亚的长女，酷似其母，也是放诞风流之人。其母就因其荒淫作风被流放到般达塔利亚，但小朱丽亚仍不思悔改。虽然她已嫁给大贵族爱米·利乌斯·保罗思，依旧不安分守己，风流故我。反对派揭发了她的淫乱事件。在经受痛苦的折磨之下，奥古斯都将其孙女小朱丽亚和其情人西拉努斯流放荒岛，几个牵涉此事的人，也同遭此劫，奥维德就是其中之一，从此奥维德的著作全被禁止。奥维德的流刑，并不是最严厉的处罚，他并未丧失公民权，能够自由支配其财产，还可以致信亲友恳请最后的宽恕，但当时诗人年届半百，饱经风霜。托米位于黑海沿岸，当时是一个荒凉的边陲小镇，那里气候寒冷，积雪终年不化，不但黑海与多瑙河水冻结，罐里的酒转瞬也冻成冰，甚至连居民的胡子也结成冰霜。当地的居民尚属未开化部族，善骑射，多半不懂罗马语，诗人不得不学习当地语言，而且还要面临敌对的蛮族部落的威胁。恶劣的自然条件对奥维德的身心无疑是巨大的摧残，流放期间，诗人从未停止过企求宽恕。他创作了《哀怨集》和《黑海书简》。《哀怨集》共五卷，收诗五十首。《黑海书简》共四卷，收诗四十六首。他以致亲友信的形式，描述了流放地的风土人情，表达了自己的孤寂心情，以示忏悔，希望能感化奥古斯都及其继承者提贝里乌斯，以宽恕其罪行，或至少减轻刑罚。但奥维德最终也未能回到罗马，死神解脱了他。公元18年他客死异乡，年寿六十。

尽管奥古斯都已将其作品清出公共图书馆，但这丝毫未影响到奥维德的声名。无论在其生前还是后世。奥维德的主要成就在于其诗歌创作的技巧方面。他运用韵律和辞藻的才能已达到极致，他的观察力的生动、精细是无可比拟的。因而在中世纪，奥维德被看成权威，在某种程度上领先于维吉尔，12、13世纪甚至被命名为奥维德时代。但丁就从他的作品中汲取了大量诗歌创作的精华。文艺复兴时期，人文主义者力图重建古典理想，奥维德的诗作颇为流行，英国著名诗人乔叟与戏剧大师莎士比亚就从中深受启发。莎士比亚在其《爱的徒劳》一剧中借塾师之口高度赞颂了奥维德的创作技巧，认为他善于嗅到幻想的花香和富于创造性的俏皮话。

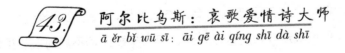

43. 阿尔比乌斯：哀歌爱情诗大师
ā ěr bǐ wū sī: āi gē ài qíng shī dà shī

提布卢斯·阿尔比乌斯（公元前55—前19）是罗马杰出的哀歌体诗人，在许多人的评论中，被奉为哀歌爱情诗泰斗。

阿尔比乌斯相貌英俊气质优雅，颇为引人注目，出身骑士家庭，并继承了祖上地产，家业兴旺。但公元前41年至公元前40年，为安置退役老兵，安东尼和屋大维将部分土地充公，因而可能导致了提布卢斯的绝大部分祖产被侵吞。但贺拉斯表示提布卢斯仍相当富庶，甚至拥有一座豪华府邸。不过提布卢斯本人却对情人一再申明自己生活的窘迫，或许这是相对于其祖上的富有而言。年轻的诗人得到了政治家马库斯·瓦莱里乌斯·麦撒拉的友谊和庇护，成为麦撒拉文学圈中的杰出一员。这个圈子，与盖乌斯·麦凯纳斯的截然不同，麦凯纳斯是当时皇帝奥古斯都的宠臣，他笼络了一批杰出诗人，包括维吉尔、贺拉斯及普罗佩提乌斯等，为奥古斯都的元首制歌功颂德，在当时颇具影响，而麦撒拉的圈子则远离奥古斯都宫廷，跳出歌颂奥古斯都统治的樊篱之外。提布卢斯在其诗中就从未提及这位当朝帝王。在麦撒拉的提携下，他曾有过一段军旅生活。提布卢斯自称在公元前30年的高卢战役中，赢得了军事勋章，并与其

奥维德

友麦撒拉同享一个营帐。后来他动身前往东方，然而中途病倒，诗人失望至极，在诗集第一卷第三首诗中他抒发了自己的沮丧心情并预言了自己早亡的命运。"但是如果我生命之线即将中断，在我的墓碑上请刻下这样的言语：在此地，因为早亡的命运，提布卢斯功业未成。病愈后诗人返回意大利。"

提布卢斯的诗歌属于以六韵步和五音步诗行交替写成的爱情哀歌。这种诗歌体裁是盖乌斯初创的，提布卢斯、普罗佩提乌斯及奥维德将其发扬光大。提布卢斯的诗作语言细腻，风格清新，深为时人所推崇。提布卢斯的诗作传世的共有三卷书，（其中第三卷在15世纪为意大利学者分割为二）定名为提布卢斯全集，但仅有前两卷出自提布卢斯之手。其发表日期不详，只能据书中所述推测。第一卷中诗人称颂了公元前27年9月25日

麦撒拉的凯旋，第二卷则提及了麦撒拉之子在教会学校的就职（可能在提布卢斯死前不久）。

提布卢斯全集第一卷共有十首诗。三首献给马拉苏斯，一首称颂其庇护人麦撒拉，而第十首则论述了战争与和平，提布卢斯厌恶战争，祈求和平。在诗篇末尾宣称："勇猛的战士请执起剑和盾，远离温柔少女的门庭；来吧，慷慨的和平，执起丰硕的麦穗，让富足的果实如流水一般倾泻而出。"但诗卷最主要的部分还是记述提布卢斯与其情人得利亚的罗曼史，共有五首这样的诗。得利亚确有其人，《金驴记》的作者阿普列尤斯考证其为普拉尼亚，有时诗人声言她未婚，而有时却又称其为有夫之妇。从其诗中显而易见，诗人趁其夫外出服兵役，得利亚与母亲同住之机，与之结识相好。提布卢斯深深迷恋于她的美貌，在诗中描写了恋爱中男子的心声，"你的爱会使即便残忍的人变得温柔，我愿与你一起忍受辛劳的负累，不休不眠。"但诗人的爱情也并非一帆风顺，后来得利亚的丈夫回来，两人相见受限。诗人曾抒写了自己久在门前守望的苦闷，为此向冰冷的房门大发牢骚，祈求暴雨无情地鞭打它。爱情的力量能冲破一切阻隔，两人私下里仍时常幽会偷情。诗人沉浸于爱情的甜蜜之中，幻想着有一日会携得利亚避居乡间桃源，共享安详美妙的生活，然而美梦难圆，最终提布卢斯发觉得利亚水性杨花，除己之外还招徕其他男子。一个静谧的夜晚，诗人就曾亲眼目睹得利亚与其情人深情相拥。对其此举，提布卢斯满腹怨恨，质问得利亚，然而得利亚却严词以待予以否认，并立誓表示自己的清白，声言自己每时每刻都与丈夫在一起。提布卢斯难以相信她的辩白，最后不得不忍痛割爱，与得利亚一刀两断。

第二卷中尼米西斯取代了得利亚，成为提布卢斯的情人，提布卢斯也为其赋诗五首。或许提布卢斯此举是对得利亚回以报复，然而这次得到的是更大的不幸。尼米西斯是上层社会有名的交际花，诗人情不自禁地爱上了她，完全成为了爱的奴隶。提布卢斯曾携尼米西斯到乡间小径，沐浴和煦的阳光。诗人陶醉于这样的时光，表白说即使尼米西斯让其去犁地，他也心甘心愿。然而好景不长，尼米西斯生性轻浮，风流韵事层出不穷，贪婪冷酷更甚于得利亚。在第二卷第六篇诗中，提布卢斯就斥责了她的贪婪与无情，同时也记述了自己矛盾痛苦的心情。"多少次我发誓永不见她，我曾经发誓，却又毫不迟疑地徘徊于她门前。我本当绝望，但希望仍低语'明天会好的'，'尼米西斯友善依旧'。然而在她的门口，虽然我时常听到她悦耳的笑声，一个干瘪的老太婆却总是应门说：她不在家。时常当约定的快乐时光来临时，却会听到：今夜她卧病在床了。留下我一人饱受折磨，疯狂地猜测此刻谁幸运地与其相依相偎。"然而尽管一次次地报怨绝望，但诗人始终难以割舍对她的爱恋，一直屈尊于她的石榴裙下。

除了对尼米西斯的记述外，第二卷诗人也称颂了乡村节日。诗卷开篇处诗人即描述了乡间春节时诗情画意般的田园，赞颂乡村美景。同时，诗人再次称颂了麦撒拉，谈及他的凯旋，在欢宴上举杯为其祈福。

第三卷诗为诗歌合集，集中了麦撒拉文学圈的著述成果。其中有六首诗作署名莱哥达穆斯，他可能是一个有修养的释奴。有人称可能是普罗佩提乌斯的释奴，曾被赠给其情人卿提亚。这个圈子还有一个作家，将苏尔皮奇亚的浪漫史写成诗歌（苏尔皮奇亚是麦撒拉的侄女）。不过苏尔皮奇亚自己也是满腹经纶，六首诗歌源于她的笔下。第三首诗作虽不是出自提布卢斯的手笔，但这些诗作也并非与提布卢斯毫不相称，也拥有相似的风格。

提布卢斯的性格，从其诗中可见，他生性友善，宽宏大量、心地平和，不喜欢浮华生活，尤其热爱乡间，远古农民节日的习俗深深地吸引着他，因而在诗中他热情洋溢地倾吐了在乡村的快乐以及对乡村的喜爱。在爱的领域里，提布卢斯执著于对情人的爱恋。财富的增长抵不过与情人分离的心痛；荣耀也无法与得利亚的出现相媲美。即使是他所钟爱的乡村美景，如果没有了她也变得索然无味。提布卢斯一生唯一的梦想就是携红颜知己退隐山林，过着与世无争的生活，而不似浪漫且不切实际的普罗佩提乌斯，总是梦想着其情人卿提亚会成为巾帼英雄。提布卢斯对情人用情至深，呵护备至。也正因为其用情太专，以至于总是为情所伤。

提布卢斯的诗歌，将简洁与柔和融于一处，他曾经悲痛地哀悼了尼米

西斯已逝的妹妹："松软的黄土下，我的小姑娘，愿你安息。"而且临终之时，他对情人依然恋恋不舍，说道："即将垂死，我要用我虚弱的手握住你。"

因其田园诗般的朴实、优雅及细腻的感情表达，提布卢斯在罗马哀歌体诗人中独占一席之地，他诗作的清新与真挚深受当时罗马人的欢迎。与普罗佩提乌斯相比有过之而无不及。昆提良就高度评价说："提布卢斯是罗马最高尚文雅的哀歌体诗人。"但就作品的创造力与富于变化而言，普罗佩提乌斯则略胜一筹。提布卢斯的哀歌深深启发了其后的诗人，奥维德继承其哀歌的衣钵，将爱情哀歌的发展推向鼎盛。

天妒英才，公元前 19 年维吉尔死后不久，提布卢斯即步其后尘。奥维德在其爱情诗中哀悼了朋友提布卢斯的死亡。在诗中他写道，丘比特哀痛于提布卢斯之死，爱神维纳斯掩住脸庞，难以控制其悲伤的泪水。奥维德坚信提布卢斯必将不朽，"他将漫步于天堂的林地"。苏维托尼乌斯也十分惋惜他的英年早逝："提布卢斯啊，你维吉尔的伙伴啊，不公正的死神把你也年轻轻地就送去了天国，可是也许再没有人为温柔的爱情谱写哀歌了，或者为国王们的战争谱写英雄史诗了。"

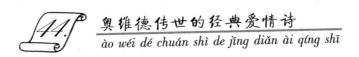

44. 奥维德传世的经典爱情诗
ào wéi dé chuán shì de jīng diǎn ài qíng shī

《爱情诗》是罗马帝国时期浪漫诗人奥维德的处女作，详述了奥维德与其情人科琳娜的风流韵事，同时也反映了当时罗马的颓废、纸醉金迷的生活。该作发表于公元前 16 年，如诗人自己所述，起初共有五卷，后压缩成三卷，每一卷均由拉丁哀歌体短诗组成。奥维德汲取了前辈作家诗歌创作的精华，科琳娜的形象主要取材于普罗佩提乌斯笔下的卿提亚和提布卢斯的得利亚，这个名字本身（及作者在情诗中哀悼的爱鸟）仿效了卡图卢斯的莉丝比亚。莉丝比亚寓指着希腊著名女诗人萨福，同样科琳娜也得名于一个希腊女诗人。

诗歌以时间为序。爱神丘比特的金箭射中了诗人，心中爱火燃烧，因而第一卷中诗人开始咏唱爱情诗，歌唱他与科琳娜爱情生活的开始。奥维德不由自主地爱上了科琳娜，忍受着爱情的煎熬，夜晚也难以成眠。科琳娜的身份我们无从知晓，但可以确信的一点是，她也是有些社会地位的有夫之妇，而且貌美如花。陷入情网不能自拔的诗人频频向科琳娜发起爱情攻势，并向之许诺，如果科琳娜能钟情于他，他会用诗歌使她流芳千古，并且指导她如何在舞会上逃过丈夫的注意向自己眉目传情。

事情终于有了初步的进展，双方首次约会。但科琳娜又紧闭大门将诗人拒之门外，诗人在屋外空守一夜，愤恨不平。后来有一次，诗人偶尔听到科琳娜与迪波莎斯的谈话，迪波莎斯是心怀叵测的老淫妇，她怂恿科琳娜凭借自己的美貌，去捞取情人们的财富。奥维德谴责了她的贪婪，但诗人仍一往情深，一再向科琳娜鸿雁传书，表达与科琳娜幽会的渴望和自己的真诚：他绝不是一个轻薄之徒，随意拈花惹草。

在奥维德爱情攻势的包围下，科琳娜终于投入诗人的怀抱，两人共度春宵，诗人快乐地如升入天堂一般。然而曙光无情地来临，他们不得不再度分开。诗人怨恨不已，"曙光女神，为何你的步履如此匆匆，你可知道此时我正欣喜地躺在情人温柔的臂弯里，幸福地拥之入怀。"

如当时其他妇女一样，科琳娜盲目地追赶时尚，为了使头发更加美丽，她使用铁钳卷发。结果弄巧成拙，后来她的头发开始脱落，最后几乎掉光了，以至于不得不戴上假发套。对此奥维德又疼惜又略带责备："科琳娜任性地剥夺了天神赋予的荣光。"

第二卷作者继续了他们的风流故事。尽管此前不久，奥维德发誓永远忠于科琳娜，但诗人也坦言各色美女均能燃起其心中熊熊的爱情火焰。羞怯端庄的、知识渊博的、善于交际的，他都想拥之入怀。也许乐极生悲，不久他就责怪了情人的不轨行为。

> 我亲眼目睹你向他暗送秋波，
>
> 我亲眼目睹你以酒代笔在桌上写字传情，

我亲眼目睹你亲吻他,当你以为我熟睡时,

什么样的吻啊!不是兄妹间的吻,而是情人间的缠绵悱恻的吻。

然而他们很快又言归于好,科琳娜深情地吻了诗人,她的吻如此让人销魂,以至于诗人疑窦丛生。

"她的技巧何以如此完美,难道是那个家伙教她的吗?"

一波未平一波又起,这次轮到科琳娜指责奥维德与她的女仆调情。奥维德非常愤慨,立誓以示自己的清白,并斥责女仆,为何她在面对这种指责时缄默不语。然而当他们私下独处时,他却吃惊地问她:"她(科琳娜)是如何得知的呢?但不管怎样,当她对你怒目相视时,是我以维纳斯的名义起誓,才使你免受一场风暴的洗礼。所以今晚回报我你的温柔。"女仆起初不允,诗人威胁说:"那我就告诉你的情夫我们的风流韵事,何时何地如何。"因而女仆只得答应。经历了种种事端,诗人对爱情慨叹万千,爱既是天堂也是地狱。但即便这样,诗人也乐此不疲。他夸耀自己床上本领的高超,并说即使为之丧命也心甘情愿。

科琳娜乘船外出旅行,离别时诗人感慨万分,祈祷情人一路平安。科琳娜平安归来,两人又共度一个销魂之夜。然而不久,诗人即陷入不安和惊恐之中。科琳娜堕胎,危及生命,诗人整日提心吊胆。她渐渐痊愈,诗人满心欢喜。他送给她戒指,作为爱情信物。

奥维德回故乡探亲,不得不与科琳娜再度小别,诗人思念着情人。在故乡,诗人又为科琳娜写了热情洋溢的信。

凝视着我,在苏尔莫凝视着我。

此地虽小,但景致优雅。

清澈的溪流波光闪闪。

虽然灼热的太阳炙烤着大地,

但这里却是凉风习习,牧野青青。

可这里没有我的爱,燃起我心中爱火的人不在这儿,没有了你，即使升入天堂，我也不会快乐。

此后故事进入第三卷。奥维德与科琳娜的风流韵事即将完结。奥维德已觉察到科琳娜已另有情夫，内心备受痛苦折磨，以至做了一个奇怪的梦。一头公牛爱抚着一头雪白的小母牛，幸福地依偎在一起。可后来，当公牛在远方牧场时，小母牛徘徊良久，之后迅速跑向更为繁盛的牧场，胸口上刻着深黑的印记。他请算命先生解梦，算命先生说，这寓指着科琳娜即将背弃他。可奥维德仍深爱着她，他急切地去看望科琳娜。可事事不顺，路被涨满洪水的河流挡住，他怒不可遏，无处发泄，他对着小河大发了一通脾气。

"疯狂的小河，为何你要拖延我将分享的快乐，为何你要阻碍我的归程。"好在他终于得以见到科琳娜。可更为糟糕的是，诗人发现自己性欲减退，不禁懊恼不已。科琳娜更是借故对诗人讥讽有加，猜测他准是另有情人，以至于身体不济。于是科琳娜投入别人的怀抱，诗人备受冷落。

此后他的朋友、诗人蒂勒斯之死更是让诗人体味了无尽的悲凉。诗人热切地爱着科琳娜，然而科琳娜却已习惯于放纵自己。奥维德很清楚这一点，但却无法割舍对她的情欲。终于有一天，他忍无可忍，打算挥剑斩情丝，"我已经忍受了太多，忍受了太多太久，我对你失去耐心了，我们结束了，再无亲吻，你无益于那样辩解，我不会像过去那样为你而痴狂。"

这些豪言壮语刚脱口而出，诗人的心就隐隐作痛，起伏不定。忍受着爱恨交织的折磨，诗人哀叹道："不能和你一起生活，却又无法失去你。"不久诗人即完全屈服，乞求科琳娜的原谅，表示自己因疯狂而迷失了心智。

奥维德爱得太痴，远远不如其好友贺拉斯那样"洒脱"。对于贺拉斯来说，女人只是他生命中的插曲。如果他对哪个女子有意，她垂青于他更好，反之他也只是耸耸肩，一笑置之。而奥维德却沉迷于科琳娜，不能忍受失去她的生活。

科琳娜太美了，美得让人心醉，即使她已不再忠贞于自己，诗人也愿意为其守候。但也正是他在诗中的赞颂使得科琳娜芳名远扬，受到诸多男子的青睐，因而诗人在诗中表示，他对科琳娜的赞美言过其辞。

但无情的科琳娜早已将诗人置之脑后。在和科琳娜最后的争吵中，痴情的奥维德仍苦苦哀求科琳娜爱自己，至少装出对自己的情意，但一切无可挽回，万念俱灰的奥维德感情受到重创，宣称不再写爱情诗，而准备创作庄重的题材。尽管如此，诗人的爱情诗已成为爱情的丰碑，必定要流芳百世。

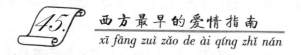

45. 西方最早的爱情指南
xī fāng zuì zǎo de ài qíng zhǐ nán

《爱的艺术》是西方历史上第一本阐述恋爱艺术的书籍，也是世界上最早的爱情启蒙读物。它是古罗马著名诗人奥维德在公元前 2 年前后写成的，全书共分三卷，详尽地描述了男女谈情说爱之术。奥维德撰写此书的目的即是为了教导人们如何去恋爱。

《爱的艺术》是罗马文学史上的一朵奇葩，它是罗马社会前所未有的作品，奥维德之所以能写出如此大胆的作品，尽述恋爱之术，是与当时罗马社会的道德风尚不谋而合的。

奥古斯都统治时期，罗马成为古代欧洲财富的中心。贵族生活奢靡，罗马城中庙宇、宫殿、剧院、角斗场林立，极尽奢华。因而社会道德日益沦丧，导致新旧两种思潮矛盾尖锐。保守的老一代主张恢复共和国时期俭朴的生活方式，严肃婚姻关系。而新一代的年轻人则要求摆脱传统的桎梏，要求恋爱、婚姻自由、享乐至上，这种矛盾与斗争集中体现于当时帝王奥古斯都的家中。奥古斯都的妻子李维亚素来生活谨严俭朴，崇尚传统美德；而他的掌上明珠朱丽亚则是标新立异，与其继母大相径庭。她虽已是执政官阿格里巴的妻子，但依旧喜好饮酒作乐，夜夜笙歌。她的风流艳史闻名罗马，街头巷尾尽人皆知。据说她衣着放荡，只穿东方运来的丝绸，轻纱曼妙，几乎和裸体一般。

旧派势力力量壮大，得到包括后来的皇帝提比略和一些元老的支持，加之一些当时享有盛名的诗人的拥护，如李维等。而朱丽亚也纠党结众，集结了大批浪漫青年，过着糜烂的生活，诗人奥维德就是其中一员。

鉴于社会道德的日益沦丧，在李维亚和提比略的鼓动下，奥古斯都于公元前 18 年颁布了一系列法令，如《婚姻法》、《惩治通奸法》等（总称《朱丽亚》法令），以力图重塑罗马人的道德风尚。法令规定："女儿与人通奸，家长有权将奸夫淫妇处决；怂恿教唆他人淫乱者，同罪并罚。"此后罗马青年的爱情晴空便为阴云所遮盖。史学家费莱洛就在其《罗马兴衰史》中感慨万分： "此后，在爱神阿佛洛狄忒的领域中，建立了恐怖统治。"

公元前 12 年，朱丽亚的丈夫阿格里巴病故。依从父愿朱丽亚嫁给提比略为妻。朱丽亚一直蔑视提比略，因而丝毫不将其放在眼里，风流故我，依旧过着歌舞升平的生活。提比略无力驾驭朱丽娅，又不堪其辱，在奥古斯都的许可下，于公元前 6 年愤而隐居罗德岛。

公元前 2 年，奥维德写出《爱的艺术》，明显是对《朱丽亚法令》的不屑一顾，朱丽亚对此书大为褒奖。可不久以后，即有人揭发了她的浪漫情史。根据《朱丽亚法令》，奥古斯都起初要将她处决，在众人的劝说下才收回成命。但盛怒难平，最后奥古斯都仍将自己的独女流放到般达塔利亚的孤岛中。

四年之后，在其母李维亚的大力斡旋下，提比略重返罗马，并被晋升为奥古斯都的首要亲信，执掌大权，因而保守势力声威壮大，他揭露了朱丽娅之女小朱丽亚的私通之事，小朱丽亚因而被流放，诗人奥维德也因与此案有染而同遭此劫，其作品被禁。

《爱的艺术》因为曾经是禁书，流传下来的古抄本寥寥无几，仅牛津、巴黎、维也纳各存一本。牛津本只留一卷，巴黎本三卷俱存。现代译本多从巴黎本译出，中文译著出自戴望舒的手笔，并被重新定名为《爱经》。戴望舒对此书评价甚高，在序中即写道："《爱经》三卷，皆当其意气轩昂风流飘举之时，以缤纷之词藻，抒士女容悦之术，于恋爱心理，阐发无遗，而其引用古代神话故事，尤见渊博，故虽遗意猥亵，而无伤于典雅；读其书者，为其色飞魄动，而不限于淫逸，文字之功，一至于此。吁，可赞矣！"

《爱的艺术》是罗马文学史上的名著，反映了罗马帝国时期颓废的社会现状。除去书中的淫秽部分，奥维德尊重妇女，肯定妇女才智的思想在当时是非常民主、进步的，因而此书在作者的生前与死后都颇受欢迎。

在中世纪，教会虽然反对奥维德的异教思想，但是僧侣们仍孜孜不倦地读其作品，甚至将其用作教会学校里的课本。最让人忍俊不禁的是，据记载，阿拉贡王雅各一世在一次贵族和主教们的大集会上，突然引用了《爱的艺术》中的一段，却自以为是圣经里的金科玉律。

后世的许多学者也对此书交口赞誉。德国的向茨说："《爱的艺术》将罗马人的社会生活忠实地展现于人前，其第一特点就是诙谐幽默，寓严肃的教育意义于轻浮的内容中。"而英国的文评家麦考莱更是对之推崇有加："《变形记》和《爱的艺术》都是诗人天才想像力的杰作，在世界文坛上影响深远。正如《唐璜》是拜伦最伟大的作品一样，《爱的艺术》是奥维德最伟大的著作，他运用辞藻的才能已趋极致。"

然而，由于《爱的艺术》中赤裸裸的性爱描写，有的人对奥维德的文学地位与成就颇有微辞。如"《爱的艺术》可能是前所未有的最不道德的诗，但并不是最伤风败俗的诗作"。

简而言之，奥维德的《爱的艺术》既被有些人视作坏书，同时又被誉为天才的著作。它开创了罗马历史的先河，在诗坛的百花园中一枝独放，成为西方最早的情海探秘指南。

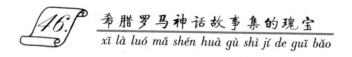

46. 希腊罗马神话故事集的瑰宝
xī là luó mǎ shén huà gù shì jí de guī bǎo

《变形记》是公认的古罗马诗人奥维德的杰作，也是他一生中最为辉煌的成果。此作初创于公元七年，即奥维德被逐之前，诗人采用古典诗中常见的六韵步行诗，即扬抑抑格写成，共分十五卷，汇集了约二百五十个希腊罗马神话故事，不愧为希腊罗马神话故事集的瑰宝。

诗歌以宇宙的混沌初始状态开篇，然后描述了人类产生时的四大时代，黄金时代、白银时代、铜器时代、铁器时代。铁器时代的人类不敬天神，为洪水所吞噬，只有丢卡利翁与其妻幸存。他们听奉神旨，沿途掷下地母的骨头——石头，使人类重新繁衍。与此同时一种怪物蟒蛇产生，为日神阿波罗所杀。阿波罗对美貌的河神之女达佛涅一见倾心，追逐她的芳踪，达佛涅为避其追逐，化作一棵月桂树。

阿波罗的父亲天神朱庇特更是一个情场老手，处处拈花惹草。为免于其妻朱诺的猜忌，他一会儿将美女伊俄变为母牛；一会儿自己变作白牛，掳走欧罗巴；一会儿又化作金雨，与达那厄私下幽会；一会儿又化身天鹅，引诱勒达。但其情人卡利斯忒、塞墨勒仍成为朱诺嫉妒的牺牲品。阿克泰翁无意中闯入仙女洞，惹下祸端，被狩猎女神狄安娜变成麋鹿，最终被猎狗咬死。女神尼科爱上了英俊的那喀索斯，向其求爱遭拒，那喀索斯为此遭到报复，变成水仙。珀尔修斯杀海怪得美妻。

珀洛斯的几个女儿因蔑视文艺女神被变为喜鹊；阿拉克涅的高超技艺引起弥涅瓦的嫉妒，因而被变作蜘蛛；尼俄柏轻视拉托娜而使自己的七子七女全部丧生，痛悔不已而化成哭泣的石像。

伊阿宋得美狄亚之助，取回金羊毛，但后又将其抛弃，以致夫妻反目酿成悲剧。朱庇特之子赫拉克勒斯已有妻室，却又朝三暮四另娶娇妻，死于妻子的毒衣，代达罗斯教子飞天，其子伊卡洛斯未遵从父亲叮嘱，为汹涌的海浪吞噬。色萨利的国王刻宇克斯出海，遇海难丧生，其妻悲恸不已，天神为之动容，使他们双双变成翠鸟。弥达斯贪于点金术，结果终受其累。

特洛亚王子借维纳斯之助拐走绝世无双的斯巴达王后，引发十年浩劫——特洛亚战争。埃涅阿斯于城破后出逃，流落意大利，成为国王的东床快婿，但因其妻此前已与图尔努斯王订有婚约，因而引发战争，埃涅阿斯获胜，建立罗马，被奉为天神。最后恺撒遇刺，变为星辰，奥古斯都继承其位。

　　《变形记》气势宏伟，布局巧妙，诗人以高超的艺术手法将二百多个古代神话故事联结为一个有机的整体，以"变形"巧妙地展开故事情节。如朱庇特变成白牛，那喀索斯化身水仙，恺撒变为星辰等。这既体现了古希腊哲学家毕达哥拉斯的灵魂转移理论，又反映了卢克莱修一切都在变化的唯物论思想。"一切事物只有变化，而无死灭"，"事物决不会永保同一形态"。

　　为创作这部大型诗作，奥维德呕心沥血，广泛搜集素材。诗人收入了许多广为流传的民间故事及为人熟知的神话故事，并进行艺术加工，将他们生动形象地展现于读者面前，如弥达斯点物成金的故事。这个广为流传的故事是这样的：酒神狄奥尼索斯的义父，半羊半人的森林之神西勒诺斯沉湎于酒色。有一次因醉酒为勃里癸亚的农民所缚，送至国王弥达斯宫中。弥达斯认出其身份，因而大摆筵席，盛情款待，并派人将其护送回住处，酒神感激万分，允诺弥达斯的任何要求。弥达斯毫不迟疑地选择了点金术，却未料到这竟成了对自己的惩罚。

　　诗人以喜剧性的嘲弄叙述了这个故事，耐人寻味。点金术"看似一种恩赐，实则是一桩不幸"。弥达斯"捡起一块石头，石头顿时金光闪闪；抓起一把泥土，立刻变为一团黄金；采摘成熟的麦穗，麦穗顿时化为金灿灿的麦粒"。此时弥达斯"心中涌起金色的愿望，愿天下万物皆成黄金"，然而当仆人摆下丰盛的筵席时，虽然满桌尽是山珍海味、美酒佳肴，但香味四溢的肉片，一经他的牙齿即变为金片，美酒佳酿略一沾唇，即化成一股金水。他饥肠辘辘，无粮果腹，无水解渴，最后不得不请酒神收回恩赐。

　　同时诗人也汲取了前人创造的成果，加之自己丰富的想象力和天才的创造力，使古老的故事重放异彩。如描写刻宇克斯和阿尔库俄涅的故事。刻宇克斯本是色萨利的国王，阿尔库俄涅是他的妻子，双方情意缱绻，后来刻宇克斯出海遇难，而对此一无所知的阿尔库俄涅仍终日为其祷告，祈盼其平安归来。朱诺不忍阿尔库俄涅受此煎熬，派人托梦与她，告知其夫亡故之事，阿尔库俄涅悲痛而死，怜悯的神明将他们夫妻二人都变为了翠鸟。最早记述这个故事的就是古希腊的赫西俄德。这对夫妻因对天神宙斯和赫拉不敬，遭致惩罚，被宙斯变成彼此分离的鸟。后来有人引用了这一故事，引申了两人的爱情故事，使其成为一部爱情悲剧，而诗人则主要是以科洛丰的尼坎德罗斯的变形记为蓝本，用三次变形将这几个互不相干的故事统一起来，重现了一个生动优美的英雄故事。

在《变形记》中，对于人人敬畏的神明，奥维德却采用了大不恭敬的原则，这是非常难得的。在《荷马史诗》或古代的神话诗歌中敬神的思想是根深蒂固的，就连奥维德同代的维吉尔也如此。因为神是统治阶级的象征，对神的亵渎或许也是奥维德遭逐的原因之一。公元 7 年奥维德被逐至托米，此前《变形记》已完稿，但诗人立即将书稿焚毁，因有抄本，这部伟大作品才得以流传于世，不过诗人对自己的这部作品也是十分满意的，在《变形记》的结尾中他抒写道："现在我已完成了我的作品，任凭朱庇特的狂怒，任凭火与剑，任凭时光的蚕蚀，都不能为之奈何。没有什么力量可以拯救我的躯体，死期愿意来就请它来吧，来终结我这飘摇的生命。但是，我的不朽的一部分，将与日月齐辉。罗马人的征战到哪里，我的作品就会在哪儿被人们世代传诵。如果行吟诗人的预言不爽，我的声名将千古流传。"

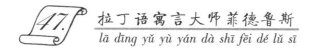

47. 拉丁语寓言大师菲德鲁斯
lā dīng yǔ yù yán dà shī fēi dé lǔ sī

菲德鲁斯（公元前 15 —公元 50）是古罗马最杰出的寓言作家。

他生于希腊南部的皮埃里亚地区，生来即为奴隶，幼年辗转来到罗马，成为皇帝奥古斯都的家奴，后被解除奴籍，因而自称"奥古斯都的获释奴"。此后他得以接受系统教育，博览希腊、罗马名家之作，这对他以后的著述大有裨益。

菲德鲁斯的寓言共有五卷，约一百三十多则寓言，最为著名的有《狼和小羊》《狐狸和葡萄》、《老人和驴》等。菲德鲁斯最初创作寓言是在提比略统治时期。提比略是奥古斯都的养子，生性多疑而暴虐，他宠信塞雅努斯，实行血腥统治，以致告密风行，民不聊生。面对朝廷的黑暗与腐败，菲德鲁斯愤而写出《寓言集》第一、二卷，言辞尖刻，意味深长，并且其中有些寓言含沙射影地讥讽了当朝权贵提比略的宠臣塞雅努斯，因而遭致塞雅努斯的迫害，不得不辍笔。

公元 31 年，作恶多端的塞雅努斯死去。六年之后，皇帝提比略也赴黄泉。菲德鲁斯得以重振文笔，《寓言集》第三、四、五卷在此期间相继问世。第四卷和第五卷分别献给当时颇有名望和地位的获释奴，帕提库隆努斯和菲勒图斯。因惧怕塞雅努斯余党的迫害，后三卷寓言言辞比较含蓄，不过在有的寓言中，作者仍直抒胸臆。第五卷中有篇寓言，虽然表面是讥诮一个名叫普林克普斯的吹笛手，但却难免有暗指罗马皇帝尼禄之意。尼禄酷爱舞乐，经常公开登台表演。普林克普斯的，拉丁语原意为第一，奥古斯都统治时期被奉为皇帝尊号，并为后世帝王所沿用。

菲德鲁斯的一百三十多篇寓言，内容广泛，大多据古希腊寓言家伊索的作品改写而成，同时也取材于民间故事和罗马社会的现实生活。但他不仅仅局限于对前人作品的简单重复抄袭，而充分发挥了自己的创造力与想象力。他说："伊索首创了寓言体裁，我会将其发扬光大。"因而第一卷寓言集虽然取材于伊索的寓言，但却力求与罗马的社会生活相结合，体现新的思想材料。诗卷开篇的《狼和小羊》即是一例。狼看见一只小羊在河边喝水，就想找借口把他吃掉。狼站在上游，斥责小羊把水搅浑了，使他无法喝到清水。小羊回答说自己站在岸上，而且处在下游，不可能把水搅浑了。于是狼又说："你去年骂过我的爸爸。"小羊回答说，那时我还未出生呢，狼凶相毕露，说道："即使你善于辩解，我就不吃你吗？"为吃掉小羊，贪婪蛮横的恶狼将一些莫须有之罪强加于它的身上，菲德鲁斯借伊索的这则寓言，把罗马社会弱肉强食，告密者编造谎话陷害忠良的丑恶暴露无余。《狐狸和葡萄》也是伊索的名作，饥饿的狐狸看见葡萄架上挂着串串诱人的葡萄，垂涎欲滴，想摘却又够不着，临走前，他自言自语地说：

"葡萄还是酸的。"菲德鲁斯将其加工后，淋漓尽致地展现了一些人自我解嘲的丑恶面目。

除了动物寓言外，菲德鲁斯大大丰富了寓言的内容，曾从历史笑话、神话故事及哲理性格言中汲取了大量创作的养料。

菲德鲁斯声称，"受压迫的奴隶想要吐露而又不敢吐露的情感，就用寓言的形式加以表达，借虚构的笑话来避免非难。"作为社会下层人的代表，他深谙社会生活，尤其是劳动人民的贫苦生活的底蕴，因而在寓言中，菲德鲁斯从罗马受压迫者的立场出发，抒写了劳动人民的痛苦，倾诉他们的心声，呼唤自由，并歌颂自由。在《伊索与逃跑的奴隶》中他描绘了奴隶的苦难，他们冒险逃跑是迫于生活的悲惨遭遇。而在《驴和鼓》中，菲德鲁斯则进一步指出了统治阶级对人民的冷酷无情。出身贫寒的人不但生时悲惨，甚至死后也将遭致命运的折磨。一些女神塞比勒的牧师每当四处募钱时，都会用一头驴来驮运他们的行李。后来，因为劳累过度及被鞭打过重，可怜的驴死了。牧师们剥去它的皮，制成了许多小鼓。有人问道为何他们要如此对待他们亲爱的驴，他们回答说："它以为死后它会无忧无虑，但即使它已死去，灾祸也会接踵而至。"由此描摹统治者的嗜血残忍可谓惟妙惟肖。

同时，菲德鲁斯赞颂了劳动人民的辛勤，他们终日辛苦劳作才换来了社会财富的增长，然而不幸的是，他们却不能享受自己创造的劳动成果，就如"遍身罗绮者，不是养蚕人"一样，因而菲德鲁斯强烈地要求劳动人民的付出能得到回报，《工蜂、雄蜂在黄蜂面前受审》就表达了此意。工蜂在橡树高处搭建了它们的蜂巢，然而懒惰的雄蜂却坚持说蜂巢属于他们。双方诉诸法庭，黄蜂担任法官，因为她对双方了如指掌，对此案她判决如下："你们的身体没有不同，而且你们的颜色相同，因而这件案子十分棘手。为了避免任何鲁莽的错误，我得一丝不苟地处理，所以，拿走这些蜂巢，在里面装满蜡制的窝，这样蜜的味道和蜂房的形状就会显露哪一方应该拥有这个有争议的蜂巢。雄蜂拒绝遵从，而工蜂十分满意。因而法官宣判：'显而易见，谁能制作那些蜂巢，谁不能，因此我归还工蜂们的

劳动成果。'"

　　劳动人民的痛苦生活是腐朽统治者造成的恶果，因而抨击罗马社会的皇帝专权、奸臣当政，以致民不聊生就成了菲德鲁斯重要的主题。在《母牛、山羊、绵羊与狮子》中，狮子先是假仁假义地将猎物分成四份，然后却又露出本来面目，蛮横地全部据为己有。统治阶级剥削掠夺百姓的强盗行径暴露无遗。在《老人和驴》中，作者更是一针见血地指出了皇权统治的丑恶本质。一个弱小懦弱的老人牵着驴来到牧场。忽然喧声四起，敌人即将来临，老人恐惧得瑟瑟发抖，劝说他的驴赶快逃跑以免被捉住，驴却平静地回答说："告诉我，你认为胜者会给我加上两副鞍吗？"老人回答说不会。"那么我就泰然处之吧"，驴接着说，"只要我仅驮着一副鞍，谁是我的主人又何妨呢？"菲德鲁斯借此意味深长地指出，皇位更迭，劳苦大众依然一无所获，只不过是更换了主人的名字而已。除了讥嘲帝王外，作恶多端的塞雅努斯也难逃作者的笔伐。菲德鲁斯在《青蛙和太阳》中让青蛙展露自己的心声："现在只他一个，民众已处于水深火热之中。如果他再添子，民将何以存活。"

　　不过阶级的局限性仍造成了菲德鲁斯思想的矛盾，他同情劳动人民，却又不敢让他们起来斗争，争取自身的幸福，反而规劝他们安于现状。

　　尽管如此，作为一个杰出的寓言家，菲德鲁斯的作品还是启发了后世许多的寓言家。在中世纪，他的寓言极受欢迎，无数诗歌与诗文版的寓言在欧洲以及大不列颠问世，并且绝大多数的作品被收录为合集，定名"罗慕路斯"，以至于后世有些学者设想这些作品出自罗慕路斯之手。此后菲德鲁斯的作品曾一度散佚。直至 18 世纪早期一个手抄本在帕尔马出现，它共含有六十四首寓言。后来另一部手稿在梵蒂冈再现，并于 1837 年发表，受到了广泛的关注。拉封丹、克雷洛夫等杰出寓言作家都曾从他那里汲取创作的养料和创作的灵感。

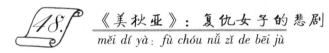

《美狄亚》：复仇女子的悲剧

měi dí yà: fù chóu nǚ zǐ de bēi jù

　　欧里庇得斯是古希腊三大悲剧诗人之一，一生著述颇丰，包括《特洛亚妇女》、《伊翁》、《俄狄浦斯王》、《赫拉克勒斯的儿女》等。在他的笔下，希腊悲剧不仅形式上日臻完美，而且人物也日趋真实，摆脱了埃斯库罗斯和索福克勒斯戏剧中理想化的英雄人物的模式，极大地促进了希腊悲剧的发展，也深远地影响了后世的剧作家。塞内加就是深受其熏陶的罗马剧作家，除《特洛亚妇女》仿效其同名剧作外，他还根据其《美狄亚》创作了同名的复仇女子悲剧。

　　《美狄亚》取材于希腊的神话故事。色萨利的一个国王克瑞透斯将王位传给长子埃宋，但幼子珀利阿斯却篡夺了王位。埃宋的儿子伊阿宋长到及冠之年，向叔叔讨还王位，珀利阿斯假意应允，但要求伊阿宋去夺取金羊毛。关于金羊毛有这样一个传说：色萨利有个国王名叫阿塔玛斯，王后叫涅斐勒，夫妻育有一子一女。后来阿塔玛斯宠爱小妾，孩子备受小妾虐待，因而涅斐勒筹划将两个孩子送离皇宫。神使墨丘利出面帮忙，派来一头长着金毛的公羊，涅斐勒让两个孩子骑在公羊背上，公羊驮着两个孩子腾空而飞，经过无数陆地与海洋，后来女孩从羊背滑下，坠入海里，男孩则安全抵达科尔基斯。埃厄忒斯国王盛情款待了他，并将一女许配其为妻，男孩宰杀公羊祭献宙斯，并将金羊毛赠与国王埃厄忒斯。国王把它置于一片圣林中，并让毒龙严加看守，因为神谕曾告诉他，说他的生命全在于能否保有金羊毛。全世界都认为金羊毛为无价之宝。因而伊阿宋邀请了希腊著名的英雄来参加这次英勇的壮举，他们乘坐"阿尔戈"船，驶往科尔基斯。伊阿宋向国王埃厄忒斯说明来意，国王心中十分愤恨，但却嘴上答允，要求伊阿宋将两头长着铜蹄、鼻孔喷火的公牛套上犁翻地，并且把卡德摩斯擒下的巨龙的牙齿种到田里。众所周知，龙牙种到地里后，会长出一队全副武装的士兵，他们会利用利刃来对付耕种的人。明知危险，但伊阿宋还是接受了国王的条件。埃厄忒斯的女儿女巫美狄亚爱上了英俊的伊阿宋，因而给了他神圣的膏油，以有效地对付公牛们喷出的毒火与武士们的利刃。在美狄亚的帮助下，伊阿宋完成了国王的任务。接下来的一关就是从怪龙的看守下夺取金羊毛，伊阿宋将美狄亚事先调好的药水往其身上洒了几滴，药水的芳香使它昏迷，它闭着嘴，伸着腰，酣然入睡。伊阿宋抓起了金羊毛，带着朋友们与美狄亚扬帆破浪朝色萨利赶去。埃厄忒斯得知此事后，勃然大怒，带兵去追赶他们。其子阿布绪尔托斯先到达依斯忒尔河口，封锁了阿尔戈英雄们的归路。为了逃生，美狄亚与伊阿宋残忍地将其弟砍成碎块，抛入海中，父亲忙着收拾尸体，因此没有追上他们，最后他们安全地返回了色萨利，将金羊毛交给了珀利阿斯。但珀利阿斯背信弃义，不愿交还王位，因而美狄亚诱使珀利阿斯的女儿们，假称会使其父返老还童，让其女儿们手提利刃将老父杀死，并将其剁碎，放进油锅。为了避难，俩人逃至科林斯，共同生活了幸福的几年，育有二子。可是后来伊阿宋却抛弃了美狄亚，另娶科林斯国王克瑞昂的女儿克瑞乌斯，因而酿成了这部复仇悲剧《美狄亚》。

美狄亚叛国离家，与伊阿宋私奔，本以为双方可以厮守终生，却未料到如此下场，她痛恨伊阿宋的忘恩负义，决心报复。因而塞内加在五幕剧中，深刻地描述了这位烈性女子的复仇情感。

此剧开始时，婚礼正在进行之中，美狄亚说明事态，祈求神明与恶魔降罪于伊阿宋，并想以残忍的手段报复伊阿宋。由于恐惧美狄亚的魔法，担心其会不利于自己的女儿，国王克瑞昂命令美狄亚即刻离开科林斯，美狄亚请求宽限一些时间，克瑞昂心存恐惧，怕其另有预谋，只给了她一天的时间准备行装，美狄亚决心利用这一天报仇雪恨。这时伊阿宋走来，也劝美狄亚离开，美狄亚痛斥他的忘恩负义，诉说自己为其抛国舍家的遭遇，并请求伊阿宋允许其带走孩子，以相依为伴。伊阿宋珍爱孩子，声称"孩子是我的命根子，是我燃烧着的心的寄托与安慰，我宁可失去呼吸、失去肢体、失去阳光也不能失去孩子"。美狄亚抓住了伊阿宋的痛处，决心实行残酷的计划——杀死公主与孩子。她走进密室，取来致命的花草，挤出巨蟒的毒液，与不祥的飞禽的鲜肉混合；调剂成剧毒的汁液，并将其染于将要赠与新娘的婚纱上，然后嘱托两个孩子将礼物送给科林斯的公主。不幸就这样发生了。公主一穿上衣服，就被火焰所吞噬，蛇毒滋润的毒焰燃透她的骨髓。克瑞昂闻讯后，伏在女儿的尸体旁痛不欲生，被衣服沾住，也同时化为灰烬，贪婪的火焰吞没了整个宫殿，楼宇被焚毁。得知这一消息后，美狄亚决心实施下一步的复仇计划，杀死两个亲生儿子。起初母性的情怀也使得她于心不忍，但复仇的火焰燃遍了她的全身。她提剑杀死一子以吊唁亡弟之灵，伊阿宋请求她饶过另一个孩子，但美狄亚当着伊阿宋和军队的面又杀死另一个孩子，并将两个孩子的尸体从屋顶抛下，乘着龙车飞去。

塞内加的悲剧注重表达激烈的情绪变化，而不注重对情节的描写，情节简要，因而虽是取材于欧里庇得斯的同名悲剧《美狄亚》，但在艺术特点上仍大相径庭。

同样是对女主人公美狄亚的刻画，欧里庇得斯对美狄亚则寄予了深刻的同情。美狄亚原本聪明、热情、勇敢，后来由于丈夫移情别恋，自己与孩子被逐，才决心反戈相击。她要杀害公主与亲生骨肉以揭开伊阿宋的痛处，但美狄亚母爱至深，几次三番不忍下手，内心辗转反侧，"我失去了你们，就要走过那艰难痛苦的生活，我的孩子，为什么用那样的眼睛望着我，为什么向我最后一笑"，"我得取消我的计划，为什么非要他们的父亲遭到报复，使我自己反受这双倍的痛苦呢"，"即使他们不能与你一起生活，但他们毕竟生活在世上，这也好宽慰你啊！"但复仇的激情又同时涌来，而且唯恐克瑞昂的族人迫害他们，"我不能让我的仇人侮辱我的孩儿，无论如何，他们非死不可，我生了他们，就可以把他们杀死，命运注定了便无法逃避"。此外，杀死儿子后，美狄亚将他们的尸体带走，准备亲手将他们安葬于海角赫拉的庙地，以免仇人挖掘他们的墓地，并且准备举行祭礼，以赎自己杀子之过。而塞内加笔下的美狄亚，从始至终心中就充斥着复仇的情感，而且愈来愈盛，对于亲生骨肉，美狄亚虽也难免有恻隐之心："可怜的孩子犯了什么罪而要忍受惩罚，他们的罪过也只在于伊阿宋是他们的父亲，美狄亚是他们的母亲，"她更强烈的却是怨恨复仇的意志。美狄亚杀死两子后，残忍地将两个儿子的尸体从屋顶抛下，而且还声言："对于我忍受的痛苦来说，杀死两个儿子也远远不够，如果现在在我这个做母亲的身体里还留有什么爱情结晶的话，我也要举起剑划开腹部，把它取出。"可谓疯狂至极，愤怒使她失去了理智，变得残忍无比。

对于忘恩负义的伊阿宋，两位剧作大师也各有不同的塑造。欧里庇得斯基于痛恨男权社会对待妇女不平等的立场，痛斥了伊阿宋的薄情寡义。伊阿宋贪慕权力与富贵，与公主另结姻亲，却假惺惺地对美狄亚表示关心，当美狄亚斥责他忘恩负义时，他却厚颜无耻地辩解说，他之所以这样做，是为孩子着想，保障家庭生活的幸福。

而塞内加则是以王权的残暴和无道，展示了伊阿宋左右为难的命运，抛妻弃子并非己愿，而是受国王所逼，他自白道"我如果顾及妻子给我的恩惠而对她保持忠诚，那我就得交出生命，而我如果不想送命，那我就得放弃忠诚。不是惧怕，而是畏怯的仁爱之心战胜了忠诚，否则，我的孩子们必然同他们的父母们同遭劫难。"对高举的王权的惧怕，使得伊阿宋屈服了。

不同时代的作家自然反映不同时代的社会，欧里庇得斯反映了对当时社会的不满，赞扬妇女的反抗，而塞内加则更多地影射了当时罗马的暴政，借克瑞昂之口，塞内加说道："只要是国王的命令，你都得服从，不管它是公正不公正。"生活于如此艰困的时代，塞内加的悲剧浸透了恐怖与绝望，但它对后世的影响却是深远的。

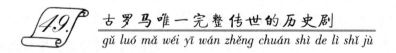

49. 古罗马唯一完整传世的历史剧
gǔ luó mǎ wéi yī wán zhěng chuán shì de lì shǐ jù

《奥克塔维亚》是古罗马完整流传至今的唯一一部历史剧，古代一直归于悲剧大师塞内加的名下，后经学者考证，此剧也可能为伪作，是尼禄死后别人对塞内加之作的仿效。不过就其思想倾向、艺术风格、笔力等而言，颇似于塞内加式悲剧。

卢奇乌斯·安奈乌斯·塞内加一生曲折，与宫廷来往密切，被恩格斯称为"依附尼禄宫廷的头号阴谋家"。公元41年，因皇后美撒里娜的控告，塞内加被皇帝克劳狄发配于荒无人烟的科西嘉岛，九年里备受磨难。后来阿格里皮娜得到皇帝宠信，从中斡旋，将塞内加召回罗马，担任了尼禄的老师。为了帮助尼禄夺取帝位，塞内加协助阿格里皮娜，策划宫廷政变。公元54年尼禄登基后，作为开朝元老，塞内加辅佐朝政，高官厚禄，衣食无忧。但残忍、荒淫的尼禄亲小人远贤臣，塞内加处境维艰。尼禄的顾问屡屡在皇帝面前诋毁他，"塞内加的财富富敌王侯，而且他骄傲自大，公开贬低皇帝的诗歌，放言仅有自己有演说天才"。由于不满于朝廷腐败，塞内加愤而解甲归田，潜心著述。可能在此期间《奥克塔维亚》问世了。

在塞内加著述此剧前，罗马历史剧的发展已经历了漫长的里程，最初撰写历史剧的是公元前3世纪的奈维乌斯（公元前270—前204）。他以罗马现实为题材撰写历史剧，使罗马戏剧摆脱了对希腊戏剧单纯的模仿，初创了紫袍剧（紫袍源于古罗马的官服，是镶金边的长袍之名）。其中抒写了马塞卢斯对外征战的胜利。效法奈维乌斯，古罗马悲剧的鼻祖恩尼乌斯也撰写了两部历史剧《萨比尼亚妇女》和《昂布拉奇亚》。在后一部中作者记载了公元前189年昂布拉奇亚的围攻。随后，阿克齐乌斯（公元前120—前85）的《布鲁图斯》与《埃尼阿德》问世。前者主要描述了高傲者塔克文被逐及共和的建立。尽管此剧谈论的是古代史事，但仍可与其他近世历史剧相媲美，因为据说此剧是为纪念公元前138年的执政者朱尼乌斯·布鲁图斯而作，他是作者的挚友，而《埃尼阿德》则赞颂了戴克优斯·穆斯在森提努姆战役中的自我牺牲精神。阿克齐乌斯之后，帕库维乌斯等人也相继创作历史剧。但可惜诸辈之人的作品均已失传或仅有断片残留，唯一完整传世的仅有这部《奥克塔维亚》。

奥克塔维亚是罗马皇帝克劳狄与第三任妻子美撒里娜所生之女，塞内加以其悲惨命运抒写了尼禄的暴政。

《奥克塔维亚》全剧共有五幕戏，均由对话组成。第一幕中尼禄准备另娶娇妻，其妻奥克塔维亚向保姆哭诉自己的不幸与愤怒，痛斥了尼禄的累累恶行，杀父弑母又荒淫无度。第二幕中作者本人出场，力劝皇帝尼禄体恤民情，施行仁政，但尼禄顽固不化，独断专行，不听任何劝谏，执意迎娶新人。因而第三幕里奥克塔维亚被赶出寝宫，后位为女仆波佩亚·萨比娜所占据，而且波佩亚的雕像处处与尼禄并肩而立，同放异彩。然而婚礼之日，尼禄黄泉之下的母亲阿格里皮娜鬼魂重现，诅咒了尼禄的残忍与罪恶。对奥克塔维亚的放逐激起了人民的暴乱。他们要求归还奥克塔维亚旧日的荣耀与权力，其父的宫廷、她的后位及应拥有的权力，放逐尼禄的新宠波佩亚·萨比娜。在第四幕中，愤怒的民众将波佩亚的雕像砸得粉碎，并声言如尼禄不将新婚的妻子交由人民处置，他们甚至将火烧元首宫殿，暴虐的尼禄岂能等闲视之，他派兵镇压了暴动，但仍不解其怒，于是将罪过加诸于其妻奥克塔维亚身上，叫嚣："我的愤怒要求处决我的姐妹，要求她那颗不祥的头颅。"杀气逼人，令人胆寒，因而可怜的奥克塔维亚惨遭被逐的命运直至被杀。

塞内加生动地再现了尼禄的残忍无情、暴虐至极，这主要源于罗马的现实社会，尤其是尼禄统治时期的历史事实。

罗马皇帝克劳狄第三次结婚时，娶妻马库斯·瓦勒里乌斯·麦萨拉之女美撒里娜，两人膝下儿女双全，生子布列塔尼乌斯，生女奥克塔维亚。然而美撒里娜虽贵为一国之母，却不守妇道红杏出墙，与贵族西里乌斯私通。而且她胆大妄为，竟趁克劳狄到奥斯蒂亚主持牺牲奉献式时，与情人西里乌斯举行了正式而隆重的婚礼，并且当着证人的面缔结婚约。克劳狄闻知此事后勃然大怒，将美撒里娜处决。不久，姿容秀丽的阿格里皮娜即以皇帝的亲属关系（她是克劳狄之兄日耳曼尼库斯之女，即克劳狄的侄女）连续谒见皇帝，迷住了克劳狄从而入主后宫。野心勃勃的阿格里皮娜醉心于权欲，千方百计地想让其与前夫所生之子尼禄登基为帝。她在皇帝面前百般诋毁不列塔尼乌斯，离间父子之情，以致克劳狄日益疏远亲生儿子不列塔尼乌斯，收尼禄为养子。为了提高尼禄的身份和地位，阿格里皮娜竭力攻击西拉努斯。西拉努斯是克劳狄未来的东床快婿，此前已与奥克塔维亚订婚，阿格里皮娜设计使克劳狄将其清出元老院，并解除了他与奥克塔维亚的婚约。克劳狄与阿格里皮娜大喜之日，西拉努斯自尽而亡。不久奥克塔维亚即嫁于尼禄为妻。为了篡夺帝位，阿格里皮娜对亲夫狠下杀手。在一次晚餐上，据说阿格里皮娜在克劳狄非常钟爱的一盘蘑菇里洒下了毒药，并亲自端给克劳狄，克劳狄因而一命呜呼。公元 54 年，尼禄登基为帝，此时尼禄年纪轻轻，朝政交由母亲代为执掌。统治初期，尼禄兢兢业业，尊崇元老，后来尼禄长大成人，企图独掌大权，因惧怕人们怀念克劳狄而拥护不列塔尼乌斯，他将后者毒死，以绝后患。尼禄命药剂师卢库斯塔配制了一副毒药，但药效不甚显著。不列塔尼乌斯仅是腹泻而已，无甚大恙。尼禄大怒，斥责卢库斯塔配的根本不是毒药。卢库斯塔辩称：他之所以这样做是为了避免泄露皇帝的谋杀企图。尼禄不以为然，命其在自己寝宫里迅速配制烈性毒药。之后他命人将毒药掺于饭菜中，送与不列塔尼乌斯，不列塔尼乌斯当场命丧黄泉。此后，因不满于母亲的严加管束及骄横跋扈，尼禄剥夺了阿格里皮娜的全部大权，将其逐出皇宫，并将她的士兵与卫队收归己有。由于受到情人波佩亚·萨比娜的怂恿，更出于保住皇位的初衷，尼禄决心处决亲生母亲。由于三次投毒均未成功，尼禄另生一计，假意与母亲握手言和，邀其到贝亚共庆节日。归程中，因乘坐尼禄赠送的破船，阿格里皮娜掉落海中，但因其会游泳死里逃生。尼禄无计可施，只得命其亲信阿尼凯图斯前去刺杀母亲。临死前，阿格里皮娜指着自己的腹部大叫道："刺啊，刺这里。"塞内加在剧中写道，"因为这里生出了这样一头野兽。"

尼禄日益残忍跋扈，滥杀无辜，许多元老贵族惨遭毒手，甚至其原配妻子奥古塔维亚也未能幸免。两人结婚后不久，尼禄即对奥克塔维亚心生厌倦，日益冷落她，认为其能拥有奥克塔维亚之名应该满足（即意为能作为皇帝之妻已是福事）。后来尼禄爱上有夫之妇波佩亚·萨比娜，对其百依百顺。借口奥克塔维亚没有子嗣，尼禄将其休弃，另娶波佩亚·萨比娜为妻，并将奥克塔维亚放逐于坎佩尼亚。此举遭到罗马民众公开的反抗，群情激怒，他们将波佩亚的雕像摔得粉碎，要求召回奥克塔维亚。心肠歹毒的波佩亚岂能忍受如此大辱，怂恿尼禄将其前妻奥克塔维亚处死。她唆使一名奴仆控告奥克塔维亚与一名奴隶通奸，并严刑拷问奥克塔维亚的侍女以逞其事。少数人因不堪重刑而作了毫无根据的招供，但大多数人却矢口否认女主人犯有通奸罪。波佩亚·萨比娜不甘心失败，一再蛊惑尼禄采取行动，她严辞以进，激起了尼禄的怒气。尼禄召来昔日的宠臣阿尼凯图斯，命其作伪证招认曾与奥克塔维亚通奸。因犯有所谓的通奸罪，奥克塔维亚被逐于潘达特里亚，几天后被处决。死后，身首异处，头颅被割下送往罗马，献给波佩亚过目。

在《奥克塔维亚》中，塞内加虽是以罗马的历史事实为背景，但又略有殊异。他列论了波佩亚的阴谋、鼓动之事，强调了尼禄统治的专制、残暴、无道，抨击了其暴政。他杀父弑母，抛妻弃友，心肠歹毒毫无人性，反映了作者反对暴君和暴政的思想倾向。这种思想倾向在文艺复兴时期，被人文主义者拿来作为与教会斗争的思想武器。塞内加的悲剧广为后世推崇，文学大师莎士比亚也深受其熏陶，在其《哈姆雷特》中就采用了塞内加抒写恐怖场面的手法。

50. 两千多年前的悲剧大师塞内加
liǎng qiān duō nián qián de bēi jù dà shī sāi nèi jiā

卢基乌斯·安奈乌斯·塞内加（约公元前4—公元65）是古罗马政治家、哲学家和作家，也是唯一有完整作品传世的古罗马悲剧家。公元前5年至公元1年之间，他出生于西班牙南部科尔杜巴的一个有意大利血统的富裕骑士家庭。他是修辞学家塞内加（一称老塞内加）的儿子，通称小塞内加。

他从小被他没有血缘关系的姨妈带到罗马，他的姨父是公元16年到31年间埃及一个地区的行政长官。公元41年之前有关他的生活我们知道得很少。公元5年在罗马，他开始学习语法和修辞学，他从小痴迷哲学，后来成为罗马晚期斯多噶派的代表，所以又称"哲学家塞内加"。他的不少哲学信条为基督教所利用，恩格斯称他为"基督教的叔叔"。

公元 31 年之后，在他的姨妈影响下，他开始进入政界。后来可能是因为参加了宫廷阴谋，帮助阿格里皮娜为年幼的儿子尼禄争夺皇位继承权，公元 41 年被皇帝克劳狄乌斯流放到当时还极度荒凉的科西嘉岛。阿格里皮娜得势后，他于公元 49 年被召回宫，成为尼禄的老师。尼禄当上皇帝后，塞内加从老师的位置转变为指导者和大臣，权力和地位达到极点，成为罗马少有的大富翁和有权势的人。

尼禄继位后的八年里，塞内加曾尽心尽力辅佐皇帝。尼禄是罗马历史上有名的暴君，为了保住自己的皇位而进行了一系列宫廷阴谋，塞内加也不可能没有一点干系。尼禄后来越加放荡不羁，挥霍无度，塞内加也与之分歧加大，逐渐失宠，约于公元 62 年远离朝政，避居罗马郊外的庄园，专心著述立说，公元 65 年以皮索为首的贵族共和派反尼禄的阴谋暴露，塞内加受牵连，奉命自杀而死。塞内加这位被恩格斯称之为"依附尼禄宫廷的头号阴谋家"的曲折一生就这样结束了。

塞内加是一位多产的作家，古罗马作家昆体良称赞他的作品"几乎触及科学的各个领域"。作为哲学家，他留下了数量巨大的哲学散文。他在哲学著作中融入了所有的文学技巧，生活经验和哲学思考，他的文章的主要目的是进行道德说教，但作为一个高水平的修辞学家，他不是枯燥无味地简单说教，而是穿插了一件件生动的逸闻趣事，运用了夸张的手法，时而还写出有力的谴责。他的文体千变万化，差不多运用了当时所有的文学样式，同时保留了自己的特点，他在欧洲散文史上占有重要的一席之地。

塞内加的一生经历了朱里亚·克劳狄王朝的四位皇帝的统治。提比略（公元 14 年—37 年在位）时期他还担当过财务官，卡利古拉登基后他境遇不顺，因皇帝妒忌他的演说才能而差一点丧命，只因他借口身染重病才幸免于难。克劳狄乌斯掌权后，可能他参预宫廷阴谋而惹恼了当时的皇后墨萨丽娜，于 41 年被控告与卡利古拉的妹妹丽维拉关系不正当而被流放到当时极度荒凉的科西嘉岛，49 年才被召回国，因而对克劳狄乌斯心怀不满。

克劳狄乌斯死后，他写下了一篇别具特色的政治讽刺散文《神圣的克劳狄乌斯变瓜记》，抨击已故皇帝克劳狄乌斯。据说这篇作品是这样问世的：公元54年克劳狄乌斯死后，尼禄原本打算根据当时奉死去皇帝为神的习惯，命塞内加撰写颂辞，祝祷克劳狄乌斯成神。不知为何，尼禄改变了主意，取消了原计划举行的祝祷仪式，塞内加也便由撰写颂辞而改写成了这样一篇政治讽刺散文。

尼禄能登上皇帝宝座，主要是依靠他的狡诈的母亲阿格里皮娜施展手腕。阿格里皮娜是克劳狄乌斯的外甥女，她嫁给克劳狄乌斯之后，一面百般阻挠克劳狄乌斯立自己和前妻所生的儿子为继承人，一面竭力劝说立她和她前夫所生的儿子尼禄为继子，同时让尼禄与克劳狄乌斯和前妻所生的女儿结婚，以保证尼禄当上皇帝。后来克劳狄乌斯企图摆脱阿格里皮娜的束缚，尼禄的皇位继承权受到威胁，阿格里皮娜便露出了她的凶残本性。阿格里皮娜毒死了克劳狄乌斯，并密不发丧。直到尼禄的统治地位得以巩固后，阿格里皮娜才假装慈悲，为克劳狄乌斯举行葬礼，以遮人耳目。尼禄是在激烈的宫廷斗争中长大的，对克劳狄乌斯并无感

塞内加。古罗马哲学家和政治家塞内加是后期斯多噶派成员之一，也是尼禄的老师，公元54－62年间他曾参与罗马帝国的管理。

情，他所希求的只是克劳狄乌斯的皇位。他在克劳狄乌斯死后，不放过任何机会攻击这位愚蠢、残暴的皇帝，因此塞内加的这篇政治檄文即告问

世，并非偶然。

《神圣的克劳狄乌斯变瓜记》用诗文夹杂的形式写成，作者思路敏捷，笔锋尖刻，语言简洁，风格朴实。塞内加对克劳狄乌斯的政治措施进行了全面的抨击，甚至对克劳狄乌斯本人也进行了尖刻的嘲讽。这篇作品的结尾部分已经丢失，标题可能也是后人给定的。后人对最后一部分的情节猜测不一：有人认为，可能描写克劳狄乌斯死后人们立像纪念，立的不是他的像，而是一个大南瓜——愚蠢的标志；有人认为，也许描写克劳狄乌斯不服判决，法庭对他进行了二次审判，最后判他变成一个大南瓜。

塞内加的悲剧以神话为题材，流传下来的有十部悲剧：《特洛亚妇女》以特洛亚沦陷后被俘妇女的悲惨命运为题材；《疯狂的赫拉克勒斯》以著名英雄赫拉克勒斯的故事为题材，描写他因遭受赫拉妒忌而导致发疯，无情杀死自己的妻子和孩子；以及赫拉克勒斯因穿了妻子无意中送给他的毒衣而备受折磨的《奥塔山上的赫拉克勒斯》；《阿伽门农》和《埃癸斯特斯》以阿伽门农家族内部互相仇杀的故事为题材；《俄狄浦斯王》是塞内加典型的斯多噶派的思想表现，以主人公俄狄浦斯逃不脱命运的安排，杀父娶母的故事为题材；《腓尼基少女》以俄狄浦斯的儿子们为争夺统治权而进行战争的故事为题材；《淮德拉》以淮德拉对丈夫的前妻之子的罪恶情欲为故事题材；《美狄亚》以著名的阿尔戈船英雄夺取金羊毛的故事为题材。另外，还有一部历史题材的剧本《奥克塔维娅》据说也是塞内加写的。

塞内加生活的朱里亚·克劳狄王朝正是皇帝和元老派贵族进行尖锐斗争的时期，而他辅佐的尼禄皇帝则是一个彻头彻尾的暴君，作家曾力劝尼禄实行仁政，但毫无结果。在他的悲剧作品中明显地表露了反对暴君和暴政的思想。他在悲剧《疯狂的赫拉克勒斯》中塑造了一个嗜血贪权的暴君吕库斯，他发动暴乱，杀死国王和他的儿子们，篡夺王位，并霸占国王的妻子；《埃癸斯特斯》中的阿特柔斯和兄弟埃癸斯特斯为权力之争对自己的兄弟进行报复，前者用谎言把流亡在国外的兄弟骗回来，并设宴招待兄弟，而实际上是把埃癸斯特斯的儿子杀了煮给做父亲的吃，显得惨无人

性。塞内加除了用典型的人物形象突出暴君的丑恶嘴脸外，往往还借用剧中人物之口抨击专制政权，如在《美狄亚》中借人物之口宣称"不公正的王权是永远不会持久的"。通过剧中人物抒发自己的思想感情，在专制的政体下，既能表达自己的政见，同时又善于保护自己。

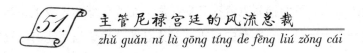

51. 主管尼禄宫廷的风流总裁
zhǔ guǎn ní lù gōng tíng de fēng liú zǒng cái

提图斯·佩特罗尼乌斯·尼格（？—公元66？）是罗马杰出小说《萨蒂利孔》的作者，曾任尼禄宫中的总裁，主管文雅风尚，因而被称为尼禄宫廷的风流总裁。

佩特罗尼乌斯生于何时我们不得而知，只知他在公元66年前后去世。关于他的生平，记载很少。但从其在罗马社会所获的高官显爵推断，佩特罗尼乌斯可能出身贵族家庭，而且家境富有，因而他的当官晋爵是情理之中的事情。塔西佗记载说，佩特罗尼乌斯属于享乐派，（这派为斯多噶哲学家塞内加所批驳。）他白天睡觉做黄粱美梦，晚上则参加宴会纵欲无度。佩特罗尼乌斯是一位讲究体面的风流公子，机智却又玩世不恭，别人靠奋斗赢得，他却是因其无所事事。虽然塔西佗做如是说，但佩特罗尼乌斯绝不是一个粗鄙的酒肉之徒，他的格言与行为的清新与自然深为时人喜爱。他曾担任比塞提亚的总督，并于公元62年当选执政官，任职期间他兢兢业业，充分显示了他卓越的政治天赋。

后来他深得尼禄皇帝的赏识，被召为廷臣，主管宫中娱乐，整治奢侈铺张浪费事宜，故有"风流总裁"之称。尼禄酷爱文学、艺术，尤其是戏剧。他幻想自己是太阳神阿波罗的化身，总是喜欢展露他的才华，并得到众人称颂，为此他大肆铺张，广建剧院。皇帝如此，群臣自然趋炎附势竞相仿效，因而整个宫廷奢侈无度臭名昭著，人人皆为牟取私利。加之尼禄性格反复无常，荒淫无道，因而伴君如伴虎，佩特罗尼乌斯也不得不随波逐流，小心度日。公元66年，因遭到尼禄侍卫统帅的嫉恨，佩特罗尼乌斯被控参与以皮索为首的共和派反尼禄的密谋，他的家人大多被拘捕。佩特罗尼乌斯逃至意大利南部的小镇库迈，皇帝恰巧也在坎佩尼亚，因而他被逮捕。尽管自己清白无辜，但死刑仍不可避免，绝望加之恐惧，佩特罗尼乌斯割脉自尽以作了断。但很快他就留恋红尘，所以迅速包扎伤口，终得以幸存。此后每日，他与朋友谈论琐碎之事，倾听音乐诗歌，奖惩奴隶，赴宴以了度余生。不久即命归黄泉。临终之前，他撰文一篇嘲讽尼禄，并寄给其一个副本。

尼禄统治时期，文学日益腐化堕落，沦落为谄媚工具，写作多为谋求个人升迁、增益私利、诋毁对手。而且此时尼禄设置了文学机构，行使监督、审查、迫害、人身攻击、诽谤等大权，使得人人思危，不敢直抒胸臆，只是为皇帝歌功颂德，这就限制了文学的发展，使得这一时期文学成就不高。

然而佩特罗尼乌斯的《萨蒂利孔》却以其自然独特，在文学的百草园中一枝独放。它初创于公元 61 年前后，原著卷帙浩繁，可能有二十卷，但迄今为止仅存第十五卷和第十六卷（也可能包括第十四卷的一部分）。其手抄本于 1663 年发现于达尔马提亚的特洛岛。

作者通过诙谐、幽默、猥亵和讥讽的文笔，采用诗文并现的体裁，描写了主人公安库耳皮乌斯触怒性爱之神普里亚帕斯之后的种种悲惨遭遇。现存这部分是安库耳皮乌斯以第一人称自述其经历。

安库耳皮乌斯出身富有家庭，受过良好教育，并有一定的文学修养，但后来却因杀人而被迫流浪，四处漂泊。他与朋友阿基托斯带着英俊的男仆吉托，漫游到南意大利各城市，结识了各色人物，其中有一位修辞学教授阿伽门农。安库耳皮乌斯认为当时的修辞学言之无物，脱离生活，仅仅追求夸张和奇巧，阿伽门农也深有同感，两人谈得十分投机。随后他们去拜望一位富人拉凯斯，因产生一些纠纷，他们只得匆匆离开，离开前安库耳皮乌斯机智地抢掠了拉凯斯的一艘船。后来他们出席了一位富有却粗俗的获释奴特里马齐奥的盛大家宴。宴会上菜肴应有尽有，而且别出心裁。虽然特拉马齐奥粗俗不堪，却附庸风雅，席间伴有荷马史诗朗诵，为了显示自己的渊博学识，他张冠李戴地给大家解释器皿上的神话图案。尤其是关于特洛亚战争，他说从前有兄弟两人狄俄墨得斯和伽倪墨得斯，他们有个妹妹名叫海伦，美貌绝伦，阿伽门农把海伦抢走了，从而引发了特洛亚战争。

安库耳皮乌斯备感厌倦，带着吉托到街上徘徊，在那儿与老流浪诗人欧摩尔坡斯相识。为了逃避阿基托斯的追赶，三人乘船出海，然而乘坐的是仇人拉凯斯的船，他们被擒，但双方最终化干戈为玉帛。之后狂风大作，船只失事，三人被渔民救起，来到克罗顿。欧摩尔坡斯假扮欧洲来的富商，安库耳皮乌斯和吉托扮作仆从。

作者以夸张的手法和尖锐的讽刺描述了当时的罗马社会，反映了公元1世纪意大利南部城镇生活的黑暗。小说《萨蒂利孔》涉及了社会的方方面面，这都有赖于佩特罗尼乌斯对社会生活尤其是行省生活的细致观察。特别是对宴会主人特里马齐奥的塑造，是与当时的罗马社会现实息息相关的。小说中的特里马齐奥生于亚细亚，幼年为奴，后来因得到主人宠信，被主人解除奴籍，并从主人那里继承到一笔巨额遗产。利用这笔资本他放高利贷贩卖奴隶，成了暴发户。家里金银成堆，牛羊成群，田地广无边际，乌鸦都飞不到头。他结交的也是同道中人，宴会上多是获释奴。尼禄统治的时代，获释奴人数增多，形成一个阶层。许多人经济上发迹，政治上擢升，执掌国家和行省的重要职权，甚至有人深受皇恩，成为皇帝亲信，影响与日俱增。他们耀武扬威，粗鄙不堪却又附庸风雅，因而作者对他们深恶痛绝。同时佩特罗尼乌斯也间接嘲讽了尼禄及其廷臣。特里马齐奥的府邸与尼禄的宫廷有诸多相似之处。

《萨蒂利孔》属于美尼滨的讽刺风格。作者采用诗文并叙，浪漫主义与写实主义结合的手法，将各式各样的故事结合在一起。有关安库耳皮乌斯的历险故事，主要源于希腊的民间故事，作者以《奥德赛》为蓝本，创造了自己的小说。荷马史诗中，英雄奥德修斯因冒犯海神波赛冬，遭到海神的迫害，饱经风霜，十年在外漂泊，经历万般艰险，包括从独眼巨人手里逃生，遇到女妖塞壬等，最后才得以重返家园。《萨蒂利孔》中描写的主人公安库耳皮乌斯的种种不幸，都因为触怒了性爱之神普里亚帕斯，因而这位天神的报复纷沓而至。当初他不由自主地去参加崇拜普里亚帕斯的女祭司的酒神节宴会，并无意中杀死一只敬奉给这位天神的宠鹅，而且他因阳痿而遭到西尔丝的侮辱。安库耳皮乌斯的遭遇均是对奥德修斯喜剧性的模仿。

佩特罗尼乌斯的《萨蒂利孔》既为一部讽刺诗体的小说，又不失为一部罗马时代的社会批判著作。它是古罗马小说中的奇葩异草，首创了流浪汉小说样式。这部小说在古代虽然没有为人们充分地重视，但它在后世影响深远。小说中的许多故事，尤其最著名的"以弗所之窗"，为后世许多作家所采用，包括英国作家克利斯朵夫、弗雷和乔治·查普曼。阿普列尤斯的《金驴记》和欧洲17、18世纪的小说都从《萨蒂利孔》中受益匪浅。

52. 罗马爱情哀歌：双行体诗
luó mǎ ài qíng āi gē: shuāng háng tǐ shī

罗马哀歌，也称双行体诗，是抒情诗的一种，萌芽于悼亡歌与颂神诗，后来在希腊哀歌的影响下，才成为独立的文学作品。

在希腊，这种哀歌也曾用来表达尚武的爱国主义、政治智慧、格言才智、宴饮及爱情等，亚历山大里亚时代达到鼎盛。亚历山大里亚诗派摒弃了其他主题，将哀歌仅仅局限于描述爱情的悲欢离合。安提马库斯和卡里马库斯等是其中著名的代表人物，但他们的杰作均已散失，因而我们无从估量他们对罗马诗人的巨大贡献。

科尔涅利乌斯·盖卢斯（公元前70至前27）是古罗马第一位著名的爱情哀歌诗人，他将爱情哀歌发展为一门独立的艺术。盖卢斯生于那尔旁高卢行省，曾是罗马帝王奥古斯都的朋友，其传奇一生可谓是一部悲剧。他参过军，并且在攻取亚历山大里亚之战中，表现勇猛，能力不凡，因而受到皇帝奥古斯都的赏识，公元前30年被擢升为埃及的首位总督。埃及是罗马的粮仓，把握着帝国的经济命脉，奥古斯都对他的信赖不言而喻。然而当上埃及总督后,盖卢斯野心滋长,得意忘形,暴饮无度且言语傲慢。他的言谈举止遭到奥古斯都的怀疑,奥古斯都派人去行省调查。他失去了皇上的宠信,且担心受到惩处,公元前27年四十三岁的盖卢斯被迫自杀。但盖卢斯在诗坛仍占有一席之地。他著有爱情哀歌四卷,可能定名为爱情,是为其所爱的莱库瑞丝而作的。莱库瑞丝的真名为塞斯瑞丝,是当时的一个女演员。她曾是共和国大将安东尼的情妇,与安东尼的关系可谓臭名昭著。对于这样一个女子,盖卢斯痴心一片,但换来的终究是心碎与哀叹。在其后期的诗作中,盖卢斯就抱怨了塞斯瑞丝的水性杨花、朝三暮四。这些诗作可能发于公元前39年,因为维吉尔在公元前40年发表的《牧歌》第十首中,描绘了盖卢斯与莱库瑞丝在牧歌般的田园相偎相伴的图景。但盖卢斯的诗作均已失传,因而我们无法推知其诗歌成就。不过,古罗马的评论家昆提良曾说过:"相比其后继者而言,盖卢斯的哀歌较为粗鲁。"

盖卢斯之后,继其衣钵的是提布卢斯。提布卢斯的诗作语言细腻,风格清新,因而被许多人奉为哀歌爱情诗的泰斗。他的一生短暂,仅从公元前55年至公元前19年。年轻时,他得到了政治家马库斯·瓦莱里乌斯·麦撒拉的友谊和庇护,成为麦撒拉文学圈中的杰出一员,从事诗歌著述。其死后共传下诗集三卷,但仅有前两卷出自提布卢斯的手笔。第一卷收诗十首,发表于公元前二十七年左右,第二卷收诗六首。提布卢斯对政治持缄默态度,在其诗中除了对保护人麦撒拉的称颂外,很少提及时事,甚至从未提起过皇帝奥古斯都。提布卢斯的诗作主要是爱情诗,全部用哀歌体格律写成,主要倾述了对两位红颜知己得利亚和尼米西斯的爱情,尤其是抒发了他在爱情上的苦痛。得利亚寓指着普拉尼亚。普拉尼亚已是有夫之妇,但诗人深深迷恋于她的美貌与爱情,经常与其幽会偷情,并为之赋诗五首。然而得利亚生性轻浮,放诞风流,使得诗人不得不忍痛与之情断义绝。之后提布卢斯再浴爱河,恋上有名的交际花尼米西斯,但尼米西斯的水性杨花、贪婪无情较之得利亚有过之而无不及,因而诗人在诗中大多慨叹自己的沮丧与心伤。提布卢斯的爱情诗充满理想色彩,歌颂田园生活以及朴素静谧的乡村乐趣。诗人最大的愿望就是携红颜知己归隐山川牧野，尽享旖旎风光，但夙愿终成空想。提布卢斯深受亚历山大里亚诗风之影响，对田园景色的描绘尤为出色，其爱情诗也因而浸透了田园诗般的清新与自然。奥维德对此十分推崇，称赞他为罗马哀歌体诗歌的光荣。

提布卢斯是一位感情热烈的人，用情很专一，在其诗作中主要表达了他朴实、雅致、细腻的感情。相形之下，普罗佩提乌斯则是性情暴烈的人，他的诗作中更多倾述的是自己对情人的愤怒与哀怨。普罗佩提乌斯（约公元前 50 至公元 15）生于意大利的翁布里亚，青年时来到罗马。他的才华受到麦凯那斯的赏识，被吸纳到其创办的官方文学小组，致力于著述诗歌。普罗佩提乌斯的哀歌以亚历山大里亚诗人为榜样，同时又深受罗马新诗派的启发。他一生共传下哀歌诗集四卷，共九十首，大多为双行体的爱情哀歌，主要献给貌美如花的情人卿提亚，大多表达了自己的怨尤之意。卿提亚实际就是贺斯蒂亚，是一个高级妓女，她虽貌美绝伦，但却轻浮放荡。对于她的不忠，诗人愤怒已极，却仍是痴心不改。在诗中，诗人尽述了心头苦闷。"我从何处开始诉说你给予我的屈辱，卿提亚，你是我悲泣的缘由。不久前，我还跻身于幸福的情人之列，可现在被你抛弃，忍受凌辱。……你的侮辱在我心里引起了多少伤痛，只有无语的房门数得清。对你我有求必应，对自己的苦痛却从未曾有怨言，回报却是冰凉的泉水，冷漠的悬崖，一个人孤寂地夜卧荒郊小径。我胸中对你积有无数怨恨，但我仍愿树木能回应一声卿提亚，愿荒凉的山岩回应你的芳名。"（王焕生译文）。字里行间，尽显诗人的苦闷与痴情一片。普罗佩提乌斯的哀歌，词藻华丽，生动活泼，善于运用神话典故，相比于提布卢斯而言更富于变化。他的诗在古代颇受欢迎，被人们誉为"温柔的诗人"。

奥古斯都时代最后一位杰出的爱情哀歌诗人即是奥维德，他发展了提布卢斯与普罗佩提乌斯的哀歌爱情诗传统，将爱情哀歌的发展推向鼎盛。

奥维德（公元前 43 至公元 18）生于小城苏尔莫，家境富有。年轻时饱读诗书，并曾担任一些低级官职。但他对政治不感兴趣，寄情于诗歌创作之中。奥维德深受亚历山大里亚诗派的启发，在题材与技巧上日臻完善。他以哀歌体格律著述了一系列爱情诗，包括《爱情诗》、《爱的艺术》、《论容饰》、《爱的医疗》等。奥维德的《爱情诗》主要是献给情人科琳娜的。诗人热切地爱着科琳娜，但科琳娜却未一心系于诗人，因而诗中奥维德痛斥了情人的不轨。"我亲眼目睹你向他暗送秋波，我亲眼目睹你以酒代笔在桌上写字传情，我亲眼目睹你亲吻他"。对于科琳娜的放纵，诗人内心备受煎熬。"我已经忍受了太多太久，我对你失去了耐心，我们完结了"。可随即诗人又哀叹道："我无法和你一起生活却又不能忍受失去你。"而在《列女志》中，诗人则以书信的形式描写了古代神话故事传说中女子的离恨爱怨之情。奥维德的爱情哀歌语言优美，技巧娴熟，继承并发展了爱情哀歌的成就。

在罗马文学领域中，哀歌历经了最简短的繁荣时期。随着奥维德的逝去，爱情哀歌也一同销声匿迹了。当斯塔提乌斯为人与鸟撰写挽歌时，他已开始采用六音步诗行。提布卢斯对爱情、远古时代、乡村情真意切的描绘，奥维德诗作的优美娴熟，普罗佩提乌斯的生动活泼都已尽失于世，后人之作皆落于窠臼，因而使得爱情哀歌沉寂无声。但四杰的爱情哀歌在后世享誉卓著，歌德就曾用六韵步诗体撰写了《罗马哀歌》，并在其中提及提布卢斯、普罗佩提乌斯、奥维德之名。

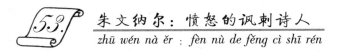

53. 朱文纳尔：愤怒的讽刺诗人
zhū wén nà ěr ：fèn nù de fěng cì shī rén

朱文纳尔是古罗马最伟大的讽刺诗人，拉丁语全称德奇姆斯·朱尼乌斯·朱维纳利斯。他的诗句"即使没有天才，愤怒出诗句"，广为后世传诵，伟大的革命导师马克思曾将这句诗改写为"愤怒出诗人"，以颂扬他的革命激情。

大约公元55年朱文纳尔生于罗马东南八里远的阿奎努姆，托马斯·阿奎那的故乡。其父可能是个获释奴，但家道兴旺，因而他得以接受良好的教育，师长之一即是盛名远扬的昆提良。朱文纳尔曾在军中服役，公元78

年在英国协同阿古利可拉（塔西佗的岳父）统帅达尔马提亚辅助军团的卫戍部队。之后公元 80 年，他荣归故里，成为神圣的苇帕乡皇帝的名誉牧师，并荣任家乡的市长之一。可能就在此时他与马提雅尔相识并结为知己。在开始写诗以前，朱文纳尔也曾钻研过修辞学，但无论其军旅生活、政治生涯还是修辞学家的经历都不尽成功。因讥讽多米提安皇帝的宠臣，公元 93 年他被逐至埃及，财产全部充公。诗人对埃及人可谓深恶痛绝，"无疑，埃及人粗鲁浅薄，然而这些乌合之众却奢侈无度。"

直至多米提安遇刺身亡，朱文纳尔才得以重返罗马。身无分文又无一官半职，使得他不得不依附于富有的朋友以度日。皇帝图拉真统治时期，他开始在诗坛脱颖而出，家道也因而中兴，此时他不仅在罗马拥有了舒适住宅，还在乡间购置了农场、仆役与牲畜，生活始得安逸。一直到公元 127 年他辞世。

朱文纳尔生于尼禄统治时代，并历经另外九帝的统治，其中包括暴虐的皇帝奥托与多米提安。悲惨的生活遭遇，使朱文纳尔深刻地认识到了罗马社会的种种罪恶与黑暗，并从中累积了大量的讽刺素材。"人类的一切行为、恐惧、愤懑、爱欲、欢乐、纷争，都将是拙作的食粮。"

朱文纳尔一生共传下五卷诗集，其中收录了十六首讽刺诗。这些诗作长短不等，最长的第六首诗共有六百六十一行，而未完成的最后的也是最短的第十六首诗，仅存六十多行。在描述那个时代的丑恶时，诗人采用了寓古讽今的手法，他所嘲讽的不是当世的人物，而是此前不久的名人。

诗集第一卷，包括第一首至第五首，发表于公元 100 年至 110 年之间，回顾了多米提安皇帝统治的恐怖。朱文纳尔的同代人历史学家塔西佗也深恨那一时代的多疑与恐惧。

在第一首讽刺诗中，诗人阐述了其之所以置身于讽刺诗创作的原因。"一个理发匠竟比贵族还富裕，一个愚蠢的埃及人竟能以损害罗马人牟利"，罗马的邪恶、罪行、对财富的挥霍达到如此极致，以至诗人宣称"不能不写讽刺诗"。社会的腐化堕落值得贺拉斯"焚膏笔伐"，因而诗人也不愿去重复那些老戏或冗长的史诗，在其诗篇中诗人写道："被放逐的马里乌斯午后便开始饮酒行乐，可你行省啊，虽是胜利者，却依然悲嗟地唱着哀歌。难道我不认为这些更适合维努西亚的灯光？（维努西亚是贺拉斯的出生地）难道我会放过这些绝妙的好题材而热衷于赫拉克勒斯与狄俄墨得斯的纷争、迷宫的牛鸣、伊卡罗斯的坠海、代达罗斯的飞天？"然而为避免触怒当朝权贵，诗人将注意力集中于死者身上。但作者偶尔也提及一点当世人的罪恶。

贬斥那些带女人气的男人是诗人第二首的主题，诗人比喻说："一个烂苹果毁了一桶酱，"尽管这些小伙子外表英俊，却是不伦不类。长发披肩，衣着鲜艳夺目。

第三首诗中，诗人嘲讽了帝国首都罗马城，罗马城已因希腊和外国移民腐化而变得邪恶不堪。因而他的朋友乌姆布利提乌斯决意离开拥挤的罗马，远离这种屈辱的生活，退隐于安宁静谧的乡村小镇库迈。朱文纳尔对此举颇为赞许，称"哪怕你栖居于荒凉的一隅，成为一只蜥蜴的东家，那也是件幸福的事。"

在第四首和第五首讽刺诗中，朱文纳尔讥诮了那些出身富贵的人，他们悭吝无耻，作恶多端，但却不受任何罪责，同时也记述了皇帝多米提安的昏庸无能，他如何召集谄媚的内阁去讨论极其荒唐的琐事，如何在普通的锅里烹制硕大无比的比目鱼。富人们虽家财万贯，但却十分吝啬。

诗集第二卷，只收入了篇幅巨大的第六首诗，约发表于公元 115 年。诗人斥责了罗马妇女的愚蠢、自视清高、冷酷及生活的放纵。远古时代妇女的贞洁，在罗马妇女身上一丝无存。她们每天只知浓妆艳抹，挥霍无度，无所事事地生活。有的妇女甚至因无聊已极，妄想做角斗士，体味生活的刺激。

诗集第三卷，包括第七、八、九首讽刺诗。在第七首讽刺诗中，诗人慨叹了罗马文人生活的穷困与悲惨，他们的劳动得不到相应的回报。"一个满腹经纶的教师全年的收入竟不如一个优秀的骑手一次赛马的酬劳"。诗人寄望于皇帝哈德良来改变现状。哈德良支持文学事业的发展，捐资建立文学学会以资助才华横溢的作家，他的慷慨仁厚使得其成为当时文学发展的唯一希望。

随后两首诗，诗人攻击了贵族世袭制的传统，批评了拉皮条者与告密之人。

第十首诗至第十二首，构成了诗集第四卷。第十首诗是诗人最为著名的一首，曾被英国作家约翰逊改编为《人生希望多空幻》。诗人谈论了人类的热望：金钱、权欲、荣誉、长寿及美貌。然而这些却会带来失望或危险。正是雄辩毁了狄摩西尼和西塞罗，同样也正是勃勃野心为亚历山大和薛西斯带来祸患。美貌会导致不幸，长寿也伴随着疾患。因而诗人声言人类应该追求的是寓于健康体魄内的健康思想和勇敢的心。

在第十一首诗中作者讽刺了奢侈之风。他送请柬给旧友佩西乌斯，邀其一同进餐。朱文纳尔表示富人宴会上的铺张浪费极端愚蠢，而在自己的餐桌上，朋友要吃的将是他能够负担的东西，简朴而不奢华。在接下来的第十二首诗中，他表达了自己听说朋友卡图卢斯船只失事获救后的雀跃心情，抒发了对友谊的慨叹。

最后的第五卷诗集收录了诗人的其余诗作，诗人在第十三首诗中对上当受骗的卡尔维努斯进行了嘲讽，告诫他这种不幸已稀松平常。在第十四首诗中，朱文纳尔则斥责了教育子女贪婪的父母。一则说教的寓言是诗人第十五首诗的内容，说的是埃及的两个邻镇发生纷争，其中一人竟被撕成碎片，以至最终被吞食，可见人比动物还要凶残。最后的一首诗中，诗人则阐述了职业军人的特权，开始其创作的新起点。

朱文纳尔的讽刺诗作短小精悍，结构严谨，笔触尖锐，而且其中不乏许多为人们耳熟能详的名言警句，"面包和竞技"，"谁来看管卫兵们自身"，生动而且一针见血。朱文纳尔曾嘲讽了一个贵妇如何用高级滋补品、驴奶、膏药等保养脸部肌肤，慨叹说："那还能称得上是一张脸吗？"

公元 127 年朱文纳尔去世。在其死后，他一度为世人所遗忘。后来被重新发现后，又广受崇拜，并且对欧洲文学产生了不小的影响。他的揭露古罗马暴君的勇敢精神在 19 世纪资产阶级革命蓬勃发展的年代，享誉很高。席勒、雨果、海涅称他为"一个最伟大的罗马人"。别林斯基也高度

评价说:"真正的拉丁文学讽刺派中主要是朱文纳尔,以其为首的这派文学产生于罗马社会生活的原素解体时期,并对社会的腐蚀进行批判,具有最高的道德意义。"

 罗马书信体作家的杰出代表
luó mǎ shū xìn tǐ zuò jiā de jié chū dài biǎo

盖乌斯·普林尼乌斯·凯奇利乌斯·塞昆杜斯 (约公元 61/62 —115),是罗马著名的书信体作家、演说家、诗人。后人为区别于其舅父老普林尼 (《自然史》的作者) 而将其称之为小普林尼。

约公元 61 年或 62 年,小普林尼生于意大利北部的小镇,其父母均出身行省贵族家庭,因而家道富有且蒸蒸日上。小普林尼年仅八岁时,父亲亡故,骑士等级的舅父老普林尼将他抚养长大。年少的普林尼受到了良好的教育,不但得到学识渊博的舅父的教导,而且跟随名师昆提良和一些知名学者学习修辞学。公元 79 年,维苏威火山爆发,老普林尼不幸遇难,临终之前立下遗嘱,将小普林尼收为养子并立为唯一继承人。依据当时传统,小普林尼承袭了养父之名,因而称为盖乌斯·普林尼乌斯·凯奇利乌斯·塞昆杜斯。同年,年满十八岁的普林尼开始跻身民事法庭,凭借其雄辩之才声名鹊起,甚至审理行省官员敲诈勒索案件的政治法庭也常邀其出席。其中最为引人注目的即是对非洲总督及一批西班牙官员的定罪。公元100 年,小普林尼曾和塔西佗一起弹劾了马利乌斯在阿非利加的勒索罪行。

青年时期,小普林尼曾出任叙利亚的军团保民官,但他并不热衷于军旅生涯。此后在其家族世交罗马显要维吉尼乌斯·鲁福斯等人的大力提携下,跻身元老院。(维吉尼乌斯·鲁福斯是尼禄时期的将军,尼禄死后两次拒绝称帝,因而被推为忠于共和理想的人物,塔西佗在鲁福斯的丧葬演说中就高度评价了他的丰功伟绩与高尚人格)。以此为阶梯,小普林尼官位节节高升,甚至多米提安皇帝统治时期也官位得保。多米提安的统治极其残暴、荒淫,他大肆迫害元老贵族,滥杀无辜,因而许多人惨遭其毒手。在其淫威下，朝野上下寂然无声，官员每日战战兢兢地度日。小普林尼之友塔西佗就深恨那段万马齐喑的残暴统治时期，在其《阿古利可拉传》中痛苦地回忆了多米提安统治十五年间的可怕日子。而在这个恐怖时代，小普林尼却官运通泰，连连受到擢升。公元89年，多米提安亲点其为财务官。公元93年他再受皇恩，未过任职间隙即升任行政长官，随后公元94年或95年，又被皇帝任命为军事金库的行政长官。因其友遭到迫害，小普林尼也一度担心自己生命危在旦夕，但他从未失宠于多米提安皇帝。这可能与小普林尼生性谨慎有关，在其书信中就掩饰了自己对多米提安迫害对象的同情。公元96年，无道的多米提安毙命，涅尔瓦继位，涅尔瓦重建自由，社会气氛为之一新。小普林尼的治世之才也得到了涅尔瓦的赏识，在涅尔瓦短暂统治的末期，他被任命为萨图尔努斯金库的行政长官。对于曾任军事司库行政长官的人而言，再被授予如此重要之职，无疑是一个例外，可见小普林尼深受皇帝重用。

公元98年涅尔瓦短命而逝，将帝位传于养子图拉真。因其在日耳曼事务繁多无法脱身，将近两年后图拉真才返回罗马登基为皇。图拉真统治时期，善待元老贵族，国势强大。因善于理财，小普林尼得到图拉真皇帝的赏识。公元100年，图拉真授予其执政官衔。三年之后，小普林尼又谋到人人觊觎之职——占卜师。但这些实际都为闲差，公元105年他受命管理台伯河河岸、河床及城市排污事宜，充分展示了其管理才能。此后的公元111年，小普林尼离开罗马，前往比塞尼亚，受皇帝图拉真之命调查市政管理方面的贪污腐化。奥古斯都时期，比塞尼亚被置于元老院行省之列，元老院以抽签方式任命卸任执政官前去治理。但或是当地条件使然或是管理不当，治理极为松懈，政治动荡，财务紊乱无章，因而图拉真决定将此行省置于自己控制之下。他亲派小普林尼为特使，全权整饬大肆铺张之举及至主管行省财政。对此职责，小普林尼鞠躬尽瘁，尽心尽力。但不幸的是两年后他即死于任上，详情不知。在其最后一封致图拉真的信中，小普林尼谈及送其妻返回意大利。从其家乡的纪念铭文来看，此后他再未任官，直至公元115年故去。

　　小普林尼三度结婚，但一生无嗣。在其跻身民事法庭后不久，他娶了第一任妻子，但对其妻我们一无所知。他的第二位妻子，是庞培亚·凯列瑞纳之女，约公元97年亡故。此后他与一个同乡的孙女凯尔普尼亚喜结连理。从小普林尼写给她的信中可以看出，凯尔普尼亚温顺贤淑，因而夫妻二人情投意合，相敬如宾。

　　小普林尼的出身经历，与其挚友历史学家塔西佗有诸多相似之处，学识家境背景相近，而且都历经"贤君"、"昏君"之治，因而在著述中小普林尼也抒发了对昏君黑暗统治的不满。公元100年至109年小普林尼发表了九卷私人信札选集，开始部分述及自多米提安皇帝之死至公元100年初的种种事件。另有一卷是其在比塞尼亚任职期间呈给图拉真皇帝的奏疏及皇帝的批复。

　　小普林尼的信件内容丰富，其中包括当时社会政治、文学及国内形势的新闻，有时也描述较早但仍属同时代的历史性事件。而且题材广泛，如对罗马别墅的描绘，乡村生活的魅力、其对年轻妻子的挚爱、神鬼故事、浮岛及其他一些奇观等皆入文章，其中最为著名的即是那些描述维苏威火山爆发情景的信件。公元79年8月24日维苏威火山在长久沉寂之后，喷出大量灰烬和熔岩，将附近地区完全湮没。老普林尼前去考察，不幸遇难。应朋友塔西佗之请，小普林尼详述了当时情景及舅父遇难的情形，这些信件是研究维苏威火山爆发的唯一第一手资料。此外小普林尼也描述了公共生活，如元老院的辩论，选举与审判等，其最长的信札即是描绘了他在政治法庭内的胜利。同时，他记述了多米提安死后十二年的许多罗马领袖人物，使一个时代的社会历史重现。传记作者苏维托尼乌斯是其门徒之一，深受其启发。

　　第十卷信札是小普林尼写给图拉真之作。前十四首诗封信于公元98年至110年，其余则是普林尼任比塞尼亚总督时之作。相比于前九卷而言，因其不是为发表而作，文体更为简洁。但这些关于行省的信札，为后人研究行省建制提供了重要的史料。其中每一信件都包含了一个特别的主题，如弃儿的地位，城市财政状况等。比塞尼亚的财政较为混乱，小普林尼为此曾向图拉真请示治理之方。"我一到比塞尼亚，马上就置身于公共财政的检查，他们的开销、岁入及贷款等。调查地愈多，我就愈发现调查的必要。借着许多托辞大量的金钱滞留于私人手中，而且还存在一些不合理的挥霍。"对此图拉真回复说："我相信，行省的居民会理解，我是将他们的利益置于心中，让他们逐渐明晰你是代表我的特使，尤其你要注意调查城镇混乱无章的财政状况。"此外，在这一卷中，小普林尼最早阐述了早期的基督教崇拜及自己对基督教徒的迫害。在写给图拉真的信中，普林尼记述了自己处置基督徒的方法。"我首先询问他们是不是基督徒，如果他们承认，我则再次重复我的问题，并加以帝国的惩罚相恫吓。如果他们仍顽固不化，我则命人将他们处决。而对于那些悔改的，我则让其与我一同向神祷告，同时用酒和乳香向您的塑像致以敬礼。"

在信中，普林尼介绍了早期的基督教组织形式，基督教徒定期集会。在集会上他们轮流向耶稣诵唱颂歌。他们为一种神圣的誓言紧密联结，不是做任何邪恶之事，而是许诺永不犯错、抢劫、通奸，永不伪造事实。然后按传统分散开，再更新集聚分享圣物，对普林尼之策图拉真大加赞许"对于那些被你斥为基督徒之人，此举极为合适。当他们有罪时，他们必须被严格惩处，反之，让他们证明自己不是基督徒（如崇拜我们的神），根据他们的忏悔而加以宽恕。"

小普林尼尽管与西塞罗一样同为演说家、书信体作家，但二人的信札截然不同。西塞罗的信札语调正式，强调政治的紧要。而小普林尼之作为发表而创，更为精细，将历史性、政治性以及演说的方式混为一体，正如有的学者所说，"这种特别精心写成的信札是富人的时尚，而小普林尼则将其发展成为微型的艺术"。他的信札虽源自每日时事，但却意图创造一种新型文学。普林尼打算撰写的不是编年史，而是力图塑造出一幅富有道德因素的时代图景。

普林尼谴责奴隶主的残忍，遗产追求者的诡计多端及富人的悭吝，但他更偏爱于记述社会的美好一面，如图拉真皇帝的贤明统治、朋友的情谊、教育的重要意义及罗马的文学生活等。尤其对重用自己的图拉真，普林尼大加褒奖。古代的一位历史学家也曾赞颂过图拉真，"图拉真宁愿为朝臣所爱戴而不愿被奉承"。在致图拉真的第一封信中，普林尼盛赞了这位当朝帝王，表达自己的敬佩与爱戴之情"你有着虔诚的慈爱，最神圣的君王，你尊贵的父亲本以为很久你才会继其位。但不朽的天神却催促着那些美德来执掌共和国的舵盘。祝福你，愿世界通过你的手，繁荣昌盛，与您的统治相得益彰。……最卓越的君王，愿您永保勃勃生机与健康。"

小普林尼多才多艺，也涉猎文学的其他领域。他以其庇护者马提雅尔的手法，发表了两卷热情洋溢的诗文。他的演说，只流传一篇"颂词"，也是继西塞罗之后至晚期帝国之前颂词中唯一完整保存的一篇。这是普林尼升任执政官时，在元老院作的致谢演说，后来普林尼加以增括，形成了这篇颂词。

作为一个演说家、诗人及作家，普林尼最辉煌的成就仍为其十卷信札。他的信札语言流畅，清新简洁，写人叙事等处处流露着清新的气息，为后人所赞誉。这些信札，合而为一，构成了早期帝国的生动图景，为后世提供了珍贵史料。

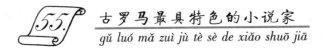

55. 古罗马最具特色的小说家
gǔ luó mǎ zuì jù tè sè de xiǎo shuō jiā

阿普列尤斯（约125—180）是古罗马第一位小说家。他出身于北非的马道拉（今阿尔及利亚）地区一个官宦家庭。他最初在迦太基求学，后赴雅典深造，主要学习修辞学和哲学。他曾到希腊各地游历，并到过埃及，考察风土人情。当时流行于各地的各种魔法、占卜、宗教秘仪和民俗都是他在游历的时候接触到的，这为他以后的文学创作打下了坚实的基础。他后来到罗马攻读法律，最后定居在利比亚和迦太基。

阿普列尤斯终生为民，却从未步入仕途。他在世时以演说家、哲学家著称，留下哲学著作三篇，答辩辞一篇。但使他闻名后世并为他赢得巨大声誉的是长篇小说《变形记》，又名《金驴记》。

　　这部小说诞生于帝国初期，虽然并不是今天严格意义上的那种小说，但它却是古代小说的雏形。这部集神话、传说、言情、逸闻趣事于一体的奇书，故事幽默诙谐，内容雅俗共赏，是拉丁文学中的名著。

　　这部小说已经被刘黎亭先生翻译成中文，并由上海译文出版社出版。译文中的序对全书的故事情节作了极好的概括，现摘录如下：

　　　"罗马帝国时期，有位青年名叫鲁巧，因故赴希腊旅行，羁留巫术之乡，借宿在一个高利贷商家中。当他获悉女主人精通巫术时，好奇心油然而生，遂亦想学此技艺。为了寻求帮助，他向女仆福娣黛求爱，结为情侣，得以亲眼目睹女巫凭借魔药，施展变身术。谁知情人忙乱中拿错药膏，弄巧成拙，致使他误敷在身，非但未能如愿变为飞鸟，反而变成一头毛驴。从此以后，他在命运摆布之下，开始受苦受难，相继服役于强盗、隶农、街头骗子、磨坊主、种菜人、兵痞以及贵族厨奴，同时阅尽各种奇闻轶事，其中有神话传说、坑蒙拐骗，男女风情、巧取豪夺等。最后，因他在廉耻心感召下，逃避了与一个恶妇当众表演做爱的闹剧，埃及女神爱希丝因而降福于他，向他传授秘诀，终于使他脱掉驴皮，恢复人形，并皈依教门。"

　　小说以卢基乌斯（译文中为鲁巧）变驴后的所见所闻为线索，广泛而真实地描绘了当时社会各阶层人物的生活，情节生动，滑稽可笑，不过作者在叙述中一直保持冷漠态度，不带丝毫个人感情。同时书中插入不少各种类型的民间故事。这些穿插的小故事更为吸引读者，并不比主人翁逊色，其中以少女卜茜凯与爱神丘比特的爱情故事最为优美、动人，成为后世欧洲许多文学家和艺术家创作题材的源泉。

　　小说中占五分之一篇幅的人与神的奇恋，是全书最为精彩的部分，也是最脍炙人口的部分。这一部分体现了作者高超的艺术修养和写作水平，是全书的精华。

　　少女卜茜凯美丽绝伦，连美神维纳斯也感到相形见绌，自愧不如，于是便心生妒恨，派儿子爱神丘比特将她陷害。可是令维纳斯做梦都没想到的事发生了，他的儿子爱上了卜茜凯，并把她偷偷藏在了仙宫里，在晚上隐形后与她约会。卜茜凯的姐姐见她拥有那么多仙宫的神奇珍宝，非常妒忌，便唆使妹妹除掉隐形的爱人。卜茜凯听信了姐姐的话，当她的爱人晚上熟睡时，她拿着油灯偷看，却惊奇地发现所爱的人竟是爱神丘比特。丘比特对她的这种背弃盟约的行为极度痛恨，弃她而去。之后卜茜凯受尽了维纳斯的折磨。但故事的结局是皆大欢喜的，他们的爱情终于得到天神宙斯的许可，有情人终成眷属。

阿普列尤斯用他生花的妙笔，向读者娓娓叙述了这样一个永不褪色的动人的故事。如果你不亲自读一下他的原文，你是无法感受阿普列尤斯的惊人的魅力的。现不妨把《金驴记》的中译本卜茜凯执灯惊见丘比特的那段摘录下来，大家共赏：

谁知灯光刚一照亮婚床的深处，映入她眼帘的竟是世界上最亲切最温柔的活物：正是丘比特本人啊，翩翩小爱神，正在优雅地安眠着。仅仅是看见他，竟连油灯的微光也喜悦得粲然生辉，剃刀的渎神之刃则惭愧得闪闪烁烁。而卜茜凯目睹这一奇迹，惊得目瞪口呆，不知如何是好，脸色顿时刷白，几乎就要失去知觉，直到最后颤抖着跪在地上。她想把剃刀藏进自己怀里去，不过咱们试想一下，假如那件凶器不是从轻信者手中畏罪滑脱，她肯定会这么做的。如果说，她刚才还是处在昏死的虚弱状态中，那么现在，当她永远不会知足地注视着圣容的美丽时，她的精力已是十分充沛了。她凝眸望着那头浓密的金发，发上滋润着芳泽；在那乳白色的脖颈和玫瑰色的脸颊上，她瞧见一绺绺头发雅致地散乱而交织着，一部分遮住了额头，另一部分则盖住了后颈，它们闪耀着熠熠的华光，甚至油灯的光芒也黯然换色。在长翅的小爱神的肩头，洁白的羽翼十分醒目，有如沾着晶莹露珠的鲜花，而且，尽管它们处于安息的静态中，上面那些柔软而轻盈的羽毛还在微微飘拂着，显得很不安分守己。身体的其余部分则圆润生光，那种美，直说吧，就连维纳斯也会因为是他的母亲而沾沾自喜。床脚下，横七竖八地扔着弓、箭和矢袋，它们是强大爱神的得意武器。

卜茜恺感到十分好奇。就不厌其烦地查看和摆弄起这些玩意儿来。她欣赏着丈夫的武器，并从矢袋里抽出一支箭，将大拇指按在箭头上试试尖不尖；谁料手指尚在颤抖，致使用力不当，箭头常常扎进肉里，随即皮肤上淌出几滴玫瑰色的鲜血。结果无知女子卜凯茜，自动地投入了爱神的情网。

她开始愈来愈热爱丘比特，禁不住觉深情地俯身在他上面凝神而视，急不可耐地把自己贪婪而狂热的亲吻献给他，但又唯恐把他惊醒。可是在一种如此巨大幸福的激动之中，爱情的灼伤使她无意晃了一下油灯，落下一滴滚烫的灯油，掉在小爱神的右肩上。爱神感到了灼痛，猛地跃身跳起，看见了他的信条被背叛和凌辱。他急忙闪避开运气不佳的配偶的亲吻和拥抱，一声不吭，腾空飞去。

阿普列尤斯的精彩描述，使我们的感官得到了极大的享受。他的伟大，不仅仅是他的小说写得好，更主要的是他的小说中体现的精神。他把少女卜茜凯塑造得美丽、纯洁，而且这种美完完全全是出自人的本性，而真正的美神维纳斯却是空洞的、缺乏灵性的。这种人本思想正是文艺复兴斗士要从中吸取的思想精华，并发扬光大。